民國文化與文學研究文叢

十三編　北京師範大學特輯

李怡　主編

第2冊

詩歌教育與中國現代新詩的發展

李俊傑　著

國家圖書館出版品預行編目資料

詩歌教育與中國現代新詩的發展／李俊傑 著 -- 初版 -- 新北
市：花木蘭文化事業有限公司，2020〔民109〕
目 2+186 面；19×26 公分
（民國文化與文學研究文叢 十三編；第 2 冊）
ISBN 978-986-518-230-4（精裝）
1. 中國文學史 2. 新詩 3. 教育發展
820.9   109010939

ISBN-978-986-518-230-4

9 789865 182304

民國文化與文學研究文叢
十三編　北京師範大學特輯　第 二 冊　　ISBN：978-986-518-230-4

詩歌教育與中國現代新詩的發展

作　　者　李俊傑
主　　編　李 怡
企　　劃　四川大學中國詩歌研究院
總 編 輯　杜潔祥
副總編輯　楊嘉樂
編　　輯　許郁翎、張雅淋　美術編輯　陳逸婷
出　　版　花木蘭文化事業有限公司
發 行 人　高小娟
聯絡地址　235 新北市中和區中安街七二號十三樓
　　　　　電話：02-2923-1455／傳真：02-2923-1452
網　　址　http://www.huamulan.tw 信箱 hml810518@gmail.com
印　　刷　普羅文化出版廣告事業
初　　版　2020 年 9 月
全書字數　171068 字
定　　價　十三編 6 冊（精裝）台幣 15,000 元　　　版權所有 · 請勿翻印

詩歌教育與中國現代新詩的發展

李俊傑 著

作者簡介

李俊傑，1985 年 4 月 30 日生於江蘇省揚州市江都縣邵伯鎮，2016 年畢業於北京師範大學，文學博士，導師李怡先生，專業為中國現當代文學。2016 年起，任教於浙江傳媒學院文學院，主講中國現當代文學、新詩研究等課程。曾合作編寫《東北抗日文學大系·詩歌卷》《現代文學與現代歷史的對話》《民國文學討論集》等著作，另有論文多篇。

提　　要

　　新文學的發生、成長與成熟的過程，與文學教育密不可分。傳統的「啟蒙」話語和教育方式伴隨 20 世紀初劇變的政治、經濟和文化發生變革，本書以「教育」與「中國現代新詩」的互動為題，探討校園教育對新文化傳播、新文學的創作及研究所起到的促進作用，視角獨特，有其歷史價值與現實意義。新詩作為白話文學的代表進入教育過程，借助教育的傳播媒介擴大了新文化運動的影響，教育情境中的新詩創作、講述、批評、和學術研究又開拓了新詩的藝術高度和理論主張，持續開拓藝術性探索和社會性意義。這一研究將改變以往著重對詩歌本體研究的思路，以歷史眼光，從現代詩歌教育的角度看新詩的發展與傳播，還原教育情境中詩歌的接受語境，通過對教育過程和從教者的具體研究，分析詩歌進入教育機制產生的教學與創作的互動關係和文化意義。本論題的研究注重回到歷史現場，在紛繁複雜的史料中開掘詩歌與教育的互為性，在論證新詩進入教育空間意義的同時，反觀詩歌教育對於詩歌觀念的影響，深刻分析教育情境對於詩歌創作、批評與文學史的特別價值。

「平民主義」與理想堅守——
民國文化與文學·北京師範大學卷序言

李　怡

　　「民國文化與文學」叢書推出以大陸高校為單位的專輯儼然已經成為一大特色，到目前為止，我們先後組織了南京大學專輯、蘇州大學專輯、四川大學專輯，它們都屬於近年來「民國文學」研究的代表性學校，產生了為數不少的代表性學人。而北京師範大學無疑是這一研究領域的重鎮，這不僅僅它曾經在我任教的 10 多年中成立了「民國文化與文學研究中心」，召開了有影響的「民國歷史文化與中國現代文學」學術研討會，也不僅僅是有一大批的青年博士生紛紛加入，在「民國視野」中提出了關於中國現代文學研究的重要話題，結出了一個又一個的學術成果，更重要的還在於，北京師範大學在百餘年學術歷程中所形成的氛圍、氣質和追求，似乎與「民國文學」研究所倡導的「史學意識」與社會人文關懷，構成了某種精神性的聯繫，值得我們治學者（至少是北京師範大學的治學者）深切緬懷和脈脈追念。

　　「百年師大，中文當先」。描繪北京師範大學中文學科的發展歷史，這是一句經常被徵引的判斷，在一個較為抽象的意義上，它的確昭示了某種令人鼓舞的氣象。不過，「百年」來的中國社會文化實在曲折多變，中國學術的發展也可謂是源流繁複，「當先」的真實意義常常被淹沒於時代洪流的連天浪淘之中，作為「思想模式」與「學術典範」的北京師範大學中文傳統尤其是現代文學的學術傳統期待著我們更多的理解與發揚。

　　現代中國的高等教育肇始於京師大學堂，由京師大學堂而有 1908 年 5 月的京師優級師範學堂，進而誕生了 1912 年 5 月的北京高等師範學校，當然同

樣的 1912 年 5 月，也由京師大學堂誕生了中國現代高等教育翹首的北京大學，北京師範大學秉承「辦理學堂，首重師範」理念，引領現代教育與文化發展的首功勳績由此銘篆於史。但是，這一史實絕非僅僅是證明了北大與北師大「一奶同胞」，或者說北師大的歷史與北京大學一樣的「古老」，它很快就提醒我們一個十分重要的事實：與作為「時代先鋒」的北京大學有別，北京師範大學走出了另外一條教育之路，形成了自己的文化品格，雖然它和北大一樣背負著近代歷史的憂患，心懷了五四新文化的理想，也可以說共同面對了現代教育與現代文化建設的未來。

從京師優級師範學堂裡走出了符定一，京師中國語言文學的優質教育讓這位著名的教育家與語言文字學家在後來創辦湖南省立一中、執掌嶽麓書院之時胸懷天下、垂範後學，培養了包括毛澤東在內的一代青年；北京高等師範學校的中文學科更是雲集了當時中國的學術精英，如魯迅、黎錦熙、高步瀛、錢玄同、馬裕藻、沈兼士，不時應邀前來講學的還有李大釗、蔡元培、胡適、陳獨秀等思想名流，可謂盛極一時。京師優級師範學堂、北京高等師範學校、北京（北平）師範大學、北京女子師範大學、國立北平師範大學、國立西北聯合大學、輔仁大學，京師中文學科的漫漫歷史清晰地交融著中國現代語言文學的學術歷程與教育歷程，這裡，活躍著眾多享譽中外的學術巨匠，書寫了現代中國語言文學研究的華章：從九十餘年前推行白話文、改革漢字，奠定現代漢語的基石到半個多世紀以來開創現代中國民俗學與民間文學的卓越貢獻，諸多學科先賢都將自己堅實的足跡留在了中國現代思想文化發展的旅程中。值得注意的是，同樣置身於相似的歷史進程之中，北京大學常常更主動地扮演著「時代弄潮兒」的角色，佔據學術的高地振臂吶喊，以「文化精英」的自信引領時代的前行，相對而言，北京師範大學的知識分子更習慣於在具體的社會文化問題上展開自己的探索和思考，面對時代和社會的種種固疾，也更願意站在相對平民化的立場上進行討論，踐行著更為質樸的「為了人生」的理想，這就是我所謂的「平民主義」。

就中國現當代文學而言，我們目睹的也是這樣的事實：民國以來北京師範大學知識分子參與現代中國學術的社會背景是近百年來中國社會發展的風波與激浪，這裡交織著進步對落後的挑戰，正義對邪惡的戰鬥，真理與謬誤的較量，作為「民眾教育」基本品質的彰顯，北京師範大學的學術精英似乎沒有將自己的生命超脫於現實，從來沒有放棄自己關注社會、「為了人生」的

責任和理想，中國語言文學學術哺育了一代一代的校園作家，從黃廬隱、馮沅君、石評梅到蘇童、畢淑敏、莫言，他們以自己的熱情與智慧描繪了「老中國兒女」的受難與奮鬥，為現代語言文學的學術思考注入了新的內容；同樣，在「五四」運動，在女師大事件，在「三一八慘案」，在抗日烽火的歲月裡，北京師範大學的莘莘學子與皓首窮經的教授們一起選擇了正義的第一線，在這個時候，他們不僅僅以自己的思想和智慧，更是以自己的熱血和生命實踐著中國士人威武不屈、身任天下的人格理想，他們的選擇可以說是鑄造了現代中國學術的另一重令人肅然起敬的現實品格與理想堅守。這其中的精神雕像當然包括了魯迅。雖然魯迅作為教育家的歷史同時屬於北京大學與北京師範大學，但是就個人生活的重要事件（與女師大學生許廣平的戀愛）、政治參與的深度（女師大事件、「三一八慘案」）以及反精英的平民立場這些更具影響力的生命元素而言，魯迅無疑更屬於北京師範大學的知識群體。

魯迅式的「為人生」的精神傳統也在北京師範大學的學術脈絡中獲得了最充分的繼承和發揚。在新時期，魯迅精神的激活是中國學術開拓前行的旗幟，這面旗幟同時為北京大學和北京師範大學的學者所高擎，北京大學努力凸顯的是魯迅的先鋒意識和複雜的現代主義情緒，在北京師範大學這裡，則被一再闡述為「為人生」的「立人」的執著，新時期之初，北京師範大學中國現當代文學的帶頭人之一楊占升先生最早闡述了魯迅的「立人」思想，而北京師範大學培養的新中國第一個文學博士王富仁則將「立人」的價值推及到思想文化的諸多領域，並在此基礎上構建了他獨特的「反封建思想革命」的學術框架、「中國文化守夜人」的啟蒙理想。今天，北京師範大學中國現當代文學的學術成果，可能並不如北京大學等中國知名高校學術群落的那麼炫目，那麼引領風騷，或者那麼的咄咄逼人，但是，仔細觀察，我們就能夠發現其中浮現著一種質樸的「為人生」的情懷和方式，這肯定是十分寶貴的。

民國文學研究，無論學界有過多少的誤讀，都始終將尊重歷史事實，在近於樸素的歷史考辨中呈現現代文學的面貌作為自己的根本追求，這裡也體現著一種「平民主義」的學術態度，當然，對歷史的尊重也屬於現代中國人「為了人生」的基本訴求，屬於啟蒙文化「立人」理想的有機構成，北京師範大學的學術場域能夠容納「作為方法的民國」思想，能夠推出一大批的「重寫民國文學現象」的成果，也就是學術空間、精神傳統與個人選擇的某種契合，值得我們緬懷、記憶和總結。

在既往的「民國文化與文學」叢書中，我們已經收錄過北京師範大學學人的多種著述，今天又以專輯的形式予以集中呈現，以後，還將繼續關注和推出這一群體的相關成果。但願新一代的年輕的師大學人能夠在此緬懷我們的歷史，從中獲得繼續前行的有益啟示。

2020 年春節於峨眉半山

目

次

緒論　教育視域下的中國現代詩歌研究

引　言

　　中國有悠久的「詩教」傳統，由於晚清至民國時局的變化，思想革命由潛流而洪流，裹挾著經濟、軍事、政治等層面的簇新和文化、社會心理、學術方式等調整，這一傳統隨之遭遇了新變。20 世紀以來，在古典形態的傳統社會中長期存在的「啟蒙」話語和教育機制伴隨劇變的政治格局、經濟方式和文化革新而嬗變，重新考察詩歌教育與文學發展、人格養成及詩文化的再造之間的交互作用，探討校園教育對新文化創作、傳播及研究路徑的更新，有其歷史價值與現實意義。「詩教」作為傳統意義上的人格、道德、審美、倫理等教化的一般形式，負載著複合型的歷史與文化內涵。一方面傳統意義上「思無邪」代表的道德教化、「多識鳥獸草木之名」說明的知識教化、「興、觀、群、怨」彰顯的人格、審美、政治教化，另一方面，從後置的歷史文化視角來看，儘管中國傳統詩歌的審美理想、形式創設與現實功能在共時性層面的異同與歷時性層面的發展，但就其本體在中國文化結構中起到的作用而言，中國傳統詩歌與詩學有相對穩定的特性。現代中國以後，在新文化傳播的過程中被重新組織與建構。新文化運動中，新詩迅速進入課本、課堂和教育機制之中，為傳統意義上的詩歌教育帶來了新變。相較於傳統中國知識結構，文學語言形態的轉換、文學教育的現代轉型和心理結構的調整共同促使「詩教」傳統不斷嬗變。新的教育理念、教育方式、教育材料、教育對象和

從教者的觀念與方法，更新了「詩教」的傳統，傳統話語意義上的詩教「啟蒙」也不斷裂變，撐破其外延，擴充了更為豐富的現代內涵。從古代意義上的「詩教」發展到現代意義上的文學教育中的詩歌課程，不僅是在教學內容的改變，更是在文化形態發展變革之際的積極調整，在這之中，文學的生態與制度引發的文學理論、文學創作與文學教育相應的複雜變革值得我們深入探討。

新世紀以來的中國現代文學研究，在召喚歷史品格回歸、重新探索現代文學闡釋框架之中有了新的動向，強調文史對話，凸顯文學現場的複雜和眾聲喧嘩，成為一種值得關注的研究範式。在這一基礎之上，注重史料的開掘與整理，關注具體的歷史情態與現代文學之間發生的交互關係，呈現政治、經濟、教育、法律等多方面的具體元素與特定時期文學發展之關係的研究，成為在探討人文學科發展歷史過程中不斷被確立起來的嶄新學術理路。本書的研究對象是新文化運動以來，20 世紀二三十年代中國新詩教育與中國詩歌文化發展的關係，通過史料還原，重述新詩教育與詩歌發展的軌跡，探討教育對詩歌文化傳播、影響與建構，並從中結構百年中國詩歌文化發展的邏輯，以期為融合文學生產、學術研究與文學教育三者的緊密關聯提供學理性的歷史經驗與現實依據，這一階段相對穩定，1937 年全面抗戰爆發以後的新詩教育則需要另文專門研究。中國現代新詩已歷經過百年時光的滌蕩，「百年新詩」與 20 世紀歷史文化發展之間的複雜關聯依舊是值得重新審視的問題。新詩是開新文學風氣之先的代表性文體，同時也是在持續的創作過程中不斷構成與現實問題、思想命題與審美話題產生交互對話關係的文體，以往中國現代新詩研究側重本體，通過新詩形式研究以說明問題，本文採取歷史化研究策略，以詩歌教育為視角，探討新詩發展問題，借歷史情境打開視域，激活對新詩發展的新思考方式。

「新詩」與 20 世紀的社會歷史文化的變遷之間存在一種張力關係，這不是簡單意義上的同步發展，其中還包含著與 20 世紀社會歷史文化之間張力性的衝突、對立、矛盾、悖謬、和合等複雜關係。異域文化的衝擊、本土經驗的融合和新詩自我意識地逐漸確立。通過新詩發展歷程考察，我們可以發現，新詩的發生、成長，與校園這一文化空間密不可分，教育情境中詩歌的創作、批評、史著以及輿論，又深刻地影響了新詩的藝術探索。

從學術史角度來看，長期以來，新詩本體研究是搭建歷史闡釋框架的重

要甚至是唯一的路徑。20世紀80年代以來，隨著對新詩歷史的研究趨於知識化、系統化，對詩人、詩潮、詩體、流派的深入細緻考察以及對新詩的古典文化傳統、詩歌語言、中西交流等方面的研究也逐漸成為新詩研究的主體部分。值得注意的是，20世紀90年代以後中西詩歌研究方法的不斷交融深化，新詩的內部研究視角也得以拓展，從審美闡釋到語言、文化、影響研究等多角度的形式探索漸成新詩研究的不同面向，然而在這其中對於歷史的描述逐步隱遁，以潛在的既定事實和邏輯框架代替對社會歷史文化情形的描述與研究，以新詩本體演變涵蓋實事性變遷，促使我們不斷開拓被忽視的新詩研究「歷史化」運作的廣闊空間。新世紀以來，隨著研究的進一步發展，中國現代新詩研究邁進了又一個嶄新的階段，那就是以歷史的視角進行對新詩的再考察。我們發現，使用大量社會史、經濟史、政治史、軍事史、教育史細節證據來探討宏觀理論問題，避免過度闡釋，成為一種務實、新穎且行之有效的學術路徑。其中，李怡先生提倡的「民國機制」研究路徑成為我們的普遍追求，召喚歷史品格回歸、重新探索現代文學闡釋框架成為學術界的一種動向。在這一基礎之上，近年以來，注重史料的開掘與整理，關注具體的歷史情態與現代文學之間發生的交互關係，呈現政治、經濟、教育、法律、軍事等多方面的具體元素與特定時期文學發展之關係的研究，返觀文學、重構觀念，成為研究過程中的一種自覺，這裡面的代表性著作包括《中國共產黨的文化戰略與延安時期的文學生產》《國民黨文學思想研究》《民族國家概念與民國文學》《民國文學史料考論》《民國文學：概念解讀與個案分析》《民國政治經濟形態與文學》〔註1〕等著作。本著遵循這一思路，以新詩發展的具體歷史情態中「教育」為視角，研究20世紀二三十年代詩歌教育與中國現代新詩發展的關聯。

　　新文學的發生、成長與成熟的過程，與文學教育密不可分。傳統的「啟蒙」話語和教育方式伴隨20世紀初劇變的政治、經濟和文化發生變革，本論著認為，「詩歌」的革新不僅參與其中，還與「教育」互動而產生重要作用。新文化運動以後，校園情境不僅為文學活動提供了傳播空間，同時也是文學

〔註1〕參看李怡、張中良主編：「民國文學史論」叢書（李怡等的《民國政治經濟形態與文學》、張中良的《民族國家概念與民國文學》、張福貴的《民國文學：概念解讀與個案分析》、陳福康的《民國文學史料考論》、姜飛的《國民黨文學思想研究》、周維東的《中國共產黨的文化戰略與延安時期的文學生產》），廣州：花城出版社，2014年。

創作和研究的主體，詩歌教育是詩歌創作、消費和知識生產的媒介。

新詩作為白話文學的代表進入教科書後，借助教育的傳播媒介擴大了新文化運動的影響，教育情境中的新詩創作、講述、批評、和學術研究又開拓了新詩的藝術高度和理論主張，持續開拓藝術性探索和社會性意義。20 世紀二三十年代的校園既是教學和學術研究機構，也是社會運動、文學運動的中心，新詩不僅作為文學啟蒙的方式在校園之中得以傳播，校園詩人群體也通過新詩創作表達文化訴求，從而進一步拓寬了新詩本體藝術風貌和理論探索深度。

進行詩歌教育與新詩發展的研究，不僅能揭示詩歌作品在詩學內部層面發展邏輯的問題，還能建立起它與外部社會文化的關聯，藉此探討促進詩歌藝術發展的多重因素。本文的詩歌教育不僅緊緊圍繞狹義所指向的學校教育，也同時描述作為文化身份的從教者和學生群體、作為文化空間的校園文學情態以及具有更廣泛的社會意義的詩歌教育討論，通過詩歌教育的研究將促使新詩本體演變與歷史視野的融合。

導言部分提出了要研究的問題，對該專著的突破和創新之處略加說明，並對詩歌教育的概念加以釐定。

第一章嘗試探討新文化運動背景下「教育」理想的出現與「新詩」的教育傳播契機。通過分析思想啟蒙理想與教育途徑、教科書編寫與新詩獲得的文學機會討論新詩如何與教育發生關聯。對中國新詩史上的重要著作如《談新詩》等提出教育史意義上的闡釋和解讀，挖掘新詩發展之於教育發展的內在關係，提出它為新詩進入教育領域創造了契機，為新詩的課堂講述提供了坺本，為學生群體參與公共文化討論和啟蒙思想的流佈創設了空間，通過探討初期白話詩的教育學意義，強調新詩教育與思想啟蒙的合流。

第二章著力分析新詩創作研究與新文學教育的相互拓展，通過考察學生刊物，提出新詩進入教育領域不僅為學生提供創作的語言坺本和思考的精神樣本，而且學生創作的潮流也影響新詩批評觀念的建構，以「小詩」的創作為例，探討校園情境、詩壇、學術研究構成的新詩間的互動情推動了新詩發展，以不同教學情境和從教者的新詩講述，分析新詩課堂闡釋的開放性特徵。

第三章聚焦於研究教育情境中詩歌藝術與理論的發展，將注意力集中於校園詩人群體的創作與批評，通過研究新詩創作的「代際互動」、教育需求中「解詩學」發生和新詩史寫作研究，說明教育情境為新詩創作、批評和著史

提供了文化空間。

　　第四章試圖探索詩歌教育意義上的「新」與「舊」，新舊話語作為五四以來不斷呈現的文化問題持續影響著中國文化的格局，在新詩層面，新舊話語呈現出因時而變體、新舊之對峙、對立與溝通、從形式到內容的持續探索。

　　第五章對具體詩教者的職業生涯、地方性歷史文化中折射的教育詩歌變遷和超越時間的詩歌教育與詩人精神素養養成進行個案探討。20世紀上半葉，從事新文學及新詩的教育工作的知識分子，普遍擁有超越教育本身的豐富精彩的文學生涯，大多數從事詩歌教育的中國知識分子也幾乎都擁有多重身份。在這多重身份的交織之中，在具體的社會生活的擠壓之下，在不同歷史境遇的搖擺中，他們所做出的文化判斷、文學決定和秉承的文學理念、擇取的文化觀念，都因為個體經驗的發展變化而不斷自新。我們從個案角度去觀察這些詩歌教育工作者，嘗試理解20世紀上半葉的文學教育在具體的教學實踐中的調試、轉向和發展。在這組側面的集中展示中，可以從詩歌教育工作者的個體文化經驗中獲取20世紀詩歌教育發展的內在性因素，同時為新詩發展的理論和歷史敘述邏輯形成，找到更為豐富的描述空間以突出其必要性。同時，時空中交錯的複雜有具體歷史文化情境，也可以「教育」視角來重審，以拓寬詩歌教育的研究視角的多層面和多維度。

一、問題的提出

　　1917年2月胡適在《新青年》發表《白話詩八首》，標誌著中國現代新詩進入文學傳播的領域，從此對新詩這一文體的寫作實踐、理論批評和學術探索延綿至今。這一具有象徵性的文本超越了「審美價值」的簡單評定，直接進入「社會意義」的綜合性考量範疇。由1920年新國語教科書《國語文類選》《白話文範》等相繼出版，新詩也逐步進入中小學課堂，成為具有坻本意義的學習對象。1936年廢名在北京大學的課堂上講授新詩，講稿經整理，多次出版，倘若我們把這份講稿還原到原本屬於它的教學情境「課堂」上去的話，那麼廢名在這門新詩課程中，說的第一句話是「要講現代文藝，應該先講新詩」〔註2〕，這裡的「講」新詩，意味著「新詩」作為新文化運動以來誕生的一種文體，已可以通過課堂講述，逐漸成為一門單獨的課程，進入高校的教

〔註2〕廢名、朱英誕：《新詩講稿》，陳均編訂，北京：北京大學出版社，2008年，第24頁。

育系統之中了。同時，在教育傳播過程中，新詩不再僅僅以一種創作的形態被學習或批判，而是一種可以用以談論、敘述、傳播、講述的知識型結構。在廢名的課堂裏，它在「現代文藝」中，趨於首要的位置，換句話說，他認為新詩具有「現代文藝」的代表性特徵，故需「先講」。歷史來看，「新詩」作為新文化運動的代表性文體從草創期的誕生與辨正中的發展，到作為一門可資講述、并納入知識生產體系的專門性文學體裁，「教育」在這其中扮演了重要的作用。新詩這一文體的最初探索，即帶有強烈的進入教育機制的內在衝動性因素，胡適認為「中國的古文古字是不配做教育民眾的利器的」〔註3〕，在與梅光迪、任鴻雋的書信往來中，逐步生發出以詩歌革新的「嘗試」去創造新文學、新思想和新精神的主張，伴隨新文化運動和「言文一致」的國語運動的興起，新興中學國語教科書中，首先出現的新文學作品和文學體裁的專門性研究文章，是關於新詩的。大體而言，中國現代新詩詩人的群體、詩潮流派、詩學主張等不斷地層見迭出，都與「教育」的基本目標、「校園」的文化空間、「學術」探索與詩歌創作的互動之間有密切聯繫。

教育可以視作使新文化運動以來的文化主張和文學理念得以傳播和實現的主要途徑之一。新文學運動以來，各種新鮮的創作、觀念、知識和歷史描述方式，深刻地影響了中學和大學的教育；由師生構成的學校這一文化空間，又為新文學發展提供了讀者與作者，其教學情境、文學社團和刊物以及知識傳播的系統的建設等，也為新文學注入了源源不斷的動力。在1940年，已有十餘年高校文學教學經驗的沈從文談到一個觀點，就是「文運」與「大學」的密切關係，他認為，文學發展一旦脫離教育，就會「萎靡、墮落、無生氣」，「學校」教育一旦與文學發展相分離，就必然會「保守、退化、無生氣、無朝氣」〔註4〕，這種理解是投身新文學創作和教學實踐的知識分子最具有典型性的認識。教育長久以來就是作為小共同體的家庭與大共同體的社會之間關聯的紐帶，是社會生活、政治活動、精神生活的核心，詩歌是人類精神生活最為集中的展示。將新詩發展納入教育情境中進行探索，是具有普遍的認識基礎和共識的。

〔註3〕胡適《中國新文學運動小史》，原載《中國新文學大系·建設理論集》，上海：良友圖書印刷公司，1935年。轉引自《胡適文集》(1)，北京大學出版社，1998年，第111頁。

〔註4〕沈從文：《文運的重建》，《沈從文全集》第12卷，太原：北嶽文藝出版社，2002年，第81～82頁。

教育和新文學的互動關係中，新詩是最具獨特性的存在。它是首先積極響應新文化運動以後的語文教育的變革主張的文體，並最具有參與性、話題性和互動性。詩歌形式變革所蘊含的審美特質、思想特徵和現實主張在詩歌教育的過程中如何漸次展開，又何以相互影響，對這一歷史過程何以逐步實現，尚缺乏細緻討論。

考察詩歌教育意義上的中國現代新詩發展問題，是從當下新詩本體研究的普遍潮流中尋覓一種歷史化視角的探索，這種探索的主要目的是為新詩形式演變找到其歷史邏輯，不僅是為理解新文化運動開展和傳播方式打開嶄新的視角，同時也開啟具體的教育實踐何以影響新詩發展的歷史邏輯的追問。

二、研究的歷史與現狀

從教育的發展變化的角度去研究中國現代文學的發生發展，並對此進行歷史與文化雙重意義的考察，是近 20 年來對於中國現代文學進行重新審視和研究的重要方向。同時，這種考察背後，不僅包含了回到具體歷史場景中把握文學問題的學術思考，體現了現代文學研究範式的轉軌，同時也凝聚著對當下教育問題，尤其是被視作文明高度與精神品質培育的人文學科的現實性關注。這一問題的明確設定與早期的相關成果，都可以從錢理群先生 1999 年主持出版的「20 世紀中國文學與大學文化叢書」中得以體現。這一「現代文學與現代教育」研究的重要收穫，用錢理群先生為「20 世紀中國文學與大學文化叢書」做的序言《現當代文學與大學教育關係的歷史考察》中的話來說，是「希望以具體的歷史事實的描述為主」，「通過對大量原始資料的發掘」，在「歷史情境之中」，「獲得歷史感」。當然，錢理群先生通過強調「歷史」資料的研究路徑，倡導將文學作為某種歷史言說的材料，通過對新文學問題的歷史化解說，探索某種現實性意義的可能，換句通俗的話說，他們是通過歷史的學術研究回應現階段的教育問題。從相關成果中，我們不斷發現這一研究思路之下，現代文學研究整體發展的可能性：它不僅奠基並開啟了教育研究與現代文學關聯的基本視域，並探討了許多具體的問題，還不斷試圖以歷史重現的方式，拓展了文學研究的基本方法。

這一學術路徑框定並開啟了研究教育與現代文學關聯的基本視域，相關的重要成果包括羅崗的博士論文《現代「文學」在中國的確立——以文學教育為線索的考察》，這是「將『文學』作為『現代建制』的有機構成部分，進

而檢視、分析它的歷史構成與現實構造」的嘗試，他的《危機時刻的文化想像——文學・文學史・文學教育》〔註 5〕提出了從大學教育的角度考察現代「文學」如何通過一套知識話語被創製出來的問題，著重提出大學教育與學術生產的關係。陳平原也作為這一學術思路的倡導者提出：「學術思想的演進以及文學藝術的承傳，其實與教育體制密不可分。」〔註 6〕通過「平淡無奇的課程設計與教材撰寫」，來考察「一代人『文學常識』的改變」和「一次『文學革命』的誕生。」這種「代際」的視野，從人與人之間締結的社會關係、學術思想的演進和文學藝術承傳的方式之中，給出文學思潮變遷的機制性探索。近年他連續撰文，討論以民國時期北京大學為代表的文學教育，如《知識、技能與情懷》（上、下）〔註 7〕《校園裏的詩性》〔註 8〕《文學史、文學教育與文學讀本》〔註 9〕，這種從文學史研究輻射學術史、教育史、文化史、思想史等方向的不斷演進，正是陳平原先生「觸摸歷史」的一種方式，在這一基礎上激活現代文學史研究本身。陳方競先生的《學府與報刊出版：中國新文學發生發展中的「癥結」透視》〔註 10〕，也從教育的空間「學府」與傳播媒介「報刊」，通過大學文化與出版文化，以更為具體的視野，對寬泛社會學意義的新文學研究視角進行了一種更為精準的「癥結」透視。總的來說，這些研究著作從方向上提供了嶄新的研究視域，這一視域為研究現代文學的「文」「史」互動提供了指引性作用。在這種理解框架不斷完形的過程中，諸多連續性的研究為展示 20 世紀中國文學與教育的互動關係做出努力，一方面，這一框架主要是為了突破思潮、流派、作家、作品的文學史既有敘述框架，另一方面，試圖借相關研究或間接或直接地表達現實性的意義。

　　錢理群先生的《五四新文化運動與中小學國文教育改革》〔註 11〕將視角

〔註 5〕 羅崗：《危機時刻的文化想像——文學・文學史・文學教育》，南昌：江西教育出版社，2005 年。

〔註 6〕 陳平原：《中國大學十講・自序》，上海：復旦大學出版社，2002 年。

〔註 7〕 陳平原：《知識、技能與情懷》（上、下），《北京大學學報（哲學社會科學版）》2009 年第 6 期、2010 年第 1 期。

〔註 8〕 陳平原：《校園裏的詩性》，《學術月刊》2011 年第 1 期。

〔註 9〕 陳平原：《文學史、文學教育與文學讀本》，《河北學刊》2013 年第 2 期。

〔註 10〕 陳方競：《學府與報刊出版：中國新文學發生發展中的「癥結」透視》，《現代中國文化與文學》第 1 輯，成都：巴蜀書社，2005 年。

〔註 11〕 錢理群：《五四新文化運動與中小學國文教育改革》，《中國現代文學研究叢刊》2003 年第 3 期。

集中於五四新文化運動先驅提倡的「科學」「民主」精神，通過歷史追溯，透視當下中小學語文教育的癥結，為我們展示了文學教育歷史研究的現實性意義。王林的博士論文（北京師範大學 2004 年）《論現代文學與晚清民國語文教育的互動關係》探討了晚清以來現代語文教育出現的歷史情態，探討了語文教育何以促進現代文學之發生、何以戰勝傳統文學、何以成就現代文學經典，張偉忠的博士論文《現代中國文學話語變遷與中學語文教育》（山東師範大學 2005 年）研究了現代文學與文學教育的相互關係和影響，側重於對文學話語的分析。沈衛威教授的《「國語統一」「文學革命」合流與中文系課程建制的確立》〔註 12〕從歷史事件的角度考察了中文系課程的發生，他還意識到民國建立後，南北兩所國立大學因「大學精神」「學術理念」的差異導向了「學術範式」的差異（《民國大學體制下的學分南北》）〔註 13〕，並通過史料考察，呈現出民國文學教育中的歷史細節。這些堪稱是溯源式的探索。劉緒才的博士論文《1920～1937：中學國文教育中的新文學》（南開大學 2013 年）則以歷史材料為佐證，詳細探討了民初中學國文教育中知識身份的初構、教材選本的形成和新文學知識的生產等諸多問題。張傳敏的《民國時期的大學新文學課程研究》〔註 14〕則以民國時期大學新文學課程設置為基礎，著重探討「新」「舊」文學話語的關係，在對民國大學新文學課程的設置、講義的特點、校園活動與課程語境等進行分析，借助相關歷史資料的「碎片」發現新文學課程設置之於新文學發展的獨特意義。

這樣的歷史敘述，顛覆了既往的以觀念為主導的以論代史的現代文學歷史闡述框架，以更為細膩、有效的歷史重構，提供了新文學發展的內部邏輯與外在條件之間的關係。這種描述框架為新文學研究撥開了既定觀念造就的迷霧，還之於明晰文學「本身」的邏輯，可以說是研究視野的一種自覺。借助更廣泛的與教育相關的「大文學」史料對新文學傳播、發展、影響、反饋、共同發展的歷史進行重述與重構，將新文學問題重新擱置在具體時空邏輯中，由教育作為視野，為描述新文學發展的內部邏輯與外在條件之間的關係提供了一種新的視野和方法，這種視野與方法對新文學研究而言，不僅突破了既

〔註 12〕沈衛威：《「國語統一」、「文學革命」合流與中文系課程建制的確立》，《中山大學學報（社會科學版）》2011 年第 3 期。

〔註 13〕沈衛威：《民國大學體制下的學分南北》，《山西大學學報（哲學社會科學版）》2012 年第 3 期。

〔註 14〕張傳敏：《民國時期的大學新文學課程研究》，北京：人民出版社，2010 年。

定觀念造就的敘述框架的學術追求，以及還之於明晰的文學「本身」邏輯的學術理念，同時為一些具有現實性的命題，尤其是高等學校人文精神重建、文科的自我定位及相關問題找到了歷史化的鏡鑒。

鄭煥釗的博士論文《「詩教」傳統的歷史中介：梁啟超與中國現代文學啟蒙話語的發生》（博士學位論文，暨南大學，2012 年），確立了梁啟超文學啟蒙話語作為古典「詩教」傳統走向現代的歷史中介。這也是對「詩教」的晚清民國處境及其轉變的一種闡釋。季劍青在其博士論文《大學視野中的新文學——1930 年代北平的大學教育與文學生產中》將自身定位為文學史的外部研究，考察了以北京為中心的大學教育與新文學的生產問題〔註 15〕，其中有第三章「學術視野中的新詩」從文學史、詩論、讀詩會三個方面談了「北平」大學的詩歌教育活動。姚丹的《西南聯大歷史情境中的文學活動》〔註 16〕，通過對史料的細緻爬梳，「從研究對象自身演進中發現其內在的邏輯，從這一邏輯中建立起理論框架來」，這是一種對文學內外關聯進行較為有效說明的研究。從民國時期詩歌教育角度出發進行研究的林喜傑，其博士論文《群體性解讀與想像——新詩教育研究》（首都師範大學，2007 年）的特點在於通過教材和教學方法的分析，不僅對新詩教育的歷史問題進行觀照，並提出對當下詩歌教育問題的解決對策，有強烈的現實關懷傾向。通觀這些論著，中國現代文學研究在「教育」（學校）這個視角的關照下能夠爬梳、整理和探索出更為豐富的詩歌發展景觀，已經是共識。然而，描述詩歌教育如何與新文化運動之間產生聯繫、相互影響，從而生發既是詩歌教育問題，又是詩歌藝術演變本身問題的關鍵性論述尚且缺乏。

姜濤的論文《1930 年代的大學課堂與新詩的歷史講述》、龔敏律的論文《艾克敦與 30 年代中國「北方系」新生代詩人》、張亞飛的碩士論文《中國現代文學的接受與中學文學教育》（華東師範大學，2007 年）、董延武的碩士論文《1930 年代的大學新詩教學——以四部講義為例》（首都師範大學，2014 年）等更為細膩地考察了歷史情境與詩歌藝術演變和歷史建構的相關問題。姜濤的論文試圖以回歸「歷史現場」的方式重新認識新詩「歷史講述」的問題，進入 30 年代的課堂講授，探討新詩進入學院研究的起點，為新詩歷史化研究

〔註 15〕 季劍青：《大學視野中的新文學》，博士學位論文，北京大學，2007 年。
〔註 16〕 姚丹：《西南聯大歷史情境中的文學活動》桂林：廣西師範大學出版社，2000年。

的深入做了準備；龔敏律則是通過材料挖掘發現英籍教授哈羅德‧艾克敦與中國北方詩人的關係，以教育情境的還原說明 30 年代現代主義詩學轉型的重要問題。李宗剛、張亞飛的論文較為宏觀地談了一些問題，董延武的論文集中在講義編撰的角度，各有側重。尤其是姜濤的博士論文《「新詩集」與中國新詩的發生》〔註 17〕和近作《公寓裏的塔：1920 年代中國的文學與青年》〔註 18〕集中展示了作者的思考，前者體現了對新詩「傳播」維度的考察，後者則以「代際」為視角，討論了中國近現代思想文化及文學的流變。「在作品細讀，觀念梳理之外，不僅關注五四前後社會思潮的變動、新型政黨政治的興起，也要考察代際的更替、都市空間的分布、社會流動方式的轉變、新型人際網絡的形成等方面」〔註 19〕，本文強調深入教育實踐的現場，通過教材、教案、教學情境、教育理念等持續的挖掘和整理，歷史化地重現教育情境中詩歌創作技巧的發展、理念的更新和學術思路的建設。新詩研究的一貫思路是注重本體研究，對於新詩和教育的討論主要集中在對大學課堂中詩歌教育引發的對思潮變動、社會流動方式等問題的考察，不僅容納了對大學課堂的考察，還引入例如中學課堂、教材、社團、學生創作等考察，以力圖呈現更豐富和具體的詩歌教育情境，以說明教學情境與新詩發展的互動關係。

　　近年來，文史對話作為現代文學的一種重要的學術思路，深刻地影響了學術的發展，然而文史對話的落腳點究竟應該是文學本身的問題，上述諸多研究建立在「文史互證」的角度，進行新文學與教育之關聯的解釋與說明，真正值得關注的是，通過歷史細節的捕捉，返還文學本身的演變邏輯依舊亟待完善。誠如李怡先生指出，「要更好地理解文學就不要侷限在對文學『純藝術性』的探討當中，應該把文學與外面的世界更自覺地結合在一起」〔註 20〕。新詩作為一種獨特的文體，一方面在歷史沿革、語言重造、現代經驗建構之間，既相互融洽，又緊張衝突，所謂的「本體」蘊含著的歷史信息就有足夠的闡釋空間與說明性；另一方面我們又因為新詩史描述的固化，不滿於既有的歷史敘述，每每試圖從文本內部尋找裂隙，重塑其歷史。文學圖譜的描繪

〔註 17〕姜濤：《「新詩集」與中國新詩的發生》，北京：北京大學出版社，2005 年。

〔註 18〕姜濤：《公寓裏的塔：1920 年代中國的文學與青年》，北京：北京大學出版社，2015 年。

〔註 19〕姜濤：《公寓裏的塔：1920 年代中國的文學與青年》，第 22 頁。

〔註 20〕李怡、李俊傑：《體驗的詩學與學術的道路——李怡教授訪談》，《學術月刊》2015 年第 2 期。

方式本來就是豐富駁雜的，有的依賴於對文學現象、文學本體、文學家等研究以展示其本身的諸多問題，也同樣有賴於通過對具體社會歷史情境來描述其運作的基本方式，來探求其發生的具體時空和相關條件，當然，更重要的是在動態的具體歷史情境中提出和解答問題。強調通過教育的視野來研究新詩的發展歷程，既需要忠實於基本歷史事實的研究，也需要從詩歌發展的內部邏輯中返回知識生產的具體時空，從觀念中重新梳理更為深廣的歷史邏輯。中國現代文學研究，近年來倡導的價值多元的文學史觀念使得文學研究本身不斷擴容，諸多關涉新舊雅俗、中西文化的問題重新納入考察系統。在原始資料不斷開掘的情況下，開拓文學研究的視野，將政治、經濟、教育等多重維度納入文學研究的脈絡，將文學現象與文化觀念還原到歷史脈絡之中，也是本文追求的方向。

三、本著的研究思路

本著嘗試去研究民國教育與中國現代新詩的發展關係，這其中最為直觀的是詩歌教育的研究，首先要對所謂「詩歌教育」視野限定的範疇進行劃定。教育一般指的是指由學校教育為主體，構成有目的性、計劃性、組織性的教學活動。本文所談論的詩歌教育不僅緊緊圍繞狹義所指向的學校教育，也同時描述作為文化身份的從教者和學生群體、作為文化空間的校園文學情態以及具有更廣泛的社會意義的詩歌教育討論所構築的教育情境。所謂詩歌教育情境化描述，主要指由教員、學生、講義、刊物、社團等構成的詩歌教授、學習、創作、討論的動態環境，是圍繞創作和閱讀、講述與學習、課堂內外的探討與論爭展開的新詩活動。強調這一情境，主要為說明詩歌教育搭建的動態性情境，這一動態性情境是以往研究中或被忽略不計，或不加說明直接拿來作為論說依據的，對材料本身充當歷史進程中何種角色再進行探究，是還原豐富性的必要過程。

本著首先探討「教育」這一晚清以來知識分子寄託改良國家的措施在民國以後如何為新詩這一獨特文體創造發展契機的問題。

從教育最為直觀的抽樣——「教科書」的角度來看，清末民初教材改革過程歷經了由「四部」到「七科」的變革。「四部」知識系統在晚清「器物」與「制度」層面的反思與不足以及受西方科學理性啟蒙大潮的猛衝，不斷解體與分化，逐漸被以近代學科為分門別類標準建構起來之「七科之學」（文、理、

法、農、工、商、醫）所代替，這一分化首先體現在教科書上。新教科書的編撰不僅新近加入了代表學習西方工業技術水平和先進科學理念學習的學科，同時還不斷暗示著對傳統政治、倫理和經濟制度的等層面的文化反思；隨著公民等教材的出現，由「皇權」轉向「共和」的民主政治的啟蒙在教育中推廣發揚，使得學生群體作為最為一線的「受眾」，成為中國民主化思潮啟蒙的新生力量，甚至可以說，這一由教育構築的思想啟蒙浪潮為辛亥革命的成功進行了廣泛的群眾性鋪墊，並為五四新文化運動提倡科學、民主的基本價值奠定了基礎。有論者認為「清王朝不僅在辛亥革命的槍炮聲中轟然倒塌，也是在琅琅讀書聲中倒塌的」〔註21〕，足見「教育」投射在整體性歷史變革中的意義。在「國民性闕失」的擔憂中，強調文化的意義所逐步構建的從傳統學說中的「仁」到現代意義上的「人」的修身、國文等教科書，在專制制度的宗法家國的締結共同體關係的複數的人中，強調獨立的「人」包含的人格尊嚴、價值和追求是文化層面最顯著的新變；把經濟上升到「四民之綱」的高度，直接挑戰了中國社會傳統的「重義理輕藝事」「貴義賤利」和「道本器末」〔註22〕觀念，使中國社會流傳兩千餘年的傳統安貧樂道的小農經濟思想有了逐漸瓦解的可能。清末民初教科書在推廣商業知識與實業技能中孜孜以求於富國之道，從「放學回家，溫書習字。身體衣服，皆宜清潔」〔註23〕到體操、衛生等教科書的編纂，力求變「病夫」為「強種」，將鴉片、纏足等惡習一一摒棄。五四新文化運動能夠以燎原之勢成為普及性的社會運動，教科書的影響功不可沒。參看吳小鷗：《清末民初教科書的啟蒙訴求》。同樣，新文化運動中顯赫的詩文化的新變，同樣也憑藉了教科書這一重要的傳播媒介。

　　胡適留美期間與梅光迪、胡先驌等通信過程中逐步形成了「試驗作白話詩」在為「漢文」找尋「易於教育」和「普及」之道而生出「文學革命」的主張，而且認為「民眾不能不教育」〔註24〕，回國後與陳獨秀等人轟轟烈烈

〔註21〕石鷗、吳小鷗：《從有限滲入到廣泛傳播──清末民初中小學教科書的民主政治啟蒙意義》，《教育學報》2010 年第 1 期。

〔註22〕吳小鷗：《清末民初教科書的啟蒙訴求》，博士學位論文，長沙：湖南師範大學，2009 年。

〔註23〕《單級修身教科書（初等小學・甲編）》，上海：商務印書館，1913 年。

〔註24〕胡適：《逼上梁山──文學革命的開始》，《胡適文集》（1），北京大學出版社，1998 年，第 140～163 頁。此篇原載 1934 年 1 月 1 日《東方雜誌》第 3 卷第 1 期，後收入《中國新文學大系・建設理論集》；胡適：《中國新文學運動小史》，原載《中國新文學大系・建設理論集》。轉引自《胡適文集》（1），第 111 頁。

地開展了新文化運動。新文化運動的展開，也和國家性的政治行為密不可分，1918 年 5 月，北洋政府教育部訓令包括北京、南京、成都等地在內的六所高等師範學校設立國語講習科。1918 年 11 月 23 日教育部發布「注音字母會」，公布 39 個注音字母，「以代反切之用」，「以便各省區傳習推行」。這是第一次以國家專門機構名義正式公布的漢語拼音方案。由北洋政府教育部附設的國語統一籌備會於 1919 年 4 月 21 日成立。隨著新文化運動展開的燎原之勢，文化探索的不斷深入，文學創作的日益繁榮，1920 年教育部訓令全國教科書改行國語，為新文化實績介入影響教育事業創造了契機。

在這個基礎上，打著「國語」和「白話文」招牌的教科書《國語文類選》和《白話文範》等相繼出版，並不斷再版，影響深遠。值得注意的是，在新文學作品尚不足以支撐教科書選編的現實面前，國文課教材選擇內容集中於探討社會問題的篇章，即便是以「文學」冠名的，也多為宏觀的文學主張。故而胡適的《談新詩——八年來一件大事》的選入，具有特殊的意義。本文認為，在此種情形下，恰是白話詩，為「文學」教育思路的拓展、教育政策的出臺、新文學教育的落實提供了具體實在的可能，而且為文學教育提供了具有可行性的操作坹本。

新詩與文學教育是一種相互拓展的關係。20 世紀二三十年代新詩創作和有關新詩的論說進入中小學課本，其中傳遞出的文學觀念、選詩的思路，體現了詩歌教育的面向。學院體制中的學生與教員對新詩的發展貢獻了各自的力量，從事其他學科尤其是古典文學研究教學的學者，如朱自清、俞平伯、胡適，包括聞一多，都面臨著在「新」「舊」兩重文化中調試新文學座標的問題，具有歐美文學背景的學者如朱光潛、梁宗岱、葉公超等，面臨的則是西方理論資源觀照中國文學的比較研究視野，中西古今之間的差異性如何得以彌合與消解，作為顯性的或隱性的資源被吸納或批判，在形式特徵上如何處理，都依賴專業化與學科化的處理方式，這些詩人教授也通過教育行為，影響了相當數量的學生，並由此對新詩的藝術探索深化奠定了基礎。

20 世紀 30 年代的文學講義也將是本文研究的重點，這些極具個人化色彩的講稿也呈現出各異的特色。具有代表性的新文學講義包括有朱自清的《中國新文學研究綱要》，沈從文的《新文學研究——新詩發展》，蘇雪林的《中國二三十年代作家》，王哲甫的《中國新文學運動史》，廢名、朱英誕的《新詩講稿》，林庚的《新文學略說》等，這些講義不僅代表不同學者教師對新詩

發展的態度，還存在不同史觀、詩歌觀對推動新詩發展起到的不同作用。本文研究了教學情境中新詩創作的繁榮與詩學理論的發展，首先關注的是對 30 年代中國文學史書寫「熱潮」中的新詩教育的體現方式和價值定位。20 世紀 30 年代建構「新文學」歷史合法性的重要方式是通過編著新文學史實現的。懂與不懂催生出的「解詩學」是新詩教學中面臨的重要問題。由「進步」的文學觀念造就的新詩歷史描述系統，也隨個人經驗、學術觀念和對現實的不同理解而發生異變。文學史寫作的面向，究竟還是可以歸於教育情境的，考察文學史著作中新詩的位置，是一個重要的工作。這一時期文學史寫作的熱潮，也有詩歌專門史的參與，草川未雨的《中國新詩壇的昨日今日和明日》、陸侃如與馮沅君的《中國詩史》、徐芳的《中國新詩史》（1935 年北京大學文學院中國文學系本科畢業論文，由胡適指導）都是其中較為重要的文獻，尚缺乏相關研究。

本著最渴望解決的問題就是既保留對詩歌本體建設的審美性理解，又能夠滿足「歷史興趣」，更為期待的是，打開嶄新的詩歌研究的開放空間。從 20 世紀 80 年代以來，以歷史重構的方式跳出受極左意識形態干擾的現代文學學科以論代史的闡釋框架的研究模式逐步開展，有關新詩的起源、詩人的評判、潮流的梳理和創作及理論資源的辨別的研究大規模地開展，這種對於歷史的挖掘，對形式與審美的說明的學術工作有益地促進了新詩研究的發展。然而這些研究一定程度上也固化了我們的歷史認識和學術認識，使得有關新詩的學問成為固化的知識，打開開放空間，就是繞開既定的新詩史敘述，回到新詩發生的歷史現場，呈現其複雜性，釋放出新的研究視野。

從宏觀角度來看，新文學的發生與成長，與「教育」因素有密不可分的關係，新詩當然也需要這個重要的考察維度。從教材層面看，白話文運動以來，文學語言的革新、新的語言形態的文學篇目的引入，不僅擴大了新文學傳播的範圍，並且透過「教育」確立其歷史合法性，深化了其價值和意義；從教育造就的文化空間角度上看，學校教育、學院學術機制、學院創作與社群、流派、詩壇構成了一種張力，催生了更為豐富的詩歌圖景；從創作和研究的實績上看，中國現代新詩與詩論的發生與發展，都與廣義的「校園文化」有著相當緊密的關係。

本著試圖通過教育的視角對新詩的發展歷程進行觀照，第一章分析「教育」理想與新詩的契機，通過分析思想啟蒙理想與教育途徑、教科書編寫與

新詩獲得的文學機會以及核心性詩歌文獻《談新詩——八年來一件大事》的分析，探討初期白話詩的教育學意義。第二章主要聚焦於新詩與新文學教育的相互拓展，說明新詩教育何以從語言樣本發展為精神樣本，以小詩為例，探討校園情境、詩壇、學術研究構成的互動情境何以影響新詩的發展，通過同一作品的不同講授，探討課堂講述與新詩探索的深化。第三章致力研究教育情境中詩歌藝術與理論的發展，聚焦於校園詩人群體的創作與批評，閱讀訓練中發展起來的解釋學以及新詩史中蘊含的不同歷史邏輯。第四章試圖探索詩歌教育意義上的「新」與「舊」，新舊話語作為五四以來不斷呈現的文化問題持續影響著中國文化的格局，在新詩層面，新舊話語呈現出因時而變體、新舊之對峙、對立與溝通、從形式到內容的持續探索。第五章講解三則範例，以孫俍工的詩歌教育與個人職業生涯的轉向說明豐富的人生抉擇之中新詩教育只是其中一個有機部分，它既關聯著個人的精神追求，又相對獨立地存在；通過東北抗戰時期的學生詩歌我們可以發現，個人創傷性的現實經驗帶給了新詩獨特的新面向；通過觀察胡風詩歌中的「魯迅經驗」我們可以發掘超越時空的詩歌文化經驗的代際傳承。

第一編　新詩介入文學教育的機會與可能

　　教育長久以來就是作為小共同體的家庭與大共同體的社會之間關聯的紐帶，是社會生活、政治活動、精神生活的核心。上施下效、使人向善的道德教化是傳統教育的中心。中國現代詩歌，是伴隨著新文化運動以來的教育革新同步發展的一種文體，「新詩」與「20 世紀」的社會歷史文化的變遷之間存在一種張力關係，這不是簡單意義上的同步發展，其中還包含著與 20 世紀社會歷史文化之間張力性的和合、衝突、對立、矛盾、悖謬等複雜關係。通過新詩發展歷程考察，我們可以發現，新詩的發生、成長，與校園這一文化空間密不可分，教育情境中詩歌的創作、批評、史著，又深刻地影響了新詩的藝術探索。教育可以視作使新文化運動以來的文化主張和文學理念得以傳播和實現的主要途徑之一。新詩文本為新文學教育提供了語言的坯本，同時文學精神也得以沿襲。校園情境為新詩的普及、討論和論爭提供了空間，不同的新詩講述之中，呈現出不同的生命情調、不同的世界觀、不同的生存經驗以及不同的詩學主張。

第一章 「教育」理想與新詩的契機

第一節 思想啟蒙理想與教育途徑

　　寬泛地說，傳統意義上的語文教育是一門綜合了文學、經學與史學，哲學、社會學與倫理學，甚至包含了自然科學的綜合性學科。從總體上看，經學、蒙學、文選、詩選等內容，構成了中國古代「語文」意義上的教材。經學指的是儒家經典，是傳統文化的代表，《詩》《書》《禮》《易》《春秋》（《樂經》）構成了影響深遠的「五經」（也稱六經，《樂經》失傳），宋代以後，《大學》《中庸》《論語》《孟子》構成的「四書」與「五經」作為標準化的教材沿用至清末；蒙學教材廣為流傳的是《三字經》《百家姓》《千字文》，在此之前還有《史籀篇》《凡將篇》等；文選中較有代表的則包括《昭明文選》《古文觀止》《古文辭類纂》等；詩選則有耳熟能詳的《唐詩三百首》等。從歷史的角度來看，教育長久以來就是作為小共同體的家庭與大共同體的社會之間關聯的紐帶，是社會生活、政治活動、精神生活的核心。上施下效、使人向善的道德教化是傳統教育的中心。晚清以後，糅合個人修養、社會教化、家庭倫理等多種功能的傳統教育隨著國際戰爭影響與國內政治格局劇烈動盪而不得不做出調整。其中最顯著的標誌就是文學「教育」的變革。八股作文與經義立學的具有取士功能的傳統的教育隨著上層政治策略的左右而根基瓦解。從學術角度來看，清中葉以來的政治環境之嚴酷與知識分子內心的道德操守一道，造就了埋首故紙堆的乾嘉學術的一時「繁榮」，這一繁榮在戰爭與國難、變法與新政之中逐步被近代知識分子的質疑和反思的先覺中逐步式微，教育

革新的舉措成為挽救頹勢的一部分。革弊創新中，改八股為策論，創辦新學堂，中國傳統教育發生了劇烈變革。晚清時期以京師同文館為代表的教育是區別於儒家傳統，模仿西方的新式教育。中華民國建政後，政體變革，面對北洋時期弱勢政府的「亂世」格局，教育界中「新派」力量自覺責任很大，民間教育力量自發集聚，在弱勢政府之不力中引領教育新變。教育理念不斷現代化，教育也逐漸成為思想啟蒙的利器。五四以後，工讀教育、平民教育、白話文創作的繁榮等，促興了新教育的發展，尤其是杜威來華，國內教育界從方法論角度不斷自我更新。在清末民初激烈變革的社會結構中，現代知識分子群體起到了引領文化潮流的作用。辛亥革命前，教育與「革命」一定程度上是同構的，鄒容在《革命軍》中認為「革命之前，須有教育；革命之後，須有教育」，民國以後，「養成共和國民」的教育理想隨著稱帝、復辟等震撼人心的政治醜聞與惶惶不安的社會普遍情緒，顯得越發沉重。五四新文化運動與「國語運動」的高潮，則是對教育尤其是文學教育的重要變革起到了決定性作用。這事實上也是對晚清以來黃遵憲們的創作經驗和切身感受的一個積極的應和。

中國現代詩歌，是伴隨著新文化運動以來的教育革新同步發展的一種文體，「新詩」與「20世紀」的社會歷史文化的變遷之間存在一種張力關係，這不是簡單意義上的同步發展，其中還包含著與20世紀社會歷史文化之間張力性的和合、衝突、對立、矛盾、悖謬等複雜關係，以及異域文化的衝擊、本土經驗的融合和新詩自我意識的逐漸確立。通過新詩發展歷程考察，我們可以發現，新詩的發生、成長，與校園這一文化空間密不可分，教育情境中詩歌的創作、批評、史著，又深刻地影響了新詩的藝術探索。教育可以視作使新文化運動以來的文化主張和文學理念得以傳播和實現的主要途徑之一。

當我們重新以教育視角認知20世紀新文學的傳播發展時，有一個簡樸的問題顯得愈發重要與深刻：究竟是什麼樣的制度性因素，使得「教育」和「新文化」之間能夠發生關聯，從而引得諸多知識分子為之嘔心瀝血參與其中。「教育」與「新文化」如何締結關係，又締結了怎樣一種關係，在這一過程中，又有多少不同的文化觀念碰撞，多少社會力量參與其中，試圖促成或割裂這一聯繫，它們各自又有怎樣的文化表達、如何在差異中博弈，這其中又凝聚了20世紀中國知識分子的何種猶疑或堅持、妥協或抗爭，又體現了20世紀中國文化內部幾多不同思路的分裂或融合，最終凝聚成我們今天可以觀看到

的歷史圖景。解開這些謎團，要從 20 世紀最具有代表性和歷史意味的角度出發，重新梳理 20 世紀中國的「教育」的構建過程與現代文學作家群體、讀者群體發生的複雜關係。我們試圖從這個角度，來探討現代大學體制與新文學作家的生存關係的問題和現代教育培育起來的新文學「讀者」呈現的獨異性。

　　中國近現代「教育」從來就不是自發形成的。儘管我們往往把教育看作一種文明傳承與發展的本能需要，但歷史地來看，具有現代意義的教育變革的雛形，是依託於政治變革之中的。我們一般把 1862 年京師同文館的創立到 1922 年壬戌學制的頒布作為中國教育早期現代化發展的歷史過程。從這個方向來看，作為近代化教育的標誌，「京師同文館」的創辦是具有象徵意義的。

　　京師同文館在教育形態上顯著區別於我國傳統教育，在其創設之初設立的外國語言文字和漢語語言文字授課科目，及其中體現的教學思想、制度、內容和方法，與中國傳統教學科目有顯著差異。京師同文館在 19 世紀 70 年代以後，從外語和中文兩大學科中延伸開去，確立了八年制（另有五年制與其大體相當）的西學課程，「元年：認識寫字、淺解辭句、講解淺書；二年：講解淺書、練習句法、翻譯條子；三年：講各國地理、讀各國史略、翻譯選編；四年：數學啟蒙、代數學、翻譯公文；五年：講求格物、幾何原本、平三角、弧三角、練習譯書；六年：講求機器、微分積分、航海測算、練習譯書；七年：講求化學、天文測算、萬國公法、練習譯書；八年：天文測算、地理金石、富國策、練習譯書」〔註 1〕。從今天的角度來看，這些科目甚至與 20 世紀乃至 21 世紀的基礎教育與高等教育中的諸多內容是吻合的。正是這些與 20 世紀教育似乎大體吻合的授課內容，為我們理解京師同文館的「近代」意義甚至「現代」意味提供了線索與佐證。我們似乎可以從授課內容中理解其教育目的與教育思想，從課程設置中感受其引發的教育結構甚至某些帶有本質性特徵的教育變遷。其教育實踐中每一處或宏觀或細小的變化，都能夠為我們描述教育近代化提供諸多證據，如班級授課制、授課方式和考核制度的變化，教學與實踐的關係等。然而值得我們追問的是，既然京師同文館如此大幅度地更新了教育的形態，如此先進地體現了優越的教育思想，為何沒有成為一種具有普遍意義的存在呢？

　　這事實上也是京師同文館的歷史侷限。儘管我們不斷發現的是，京師同

〔註 1〕原刊《中國近代學制史料》第一輯上冊，轉引自雷鈞：《京師同文館對我國教育近代化的意義及其啟示》，《教育科學》2002 年第 7 期。

文館在教育的理念、舉措及實行過程中有諸多「先進」之處，然而這卻是隨著兩次鴉片戰爭帶來的政治失落感和在阻力中開展的洋務運動刺激下不斷勃發的改革衝動。京師同文館的設立並非是教育意義的而是政治意義的。它首先要解決的不是教育問題，而是政治問題。準確來說，它要解決的，是清政府高層中某些角色的自強焦慮。恭親王奕訢的政治理想與自強焦慮投射到教育領域，乃有了京師同文館，這個在創設過程中提出外交「不受人欺蒙」主張的近代中國學校的象徵，並沒有普遍的社會心理基礎，還常常被視作是「洋務」的奇技淫巧，在讀書取士的普遍社會心態下，這種在行政過程中做出的政治決策往往並不因其具有前瞻性而被廣泛接納，所以往往成一種不穩定的政治與教育拼貼的產物，也會隨著政治的變革而輕易不復存在。

這一具有象徵性的包含著政治動機的教育制度變革，一直綿延到 20 世紀。然而 20 世紀顯然有其自身的獨特性。這裡的獨特性包含著多種因素，其中有國體的變更帶來的制度性的變化，政府權力的大小對教育界的影響，以及新文化運動以後，中國知識分子而非政治家對教育的主動介入，成為 20 世紀上半葉中國教育變革的重要特點。

辛亥革命以後，由一批留學歐美的教育從業者發起了以一線教師和國內外教育專家積極參與，激發民間教育力量，實踐教育民主化、科學化、國家化、本土化的現代教育改革運動，有論者將其稱作「中國新教育運動」〔註 2〕。具有代表性的教育設計包括上文所述的蔡元培的「超軼政治」「思想自由，兼容並包」「美育」，黃炎培的「職業教育」，郭秉文的「三育並舉」「四個平衡」，蔣夢麟的「取中國之國粹，調和世界近世之精神」，陶行知的「平民教育」、胡適的「實驗主義」「白話文運動」等，儘管這裡僅僅是吉光片羽的簡述，我們依舊能感受到這些語詞與觀念歷久彌新的意義，這些具有多樣性的教育思路和理念都在廣泛的教育實踐中被推行，並逐漸成為中國現代教育之中引人矚目的部分。

上述教育家設計的教育思路不僅在 20 世紀初，直至今日，仍舊構成中國教育領域自我更新的精神資源，當我們思索中國教育的意義時，首先感受到是上述教育家和教育理念的持續力量，然而具體考察教育與體制之關係時，反倒讓人感受到一種非穩定的體制結構：在 1912 年到 1930 年短短 17 年間，

〔註 2〕參看汪楚雄：《啟新與拓域——中國新教育研究（1912～1930）》，濟南：山東教育出版社，2010 年。

中華民國教育總長更迭多達 37 次，任職者長不過 17 個月，短不過一天，在教育這樣一個強調延續性和實踐性的人類文明傳承過程中，卻如此劇烈地人事更迭，究竟何以如此構成了一種看似穩定的結構呢？

結合歷史與現實經驗，「大學只不過是統治階級的知識之翼」〔註 3〕的論斷作為教育機制創設與政府之關係的一般性描述，始終為我們呈現體制對教育的決定性作用，然而民國教育的實績似乎又將我們的理解突破向了另一個極端：民國教育的「璀璨奪目」和強大的教育主體意識似乎在不斷昭彰政府對教育過程介入程度之弱，彷彿又在確證雅斯貝爾斯、紐曼或布魯姆提出的大學自治之理想〔註 4〕。然而民國教育究竟在何種程度上具備自由度，又受到何種程度體制性干預，似乎成為一種被忽視的問題。當政府無能與不作為帶來民國是大學教育「黃金時代」之論甚囂塵上之際，重新判斷與分別體制與教育之關係，分辨自治與干預的限度，理解文化推廣與行政措施之離合，顯得至為關鍵。

就現在的研究結論來看，一種傾向於「平衡」的學說似乎調和了民國教育與政治體制之關係，有人認為，民國時期，「中國自由主義知識分子與政府是一種平衡關係」〔註 5〕，然而在「平衡大學與政府的關係」的論述之中，我們又忽略了這二者關係之中溫和的博弈與尖銳的鬥爭。顯而易見，這種所謂的平衡描述，本身是動態的。就詩歌而言，胡適與章士釗那張名滿天下的相片和新舊體詩的「酬唱」似乎就隱喻著某種動態平衡中蘊含的廣闊闡釋空間。

當然，這一動態平衡的根基還是從政治大轉型開始的。在多民族王朝國家瓦解、帝國主義列強環峙、軍事力量控制權高度分散化、政治精英高度分化的惡劣環境中，中華民國草創。在 1912 年 1 月 3 日臨時大總統孫文在南京組織臨時政府之際，蔡元培被任命為教育總長，1 月 9 日，教育部成立，1 月 19 日啟用印信，3 月教育遷往北京，袁世凱任命蔡元培為教育總長，4 月到任

〔註 3〕〔美〕約翰·S·布魯貝克：《高等教育哲學》，王承緒等譯，杭州：浙江教育出版社，2001 年，第 34 頁。

〔註 4〕參看〔德〕雅斯貝爾斯：《大學之理念》，邱立波譯，上海：上海人民出版社，2007 年；〔英〕紐曼：《大學的理想》，徐輝等譯，杭州：浙江教育出版社，2001 年；〔美〕布魯姆：《走向封閉的美國精神》，繆青、宋麗娜等譯，北京：中國社會科學出版社，1994 年。

〔註 5〕申樹欣：《民國時期國立大學與中央政府的關係》，碩士學位論文，濟南：山東大學，2012 年。

接收學部事務。〔註6〕舊邦新造的過程中，教育的革新位列其中，成為一個相當重要的組成部分。

　　民國初年教育制度建設過程可以從民國初年教育部一系列政令頒布中得見：《教育部：電各省頒發普通教育暫行辦法》《教育部：呈報並諮行普通教育暫行辦法及課程標準》《教育部：通電各省都督籌辦社會教育》《教育部：電各省飭所屬高等專門學校從速開學》，在共和國體的大主張下，強調實地考察研究，並給予了地方教育充分的自主性。1914 年以後，教育部政令為《祭孔告令》《教育部整理教育方案草案》《特定教育綱要》等收回教育權的政令，又縮緊了教育自主的可能。隨著 1917 年以後的新文化運動與之掀起文化對抗，到 1922 年 11 月頒布的《學校系統改革案》再次調整了教育體制，被稱作「壬戌學制」。這裡集中展現的是教育力量與體制力量的合作、對抗與博弈。上述是理解新文化運動前中國教育變革概貌的基礎，然而具體的人事權、經費權等，教科書與資本力量的參與等，學生群體與大學、社會及政府間的互動等具體關係，仍舊是值得探索的問題。並且，在政治變革與教育制度革新之中，「新文化」以及「新詩」何以脫穎而出，成為我們歷史描述的重心，成為教育與體制間動態平衡關係的「助劑」，是我們亟待梳理的問題。

　　「教育」是新文化同人實現文學理想的根本途徑。近代以來，「師夷長技」的技術革新，「維新、立憲、革命」的制度探索，均在戰事屢屢失利，外交節節敗退，政壇持續震盪中，給嚮往革新的知識分子以挫敗感，他們意識到，變革之根本在於立「人」，並將目光聚焦於文化層面的革新，教育也首當其衝。胡適認為，引發新文化運動的是一群有「遠見的人」，他們「眼見國家危亡」，產生了相當的危機感，這一危機破除的門徑在於「喚起那最大多數的民眾來共同擔負這個救國的責任」，教育首當其衝，最為關鍵的乃是「民眾不能不教育」這個核心命題〔註7〕，陳獨秀認為「國之強弱，當以其國民之智勇富力為衡」〔註8〕，將國民的「智」放在衡量國之強弱的首位，在創辦《青年雜誌》的過程中，他明確認為，「《青年雜誌》以青年教育為的，每期國人以根本之

〔註6〕《中國近代教育史資料彙編：教育行政機構和教育團體》，上海：上海教育出版社，1991 年，第 103～104 頁。

〔註7〕胡適《中國新文學運動小史》，原載《中國新文學大系‧建設理論集》。轉引自《胡適文集》（1），第 111 頁。

〔註8〕陳獨秀：《陳獨秀答張永言》（1916 年 2 月 15 日），《陳獨秀書信集》，北京：新華出版社，1987 年，第 20 頁。

覺悟，故欲於今日求而未得知政黨政治，百尺竿頭，更進一步」〔註9〕。民國成立以後仍舊一潭死水的社會情境，復辟、混戰的現實格局，列強虎視眈眈之下，「教育」成為關乎「國家危亡」「國之強弱」的核心，敏感的中國知識分子從看似輝煌的教育傳統中重新開疆拓土，以「新文化」之名，開啟了中國文明進程的新階段。

如果把中國現代文學比作一棵鬱鬱蔥蔥的參天大樹，那麼1917年由陳獨秀、胡適等《新青年》同人發軔的「文學革命」就是這棵大樹破土發芽的重要時刻。但是，我們並不能簡單地把這一時刻標識為一個僵化的「起點」或「開端」。事實上，「破土發芽」本身就已經昭示著，「新文學」這顆種子已經沉睡於土壤的深層，而種子固然在「破土」，但也接受著土壤的包裹乃至滋養，兩者之間構成了一種充滿張力的微妙關聯。具體地看，對「新文學」這顆沉睡的種子而言，所謂「土壤」其實就是民國初期的政治文化環境和各種不斷形成、更迭、變化的「制度」，在這其中，教育為代表的知識傳播系統則是這份土壤中最為肥沃的養料。

「教育」這一概念古已有之，是文化傳承最核心的部件，卻在近代以來的歷史情境中，遭遇到了最深刻的質疑，胡適認為，「中國的古文古字是不配做教育民眾的利器的」〔註10〕，改造教育「文字」，將所謂的「古」代表的傳統教育改造，便成首要工作。

王富仁先生認為，「鴉片戰爭之後的中國知識分子開始接觸到西方文化的時候」，中國的語言狀況有以下三種：「一是作為嚴肅的社會文化語言載體的文言詩文」；「二是作為非嚴肅社會文化載體的戲劇、小說的白話語言」，「三是僅僅停留在口頭的白話語言」〔註11〕。在他看來，文言詩文是「以中國古代文化典籍的語言形式為基礎逐漸演變發展起來的，它幾乎主要是一種書面語言形式，適用於看而不適用於聽，是知識分子在學校教育中習得的，而不是在社會交流中習用的」〔註12〕，這種教育過程中使用的語言，卻起到了阻礙社會交流的反方向作用。「戲劇、小說的白話語言」則「是在當時社會群眾

〔註9〕陳獨秀：《陳獨秀答張永言》（1916年2月15日），《陳獨秀書信集》，北京：新華出版社，1987年，第28頁。
〔註10〕胡適《中國新文學運動小史》，原載《中國新文學大系‧建設理論集》。轉引自《胡適文集》（1），第111頁。
〔註11〕王富仁：《中國現代詩歌的發展（上篇）》，《江蘇社會科學》2003年第1期。
〔註12〕王富仁：《中國現代詩歌的發展（上篇）》，《江蘇社會科學》2003年第1期。

口頭語言的基礎上並容納了在文言詩文基礎上形成的大量語彙形成的另一種書面語言」〔註 13〕，儘管它「既適用於聽，也適用於看，但不具有嚴肅文化的性質」〔註 14〕，其並不嚴密規範的特性，使得它和教育所要求的標準化、準確化相去甚遠，「無法通過學校教育普遍地提高這種語言的素質」〔註 15〕是其缺點。「它幾乎能夠包容在文言詩文發展過程中創造出來的所有漢語語彙和話語形式中，但它的豐富和發展對文言詩文自身的促進作用則是極其有限的，文言詩文無法包容它所能夠包容的所有漢語語彙和話語形式」〔註 16〕。純粹的口頭白話語言因其地方口音、民族語言的複雜，「沒有普遍交流的性能，不具有廣泛的社會性質」〔註 17〕。這三種形態的語言交織在一起，構成了 20 世紀初葉教育工作的艱難性的最大挑戰。這其中的種種關於語言、教育及社會性、文化性的矛盾，也為「白話」「新詩」這一文體作為新文學的代表逐步呈現並進入教育提供了空間。

文言詩文有其深厚的文化傳統，卻因習得過程的艱難與思想啟蒙的要求格格不入，晚清戲劇、小說和報章之文的革新已開風氣之先，但與具體教育實際需求不完全匹配。胡適從古代白話小說和家鄉土話的經驗中意識到了「標準國語」初創階段的荒蕪感和艱難性，然而「國家危亡」「國之強弱」的擔憂加速了文學語言、教育方式的深刻轉型，他在「不必遲疑」的果決中倡導「白話」，並躬親實踐。他還提倡語言「有不合今日的用的，便不用他；有不夠用的，便用今日的白話來補助；有的不得不用文言的，便用文言來補助」〔註 18〕，「造中國將來白話文學的人，就是制定標準國語的人」〔註 19〕，這種開放和豁達，誠懇與務實，為新文學的「大膽嘗試」，卸下了層層思想束縛。

卸下傳統教育的包袱容易，怎樣重新打造一套行之有效的教育方案，仍舊負重致遠。索緒爾認為：「如果民族的狀況中猝然發生某種外部騷動，加速了語言的發展，那只是因為語言恢復了它的自由狀態，繼續它的合乎規律

〔註 13〕 王富仁：《中國現代詩歌的發展（上篇）》，《江蘇社會科學》2003 年第 1 期。
〔註 14〕 王富仁：《中國現代詩歌的發展（上篇）》，《江蘇社會科學》2003 年第 1 期。
〔註 15〕 王富仁：《中國現代詩歌的發展（上篇）》，《江蘇社會科學》2003 年第 1 期。
〔註 16〕 王富仁：《中國現代詩歌的發展（上篇）》，《江蘇社會科學》2003 年第 1 期。
〔註 17〕 王富仁：《中國現代詩歌的發展（上篇）》，《江蘇社會科學》2003 年第 1 期。
〔註 18〕 胡適《中國新文學運動小史》，原載《中國新文學大系・建設理論集》，轉引自《胡適文集》（1），第 130 頁。
〔註 19〕 胡適《中國新文學運動小史》，原載《中國新文學大系・建設理論集》，轉引自《胡適文集》（1），第 130 頁。

的進程。」〔註20〕20 世紀的新文化運動，新文學的誕生，也是竭力恢復語言自由狀態的一種努力。知識分子通過雜誌刊物、課堂情境等，對教育表達觀點，抒發意見；新文學作家通過從事教育事業著書立說，促進其文學理念的不斷更新。新文學家的教師身份與新文學創作進入課堂，則是現代文學研究獨特的觀察角度。

葉聖陶認為「五四運動之前，國文教材是經史古文，顯然因為經史古文是文學」〔註21〕，「『五四』以後，通行讀白話了，教材是當時產生的一些白話的小說、戲劇、小品、詩歌之類，也就是所謂文學」〔註22〕。伴隨國體變革和五四新文化運動的開展，「壬戌學制」擬定的靈活標準使得相對自由和自主的教育形式凸顯了新文化運動在教育層面的理念和訴求，將教育定義為「養成健全人格，發展共和精神」〔註23〕，文學教育的社會性價值在這一時期的價值理念與文化觀念的統攝下呈現出有別於傳統的新形態，新近創作的被稱之為「新文學」的作品在中小學課堂傳播，在大學課堂中作為學術研究的對象與創作、研究發生關聯。新文學的發生與現代大學的關係是緊密的，集合「新式知識」的大學精英階層充當著「思想啟蒙的主體，實現思想、學術、教育、文化、文學的獨立」。錢理群：《現當代文學與大學教育關係的歷史考察——「20 世紀中國文學與大學文化」叢書序》，程光煒主編：《都市文化與中國現當代文學》，北京：人民文學出版社，2005 年，第 68 頁。學校教育、學術研究、學院批評、文藝創作等形態，和文學運動之間呈現出互涉的關係。

在《逼上梁山——文學革命的開始》〔註24〕一文中，胡適饒有興致地講述了一個關於「清華學生監督處的一個怪人」「基督教徒」「鍾文鼇」的故事。這位「寄發」學生「月費」的書記員義務做「社會改革的宣傳」。他把自行印製的宣傳品夾在每月的支票中，分發給留學生，其中包括「不滿二十五歲不

〔註20〕〔瑞士〕索緒爾：《普通語言學教程》，北京：商務印書館，1980 年，第 210 頁。

〔註21〕葉聖陶：《國文教學的兩個基本觀念》，《葉聖陶教育文集》，北京：人民教育出版社，1993 年，第 51 頁。

〔註22〕葉聖陶：《國文教學的兩個基本觀念》，《葉聖陶教育文集》，第 51 頁。

〔註23〕璩鑫圭、唐良炎：《中國近代教育史資料彙編：學制演變》，上海：上海教育出版社，1991 年，第 844～845 頁。

〔註24〕胡適：《逼上梁山——文學革命的開始》，《胡適文集》（1），第 140～163 頁。此篇原載 1934 年 1 月 1 日《東方雜誌》第 3 卷第 1 期，後收入《中國新文學大系·建設理論集》。

娶妻」「多種樹，種樹有益」之類宣揚的具體行為，儘管內容比較簡陋，足見社會關懷之努力，他還宣揚「廢除漢字，取用字母」這一類文化問題。這種關心社會、文化問題的「熱心」卻使胡適感到「厭惡」，他認為這不僅是「濫用職權」，其中「欲求教育普及」「非有」「改用字母拼音」之狂妄背後傳達出的某種具有一定影響的社會性認識讓胡適產生擔憂，從而聚焦於此。他認為「這種不通漢文的人，不配談」「改良中國文字的問題」。在寫了一封短信「罵他」之後，又懊悔自己的「盛氣凌人」，於是乎覺得「我們夠資格的人」「應該用點心思才力去研究這個問題」〔註 25〕。在這件小事之後，胡適便與趙元任商量把「中國文字的問題」作為「東美」的「中國學生會」「文學科學研究部（Institute of Arts and sciences）」的年度論題。胡適與趙元任計劃「分做兩篇論文」，趙元任做「《吾國文字能否採用字母制，及其進行方法》」，胡適的題目是《如何可使我國文言易於教授》〔註 26〕。

胡適著重提出，「漢文問題之中心在於『漢文究可為傳授教育之利器否』」，可見，問題的起點是圍繞「教育」這一核心命題的，他認為「漢文」「不易普及」在於「教之之術之不完」，「受病之源在於教法」，他通過自己學習「古文」的經驗，對立了「死文字」與「活文字」，強調了「字源學」、提出了「文法學」，倡導「文字符號」（即標點），在 1915 年的夏季初步將「白話」與「古文」對立。又伴隨與任叔永、梅光迪等同學的詩書遊戲往來、思想碰撞交鋒，強化了他寫「白話詩試驗」的主張，逐步形成了「實驗主義的文學觀」。1916年 2 月到 3 月，在考察中國文學史的過程中，胡適宣稱自己有了一種「新覺悟」〔註 27〕。

他認為「中國文學史」是「文字形式」「新陳代謝」的歷史，是「活文學」代替「死文學」的歷史，用帶有「進化論」觀念的角度，重新梳理對「文字形式（工具）」變革的想法，為其尋找到一種歷史邏輯：「文學革命，在吾國歷史上，非創見也。即以韻文而論：三百篇變而為騷，一大革命也。又變為五言七言之詩，二大革命也。賦之變為無韻之駢文，三大革命也。古詩之變為律詩，四大革命也。詩之變為詞，五大革命也。詞之變為曲，為劇本，六大革命也。何獨於吾所持文學革命論而疑之！」為文學語言的變革找到他認

〔註 25〕胡適：《逼上梁山——文學革命的開始》，《胡適文集》（1），第 140～141 頁。
〔註 26〕胡適：《逼上梁山——文學革命的開始》，《胡適文集》（1），第 140～141 頁。
〔註 27〕胡適：《逼上梁山——文學革命的開始》，《胡適文集》（1），第 141～146 頁。

為的歷史邏輯之後,胡適還將中國文學史中「革命潮流」形容為「天演進化之跡」,認為如果沒有「明代八股之劫」,就如同「但丁之創意大利文,郤叟之創英吉利文,馬丁路德之創德意志文」一般,「吾國之語言早成為言文一致之語言」〔註28〕。

這篇《逼上梁山》是1933年胡適回顧自己思想產生和發展過程的集中描述,其中大多篇章是與新文化運動共時的解說與總括。其中顯而易見的是他最初的教育理想的呈現。這些文學「革命」言論背後支撐著的,是「易於教授」的邏輯起點。

從「文學革命」的初步設想與「詩國革命」觀念的萌芽,胡適在與任鴻雋遊戲般的書信往來、詩歌唱和中,逐漸「莊重起來」。他以為自己「認定了中國詩史上的趨勢」:「作詩如作文」。今天看來,這個為日後惹出諸多論爭的概念本身固然是有諸多問題,但它為胡適的思想開了一個源頭,儘管梅光迪與任鴻雋都對他這一觀點抱否定態度,他在「孤立」之中卻感受到自己「彷彿認識了中國文學問題的性質」,在於「有形式而無精神」「有文而無質」,「到此時才把中國文學史看明白了」。〔註29〕

在給梅光迪的信中,胡適以「打油詩」寫道:「今我苦口饒舌。算來卻是為何?/正要求今日的文學大家,/把那些活潑潑的白話,/拿來鍛鍊,拿來琢磨,/拿來作文言說,作曲作歌:——/出幾個白話的囂俄,/和幾個白話的東坡,/那不是『活文學』是什麼?/那不是『活文學』是什麼?」胡適自認為這首詩,在他「個人做白話詩的歷史上,可是很重要的」,但詩卻引來了梅光迪的嘲弄:「讀大作如兒時聽《蓮花落》,真所謂革盡古今中外詩人之命者!足下誠豪健哉!」,任鴻雋也直言,「試驗之結果,乃完全失敗」〔註30〕,並譏諷他白話是白話,韻也有韻,就不是詩。他們的批評,轉而成為對「詩」這一體裁的專門性對話。自此,胡適與梅光迪、任鴻雋討論「文學革命」的重心,落到了詩歌這一極具獨特性的文體上來。

梅光迪和任鴻雋與胡適的論爭,把「白話」文學是否可能這一宏觀問題,確切引向了具體的詩歌創作的領域,梅氏的「文章體裁不同,小說詞曲固可用白話,詩文則不可」觀念與任氏相似的表達「白話自有白話用處,然不能

〔註28〕 胡適:《逼上梁山——文學革命的開始》,《胡適文集》(1),第147~148頁。
〔註29〕 胡適:《逼上梁山——文學革命的開始》,《胡適文集》(1),第147~148頁。
〔註30〕 胡適:《逼上梁山——文學革命的開始》,《胡適文集》(1),第154頁。

用之於詩」反而激起了胡適的好勝心,胡適認為他與梅、任二人的關於白話文的辯論「十仗之中,已勝了七八仗」〔註31〕,「現在只剩一座詩的壁壘,還須用全力去搶奪。待到白話征服這個詩國時,白話文學的勝利就可說是十足的了,所以我當時打定主意,要做先鋒去打這座未投降的壁壘:就是要用全力去試作白話詩」〔註32〕。

儘管梅、任二人均贊成「文學革命」,胡適卻認為他們「只是一種空空蕩蕩的目的,沒有具體的計劃,也沒有下手的途徑」,胡適說,「我把路線認清楚了,決定努力做白話詩的試驗,要用試驗的結果來證明我主張的是非」〔註33〕。從教育的理念萌發,生發出「文學革命」的理念,從具體實踐中,找出「試驗做白話詩」的路徑,胡適在美期間與梅任二人的論爭,可以說為「詩」這一古老文體的變革,做好了試驗的準備,同時也在為「教育民眾」,尋找恰當的門徑,正是對「詩歌」問題的切磋琢磨,醞釀了文學革命的理想。

遠隔重洋的中華民國,袁世凱短暫稱帝後駕崩,帝制又一次被推翻,共和似乎勉強再造,不斷迭出的政治風波也使國內知識分子生出隱憂〔註34〕,也希冀通過教育來啟迪明智。國內知識分子從「讀音統一會」的組建到「國語運動」的開展,希冀借助行政力量來推行文化教育理念,從制度層面進行了建設性工作。「民智」問題提到了是否與「國體」相匹配的高度,與陳獨秀、胡適「國家危亡」「國之強弱」的擔憂是具有一致性的,正是由於這如出一轍的擔憂,「教育」被選擇為啟迪民智的最佳途徑。

1918 年 5 月教育部令北京、武昌、瀋陽、南京、廣東、成都六所高等師範辦理附設國語講習科,以培訓專業人才。1918 年 11 月 23 日教育部發布「注音字母會」,公布 39 個注音字母,「以代反切之用」,「以便各省區傳習推行」,以架構方法。這是第一次以國家專門機構名義正式公布的漢語拼音方案。1919 年 4 月 21 日國語統一籌備會成立,簡稱國語統一會,由張一麐任會長,袁希

〔註31〕 胡適:《逼上梁山——文學革命的開始》,《胡適文集》(1),第 155 頁。
〔註32〕 胡適:《逼上梁山——文學革命的開始》,《胡適文集》(1),第 155 頁。
〔註33〕 胡適:《逼上梁山——文學革命的開始》,《胡適文集》(1),第 155~156 頁。
〔註34〕 黎錦熙表示:「教育部裏有幾個人們,深有感於這樣的民智實在太趕不上這樣的國體,於是想憑藉最高教育行政機關底權力,在教育上謀幾項重要的改革,想來想去,大家覺得最緊迫而又最普遍的根本問題還是文字問題,便相約各人做文章,來極力鼓吹文字底改革,主張『言文一致』和『國語統一』;在行政方面,便是請教育長官毅然下令改國文科為國語科。」參看黎錦熙:《國語運動史綱》卷 2,上海:上海書店,1990 年,第 3 頁。

濤、吳稚暉任副會長，會員有黎錦熙、錢玄同、胡適、劉復、周作人、馬裕藻、趙元任、汪怡、蔡元培、沈兼士、林語堂、王璞等，先後共有 172 人，此會在 1928 年國民黨政府成立之後改名為國語統一籌備委員會，主席為吳稚暉，在該會的第一次大會上，劉復、周作人、胡適、朱希祖、錢玄同、馬裕藻等提出《國語統一進行方法》的議案，主張改編小學課本，把「國文讀本」改作「國語讀本」，「國民學校全用國語不雜文言。」從國「文」到國「語」的變化，包含了語言與文字是否可以「合一」的問題，體現了新文化運動與教育協同步調過程中的基本策略，這種觀念引起論爭。漢語語音的複雜性與漢語書寫的穩定性的矛盾如何調和，是一個很棘手的問題。〔註 35〕由此呼喚「近文」產生，為白話文學的出現，提供了心理基礎。誠如胡適所言，白話文學的「進度是相當緩慢的，不像教育方面，有一紙政府命令便可立見功效」〔註 36〕。這種情形下，「新文化」與「新教育」逐步和合，成為一種共生性的力量。

陳獨秀與胡適的文學主張，逐漸與「國語運動」發生關聯。隨著胡適歸國後在《新青年》上撰文《建設的文學革命論》，其副標題「國語的文學・文學的國語」，「標誌著文學革命和國語運動的合流」，在這其中「蔡元培居間介紹之功」是決定性的〔註 37〕。1919 年成立的教育部附屬「國語統一籌備委員會」中大部分會員是「國語研究會」成員。

1919 年 10 月 10 日，第五次全國教育聯合會在山西太原召開，山西地方雜誌《來復》以「教育家聯翩蒞晉」為題報導了這一事件《教育家聯翩蒞晉》，《來復》1919 年第 79 期，其中一項議決案是《推行國語以期文言一致案》，議案對國文教科書的意見與劉復等人提出的方案意見相同，另外該決議案還提出了推行國語的具體辦法，如師範學校增加國語科、設立國語傳習所以便

〔註 35〕 在《中華民國國語研究會暫定章程》的「徵求會員書」中提到，「同一領土之語言皆國語也。然有無量數之國語較之統一之國語，孰便？則必曰統一為便；鄙俗不堪書寫之語言，較之明白近文，字字可寫之語言，孰便？則必曰近文可寫者為便。然則語言之必須統一，統一之必須近文，斷然無疑矣」，《中華民國國語研究會暫定章程》，載《新青年》第 3 卷第 1 號，1917 年 3 月。

〔註 36〕 胡適英文口述：《胡適口述自傳》，唐德剛譯注，《胡適文集》(1)，第 333～334 頁。胡適英文口述：《胡適口述自傳》，唐德剛譯注，《胡適文集》(1)，第 333～334 頁。

〔註 37〕 王風：《文學革命與國語運動的關係》，《中國現代文學研究叢刊》2001 年第 3 期。

在假期培訓小學教員等。該決議案全稱《第五屆全國教育聯合會議決案（推行國語以期言文一致案）》呈教育部並函各省區教育會。議案提出，中國「方言雜出文語分歧」，亟待改革以解決「教授無著手之良方，傳佈無通行之利器，普及教育之停滯」的情況，並提出六條辦法，提倡國語教科書。〔註38〕1920年，教育部訓令全國，改國文為國語〔註39〕。這一訓令傳達到縣一級單位，商務印書館、中華書局等也迫不及待地印發了新的教科書，並在其中顯著地標識出新詩的位置，並為新詩的教學設定了基本的模式。爾後，儘管教育觀念上，有如馮順伯、穆濟波等與胡適等的文白分立和文白和合的區分，在教學側重上各地區仍有顯著的文言、白話的差異，在學生心理中亦有文白認識的區別，但就 20 世紀 20 年代初的教育政策和教育實際來看，我們可以說，「白話」作為一種教育場域中的嶄新形式與特定觀念，被制度化地納入了中學課本，分享了原屬於古典意義的文化表達的位置。

從這個基礎上來看，新文化運動的勃興，成了教育革新和體制力量之間的助劑，它一方面推動了教育從觀念到實踐的直接變革，從而推進了體制性因素與教育實踐的和合，另一方面，這一轉變也使知識分子有了更多樣化的表達選擇，在這之中蘊含的「文學—教育—社會」的互涉互動關係，也逐步成為 20 世紀上半葉的中國歷史實際中最具獨特性的關係組合。在「新文化」與「新教育」的合力中孕育的民國知識分子，似乎迎來了一個文化與教育的「黃金時代」，這個所謂的「黃金時代」，又包裹在所謂的政治「亂世」之中，然而值得我們進一步分析和理解的，是這一黃金時代與亂世之中，倡導新文化與新教育的「新文學家」們究竟以何種文化態度，努力掙扎出一份屬於中國文化的現代意義。

第二節　從教者、教科書與新詩的機會

儘管梁啟超等晚清知識分子將文學視為改革國家、重塑國民精神的重要工具，從文學生產角度來看，他倡導的三次文學革命激活了小說的創作與消費，然而文學發展的現實情境也與他設定的「啟民智」初衷若即若離，畢竟「群」之改造理想，不是一蹴而就，歷史來看，儘管這一階段知識分子的努

〔註38〕朱麟公編：《國語問題討論集‧附錄》，上海：中華書局，1921 年。見《教育雜誌》第 11 卷 11 號《專件》欄。

〔註39〕參看黎錦熙：《國語運動史綱》卷 2，第 3 頁。

力奠定了思想啟蒙的基礎，卻未能以更高的效率帶動社會文化的整體性發展。以白話的新文學為教育內容的文學教育的出現，伴隨著教育體制改革，具備了影響文學教育的可能，隨著各式學堂的日漸普及、新文化運動實績的不斷出現，有了相對穩定的作者與讀者，「開文章之新體，激民氣之暗潮」〔註40〕的晚清理想，才在民國的文化現場有了實現的可能。更為重要的是，現代中國的文學教育和啟蒙運動互相依附，倡導恢復人的主體意識，強調人的價值和尊嚴，與清末知識分子借文學改革以啟迪群智的文化理想相比較，新文化運動以後的文化與教育實踐顯然有更確切的方針和舉措，在這其中，凸顯個體價值尊嚴的文學實踐與教育行為，起到了關鍵性的「助劑」作用。在我們描述的助劑意義上，知識分子群體所具備的樣本意義更為凸顯。

從這個方向來看，知識分子群體逐漸成為教育變革的主要設計者和實踐者，這是新文化運動以來最突出的變革。在政治力量左右和知識分子主張之間「消長」的中國教育，迎來了 20 世紀上半葉中國教育的嶄新形態。在此基礎上應運而生的 20 世紀大學教育中的「校長」「教師」「社團」「學生」「刊物」與政治運動、社會現實或者文化實際之間的關係的研究，在學界已有諸多論述，這裡不多談。我們關注的問題是，經歷新文化運動與新教育孕育的輝煌「五四」，為 20 世紀上半葉的中國留下了什麼樣的文化啟迪，這些文化啟迪以「觀念」的形態展現不足為奇，我們不妨降格，從最直觀的角度，來說明 20 世紀上半葉知識分子的生存文化樣態集中展現的特點，說明在「新教育」與「新文化」雙重革新之中，在政治體制與教育體制的磨合之下，孕育的新一代新興知識分子的基本文化生活邏輯給予我們的啟迪。在這些新興知識分子中，最令人矚目的當然還是新文學從業者，他們作為最具有開拓意義的新存在，其文化生活樣態是這一時期最具樣本意義的。

我們這裡截取幾個有典型意味的橫截面，集中論述現代大學體制中新文學家的生存文化樣態：

首先令我們關注的是教師的流動性。當我們回返教育現場去考察 20 世紀上半葉新文學從業者的教師群體在教育工作中的位置時，我們發現其流動性是一個顯要的特徵。在多重動因之下，新文學作家或因個人抉擇，或因外部原因，游弋於多所院校。有論者提出「我們所熟知的魯迅、沈兼士、馬裕藻、周作人、朱希祖、錢玄同、王星拱等，都曾在北京大學、清華大學、北京師

〔註40〕梁啟超語，《清議報》第 100 冊，1901 年 12 月 21 日。

範大學、北京女子師範大學、燕京大學等多校國文系兼課。」〔註41〕這些或主動，或被動的流動，在體制內部是被重視的。1914 年教育部頒布《專門以上學校職員薪俸暫行辦法》，明確規定禁止教職員兼司其他單位項目，1929 年國民政府教育部規定「自十八年（1929 年——筆者）度上學期起，凡國立大學教授，不得兼任他校或同校其他學院功課，倘有特別情形不能不兼任時，每週至多以六小時為限；其在各機關服務人員擔任學校功課，每週以四小時為限，並不得聘為教授。」〔註42〕這些限制與妥協，說明的是實際的教師流動，引發了體制的回應。

在實際情況中，有思想論爭引發的教師流動，如桐城「古文派」與江浙「新思潮派」對北京大學的爭奪，東南大學「學衡派」與北京大學「新文化派」的抗衡，包括「新文化派」內部的分化等；有大學校長理念引發的教師流動，如蔡元培、郭秉文、張伯苓、梅貽琦、竺可楨等的理念與人事安排；有因學術活動與旨趣、政治干預、經濟問題、戰爭壓力等多重原因引發的教師流動。〔註43〕和 20 世紀一系列「中產階級」行業如律師、記者、編輯、西醫等具備類似性，文學從業者尤其是新文學的作家、教師成為獨立參與社會事務的獨立群體，這一獨立性與職業生涯的流動性，顯然是有密切聯繫的。自由擇業機制與聘用機制為教師群體流動提供了制度性保障，流動性本身又為知識分子獨立人格力量的秉持和學術魅力、文化主張的擴散提供了基礎。當然，這一流動性本身同時蘊含著因內憂外患、政治局勢、戰爭、經濟等問題引發的被動型，被迫流徙一方面干擾了知識分子亟須的平靜，也催逼他們去介入更廣闊的社會生活，積極回應社會問題。尤其是從事新文學創作的教師群體，他們更能夠將自己的體驗與學術研究、文學創作進行勾連，其中呈現的豐富性，已被不斷開掘。倘若自由流動的教育機制和寬鬆穩定的社會環境皆備，中國大學教育或許會探索出一條新路。

我們還應關注新文學家教師群體的評價機制問題。我們在探討與此相關的問題時，經常會援引蔡元培時期的北京大學如何兼容並包，如何不拘一格，

〔註41〕 金鑫：《民國大學中文學科講義研究》，博士學位論文，天津：南開大學，2014年。
〔註42〕 《大學教授限制兼課》，見王學珍、郭建榮主編：《北京大學史料》第 2 卷，北京：北京大學出版社，2000 年，第 431 頁。
〔註43〕 參看吳明祥：《流動與求索——中國近代大學教師流動研究（1898～1949）》，杭州：浙江教育出版社，2006 年。

但同時也考慮到流傳廣泛的劉文典嘲諷沈從文「如果沈從文都要當教授了，那我豈不是要做太上教授了嗎」〔註44〕的戲謔，在這種差異化的敘述中，我們往往可以看到學術標準的「模糊性」。20世紀上半葉新文學作家在體制內生存時，其文學創作、學術研究、教學實績構成的評價機制，往往並不被固化成為硬性的指標。當然，這不意味著體制內不存在評價機制，就學術而言，民國初期的北洋政府就頒布了一系列大學學術評價機制，國民政府成立後，成立中央研究院並附設中央研究院評議會，對相關學術成就進行總體性評估，甚至1940年的抗戰時期還成立了教育部學術審議委員會，完善制度建設。然而，儘管絕大部分的學術研究都納入了學術評價活動之中，學術評價一定程度上也制約著體制內的學者，但就現象來說，民國時期新文學家總體來說在學術、創作和教學過程中，並未以此作為自己文化傾向改變，思想態度轉變的限制性因素。基本情況誠如蔡元培所理想的那樣，「我素信學術上的派別即是相對的，不是絕對的；所以每一種學科的教員，即使主張不同，若都是『言之成理，持之有故』的，就讓他們並存，令學生有自由選擇的餘地」〔註45〕。當然，這種總體傾向背後給予我們的啟迪和反思很多，這裡不贅述。

最值得我們思考的，是新文學家從事教育工作之時，並不完全徹底的委身體制，反而因體制性的保障和對體制的無視呈現出相對的自由度。五四新文化運動以後，大學校園為新文學從業者提供了生活保障的場所和言論傳播的場閾。其收入相對優渥、受眾比較廣泛和學術條件十分便利，為他們的創作、教學及學術提供了相當重要的條件，同時也為新文化影響力的擴大創造了條件。但在教育之外，新文學家往往以著述、演講影響著教育內外的各色人等。「新文學家」這一文化身份中蘊含著多重職業身份，他們可能是作家、教師、政客抑或無業者，這種教育層面的相對的自由度，既暗合了新文學運動的主張，又發展了思想主張的實際社會功能。

從總體上來說，我們簡述了民國教育體制的逐步建設過程及其與新文化運動的互動互涉關係，在體制性的因素與文化邏輯自身的力量的和合過程中，新文學家從事教育工作為我們理解中國現當代文學的發展提供了新的視野。在描述新文學家從事教育者的基本生存特徵之後，我們可以反向從讀者群體

〔註44〕章玉政：《狂人劉文典——遠去的國學大師及其時代》，桂林：廣西師範大學出版社，2008年，第247頁。

〔註45〕高平叔編：《蔡元培教育論著選》，北京：人民教育出版社，1991年，第627頁。

進行考察，理解現代基礎教育與新文學的讀者群體之間產生的文化關係。

在新文化運動初期，胡適就指出，學術界語言學專家的鼓吹和國語教科書的機械化教授是不能夠完全推廣國語運動的，胡適認為「真正有功效有勢力的國語教科書，便是國語的文學；便是國語的小說，詩文，戲本。國語的小說，詩文，戲本通行之日，便是中國國語成立之時」〔註46〕。他強調的是，真正的「利器」還在於新文學創作實績本身需不斷進入教育實踐中。圍繞《新青年》雜誌，諸多文學家也以或撰文或通信的形式強調新文學進入課本的重要性，創生期的新文學作品被賦予了厚重的使命，這對新文學的傳播起到了重要作用。1919 年 4 月教育部附設的國語統一籌備委員會召開成立大會，在會上，周作人、胡適、錢玄同、劉半農等提出了《國語統一進行方法》的議案，認為「統一國語既然要從小學校入手，就應當把小學校所用的各種課本看作傳播國語的大本營，其中國文一項尤為重要」〔註47〕。從理論、輿論與政策〔註48〕等幾個方面，新文學有了進入教育機制的可能，並且在此後，隨著教育部發出相關通告和商務印書館出版了「國語」「白話文」的教科書，帶著新文化運動印記的文學作品逐步地進入了教學之中。在 1920 年與 1921 年，國語統一會審定的教科書就達兩百餘冊。〔註49〕

概括來看，新文化運動以來，「『國語統一』與『文學革命』合流」為思想界、文化界、教育界帶來了相當大的刺激，並「顯現在小學、中學和大學教育的各個層面」，「同時也帶動了圖書出版、報刊傳媒的迅猛發展。一切都呈現出嶄新的面貌」〔註50〕。1920 年至 1922 年之間，僅統計經過「教育部國語統一籌備會」直接審定出版並在全國範圍內通用的國語、國文教科書已達400 冊之多。〔註51〕從今天的角度看，胡適曾提及的行政力量使中國文學教育改革提早了 20 年這種觀點是有其道理的，正是乘著文學革命以來新文化這股

〔註46〕胡適：《建設的文學革命論》，《新青年》4 卷 4 號。

〔註47〕原載《教育公報》第 6 年第 9 期（1919 年），轉引自錢理群：《五四新文化運動與中小學國文教育改革》，《中國現代文學研究叢刊》2003 年 03 期。

〔註48〕參看錢理群：《五四新文化運動與中小學國文教育改革》，《中國現代文學研究叢刊》2003 年 03 期。

〔註49〕參看費錦昌主編：《中國語文現代化百年記事》，北京：語文出版社，1997 年，第 34 頁。

〔註50〕沈衛威：《「國語統一」、「文學革命」合流與中文系課程建制的確立》，《中山大學學報（社會科學版）》2011 年第 3 期。

〔註51〕黎錦熙：《國語運動史綱》，上海：上海書店，1990 年，第 121 頁。

「東風」，才有了新興的文學教育借助行政力量，不斷深刻地影響著中國文學教育的語言、方法、思想、觀念。

　　從晚清「國語統一」運動以來編撰的教材，幾乎變革之中都蘊含著知識分子「言文一致」的訴求。1896 年 11 月梁啟超的《沈氏音書序》提出「文與言合」「讀書識字之智民，可以日多」〔註 52〕催生出了 1897 年上海南洋公學出版的《蒙學課本》（三冊）。這一教材通俗清新，「文字已較為通俗，而內容則與過去玄妙的經典教材更有所不同，比較接近日常生活的材料」〔註 53〕。晚清裘廷梁痛斥「文言之為害」使國家衰敗，黃遵憲的「我手寫吾口，古豈能拘牽」的詩歌主張和梁啟超的「新文體」的宣揚，「為詩體的解放和文體的解放，開啟了一條嘗試的路子」〔註 54〕；早在 1903 年「國語統一」的口號已經被吳汝綸等教育先行者叫響〔註 55〕，推行「癸卯學制」後，上海商務印書館編纂第一套「既是新學制的產物，又促動了新學制的推廣與發展」〔註 56〕的《中小學國文教科書》，事實上均意識到了教育推行必須切合時代變革的實際。1904 年「中國文學」獨立設科後，林紓的《中學國文讀本》、吳增祺的《中學國文教科書》、謝无量的《新制國文教本評注》開啟了中國文學專業化教材的編寫之路。是在「一種文章義法」的「教學尚能統一」〔註 57〕於傳統格局的框架之中的早期實踐。

　　新文化倡導者們探討文學革新的文章和教育界的一系列努力舉措，尤其是1917 年初《文學改良芻議》及《文學革命論》等一系列文章的發表，立刻引起身處教育情境中的讀者的反響。有佚名讀者以「後來學者」的身份致信陳獨秀，他們提出認同新文化理念，但缺乏教材，由此建議書局聘用文白兼修，新舊並包的學者，遴選「自古至今之文字，不論文言白話散文韻文」〔註 58〕，編撰成

〔註 52〕梁啟超：《飲冰室合集·飲冰室文集之二》第 1 冊（據 1936 年版影印），北京：中華書局，1989 年，第 2 頁。

〔註 53〕李杏保，顧黃初：《中國現代語文教育史》，成都：四川教育出版社，2004 年，第 31 頁。

〔註 54〕沈衛威：《「國語統一」、「文學革命」合流與中文系課程建制的確立》，《中山大學學報（社會科學版）》2011 年第 3 期。

〔註 55〕黎錦熙：《國語運動史綱》，第 97 頁。

〔註 56〕李杏保、顧黃初：《中國現代語文教育史》，第 34 頁。

〔註 57〕張鴻來：《國文科教學之經過》，《中國近代學制史料》第三輯上冊，上海：華東師範大學出版社，1990 年，第 439 頁。

〔註 58〕佚名：《致陳獨秀》，《新青年》第 3 卷第 3 號，「通信」，1917 年 5 月 1 日。

教科書，以作為學習的資料，更有讀者認為，陳獨秀的觀念激進，希望他不光有「破」，更要有「立」，這裡所謂的立，用讀者的話說就是「積極的建設」，體現在如何融匯文言與白話，如何重啟文學創作的「新紀元」，最終他論述的落腳點在教科書編撰上，他認為當務之急在於「至學校課本宜如何編纂，自修書籍宜如何釐定，此皆今日所急應研究者也」〔註59〕。這的確是新文化運動初期面臨的問題，缺少「坺本」難免使言說流於空疏，初期文學實績的缺乏也的確不具有太強的說服性。隨著新文學作品在流佈中不斷引起反響，在新文化運動和教育實踐的磨合與交融中，錢玄同提出了新文化運動以來的三種文學實績可供教學參考，其中包括「白話論文」「新體詩」、和魯迅的小說，他同時認為「改良小學校國文教科書，實在是『當務之急』。改古文為今語，一方面固然靠著若干新文學家製造許多『國語的文學』；一方面也靠小學校改用『國語教科書』。要是小學校學生人人都會說國語，則國語普及，絕非難事」〔註60〕。1919年經過北京大學劉半農、周作人、胡適、朱希祖、錢玄同、馬裕藻等六教授在「國語統一籌備會」第一次大會上提出的《國語統一進行方法》，改《國文讀本》為《國語讀本》，提倡「國民學校全用國語，不雜文言；高等小學酌加文言，仍以國語為主體」〔註61〕。「國語」這種既是教學內容，又是教學手段，同時也是教學目的，這是新文化運動帶來的一種教育精神的形式建構，逐步影響了教育行為。

　　儘管有了知識分子的大力鼓吹，但中小學教師群體對國語運動和新文化運動的反應不一，有的教師很敏感：比如《白話文範》的編寫者何仲英就曾說他 1920 年前後就在課堂上「教了許多白話詩」，並以胡適的《我為什麼要做白話詩》和《談新詩》給學生參考〔註62〕，在 1920 年亦有中學校刊向學生推介《新潮》《曙光》《建設》《解放與改造》《少年中國》《太平洋》《新教育》《新青年》《北京大學週刊》等在內的很多刊物〔註63〕。可見，即便教育部仍未出臺政策，對新文化運動敏感的教師和學生都已經形成了閱讀新文學的風氣。有的仍舊對「國語運動」非常茫然：有教師提出，因為身處地方，一時

〔註59〕張護蘭：《致陳獨秀》，《新青年》第 3 卷第 3 號，「通信」，1917 年 5 月 1 日。
〔註60〕錢玄同：《答潘公展》《新青年》第 6 卷第 6 號，「通信」欄，1919 年 11 月 01 日。
〔註61〕黎錦熙：《國語運動史綱》，第 110 頁。
〔註62〕何仲英：《白話文教授問題》，《教育雜誌》1920 年第 12 卷第 2 號。
〔註63〕參看《平遠中學月刊》，廣東平遠中學 1920 年創辦。

間找不到「的確懂得國音的教員」，所以「未敢將國文輕改國語，恐怕鄉音或不正確的國音來教授國語，有背『國語統一』之本義」，為讀音而困惑，因此黎錦熙感慨道，「我才知道一般教育界的人原來把國語教育全部的精神都看作讀音統一部分的事情，把改用語體文之目的看作單為統一語言起見的一回事，這就未免將輕重緩急弄顛倒了」〔註64〕。

胡適也在「國語的文學」論中表達了自己的態度，「我們不注重統一，我們說得很明白：國語的語言——全國語言的來源，是各地的方言，國語是流行最廣而已有最早的文學作品。就是說國語有兩個標準，一是流行最廣的方言，一是從方言裏產生了文學」〔註65〕，可見在「一般教育界」事實上也並未因為「教科書」的出版而產生飛躍性的教學變革，其中還是蘊藏著很多疑惑和不解，這種困惑，直接導致了教育的期待視野和直接效果之間的疏離。儘管如此，逐漸增多的新詩創作實績還是為我們昭示了胡適、黎錦熙等從「國語」角度解放詩歌形式為現代漢語詩歌創作帶來的巨大活力，已有相關研究為我們點出其核心。〔註66〕

對於形式的革新，目的在於「做新思想新精神的運輸品」，不借助形式的轟轟烈烈的激進革新，只恐怕精神也受到束縛。這一層意思，卻為教育的推行，造成了一定的阻礙，所謂國語，就牽扯到標準，胡適以為，「國語教育」首先「不止（只）是注音字母」，也「不單是把文言教科書翻成白話」，「國語教育當注重『兒童的文學』，當根本推翻現在的小學教科書」〔註67〕，歸結到核心還是一個思想問題，面對這個思想問題，最佳的解決方式是文學手段。黎錦熙也認為，「思想解放即從文字的解決而來；解決之後；新機固然大啟；就是一切舊有的東西，都各自露其本來面目」，〔註68〕根本的目的也是一個思想問題。

這一思想問題包含著對文化傳統的巨大顛覆，也極大地挫傷了有舊學背景的知識分子，引來諸多論爭，如與《甲寅》派調和折衷意見的爭鋒、與東

〔註64〕 黎錦熙：《國語教育上應當解決的問題》，《教育雜誌》第13卷第2期，1921年。
〔註65〕 《胡適學術文集・新文學運動》，北京：中華書局，1999年，第267～268頁。
〔註66〕 參考顏同林：《方言與中國現代新詩》，北京：中國社會科學出版社，2008年。
〔註67〕 胡適：《日記・1921年》，季羨林主編：《胡適全集》第29卷，合肥：安徽教育出版社，2003年，第399～400頁。
〔註68〕 黎錦熙：《國語運動史綱》，第128頁。

南大學—南京高師具有代表性的教員和學生在新舊問題上的罵戰等，在一定意義上，首先不是一個文學思潮的論辯，而應看作是文學教育問題的爭論。黎錦熙認為新文化陣營應對「攔路虎」式的《甲寅》們的策略是「布出了三道防線」，那就是：白話文、國語教科書（包括一切國語讀物）、教育法令。〔註69〕可見，這一論爭背後角力的乃是教育話語權力的爭奪。

在教科書層面，開風氣之先的是中華書局與商務印書館。朱毓魁的《國語文類選》〔註70〕宣稱，要以該教材作為「群治改造的先鋒」〔註71〕，這部教材共分十一部分，其中第一類為文學，包括了羅家倫、胡適、知非、周作人、朱希祖的十二篇文章，皆宏觀討論文學性質和文學體裁。在體裁分論中，選取了胡適的《論短篇小說》《談新詩——八年來一件大事》、知非的《近代文學上戲劇的位置》。商務印書館由於提前得到內部消息，也幾乎與教育部訓令頒布同時出版了《白話文範》〔註72〕，這部「中學白話語文教科書產生的標誌」〔註73〕著作一再重印至30年代。這部著作在出版時宣稱，由於中等學校苦於沒有合適使用的「教本」，在「很提倡白話文」的情形下，「取材也很困難」，這符合客觀實際，於是請來南開的兩位教員洪北平和何仲英，分別編撰了《白話文範》及其參考用書，為了體現其不偏不倚的文化態度，不光選取了「現代教育家蔡元培、胡適、錢玄同、梁啟超、沈玄廬、陳獨秀」等的著作，還另選取古代經典，包括「程顥、程頤、朱熹」等，從這個角度來看，這部教科書，不僅包含了教育學生的功能，還兼具培訓教師的功能。它宣揚，「不但形式上可得白話文的模範，就是實質上也都是有關新道德知識、新思想的文字，而且和中等學校的程度很合」，這是站在學生層面的教學預設；「另編參考書，凡是考據解釋和語文的組織法，都詳細說明，還有新文若干放在後面，好算一種破天荒的教科書了！」〔註74〕這部新文化運動以來的第一部教材隔年即再版，並不斷產生影響，雖然它的自我宣傳在這其

〔註69〕參看胡適：《五十年來中國之文學》，季羨林主編：《胡適全集》第2卷，第342頁。
〔註70〕朱毓魁：《國語文類選》，上海：中華書局，1920年。
〔註71〕朱毓魁：《例言》，《國語文類選》。
〔註72〕何仲英、洪北平：《白話文範》，上海：商務印書館，1920年。
〔註73〕鄭國民：《從文言文教學到白話文教學》，北京：北京師範大學出版社，2000年，第120頁。
〔註74〕參看周予同：《中國現代教育史》，上海：良友圖書印刷公司，1934年，第134頁。

中起到了很大作用〔註75〕，但我們也可以看到教科書的缺乏，同樣也是其流傳過程中的重要因素。

教科書《白話文範》的作者洪北平，其從教者的身份不應忽略，他的學生趙景深曾經這樣描繪他的老師與當時的學校情境：

> 民國八年，我十八歲，在天津南開中學舊制中學一年級讀書。我的國文師便是洪北平先生。當時新文學運動像浪潮一樣的澎湃，洪先生除了選一些文言文給我們以外，還選了不少白話文給我們讀。記得其中有一篇梁啟超的《歐遊心影錄》，文字相當有魅力。家叔每期購買《新青年》，我也讀了不少。洪先生介紹胡適的《中國哲學史大綱》給我，我也胡亂地看著。我的作文，洪老師常給我最高的分數。在全班中，我各科的成績最好，品行也列甲等。記得在大禮堂，張伯苓校長特別指出唯一的得到五個甲等的人。喊著我的名字，叫我站起來。我又是羞赧，又是高興，心裏別別的跳，就在這紅著臉站起的當兒，得到全場同學的鼓掌，因此我就被選為級長，做級會主席，繪畫研究會主席，南開青年會的秘書，英文演說競賽的選手等等。我又常向《南開週刊》投稿。記得有一次開級會，請洪先生演講，他的講題是《新文學與舊文學》，講稿是他自己寫的，卻謙虛地把筆記者寫著我的名字，登在《南開週刊》上，我看了自然很高興。我把我所做的日記，也拿給洪先生看。每冊的封面都摹仿北京大學月刊，畫一個長短不一的黑十字。我寫得很恭整，並且有恒心，不間斷地記了好幾個月，洪老師很是贊許。
>
> 後來我考入天津棉業專門學校，洪先生還在南開教書。這時他的《白話文範》，這最早的一部中學白話文教科書，已經出版。他還常有小說，創作的和翻譯的，投給《新的小說》《婦女與家庭》等刊物（這兩個刊物都是泰東圖書局出版的）。我對於洪先生非常欽佩，常寫信給他，向他借閱刊物，並問他關於文藝上的問題，他

〔註75〕再版廣告這樣寫：「提倡白話文以來，中等學校苦無適當的教材，這部分書精選古今名人的白話文，分訂四本，並且有參考書同時出版，內容很切現代思潮、國民修養。就是語法篇法，都很妥適，可作模範，要算唯一的白話文教本了。」參看舒新城：《近代中國教育史料》（第二冊），上海：中華書局，1928年，第121頁。

都很懇切地回答我。〔註76〕

從上文中可以看到《白話文範》編者洪北平從事新文學教育的基本情況。趙景深從 18 歲的中學生角度感受到了「新文學運動像浪潮一樣的澎湃」，學校教育、家庭氛圍等，都促使他主動思考「新舊」文學的關係，這也為他一生的教育事業奠定了基礎性的認知框架。而且可以看到，並不是先有了《白話文範》的編輯出版，才使得洪北平任教的中學出現新文學教育，其中的關鍵還是在教育者自身的興趣和視野。洪北平心目中的「新文學」究竟是什麼樣的呢？我們可以通過他 1920 年發表的一篇文章大體瞭解，他在一篇名為《新文談》的文章中談到，他說新文學是「精神的」，「不必拘於起承轉合的老腔調，體裁純任自然，布局就活潑了，而且必須有美妙的精神在內」，新文學「是平民的」，「以白話來作，以社會為本位，以大多數人為對象」，「要有普遍的事實與理想，合於『德謨克拉西』的精神」，新文學「是人道的」，而「人道」就是「人的道德」，新文學體現的人道表現為「想像如何是最正當的生活？如何合於人道？」，新文學「是自然的」，而非雕琢的，與舊文學相比，新文學「就是要文體的解放，詩體的解放，打破那『律』『格』『義法』種種的拘束」，內容上「也是極重自然的，是人人心中所本有的，目中所得見的，嘴中所要說的」，新文學是「寫實的」，表現的「是世上有的事理，是心中有的理，寫的是人的生活，是人現在的生活，是人將來的生活」，「而不是空的，能說不能行的」，新文學還是「進化的」，要為社會前驅製造「思想界新潮流」，同時還要接受「新潮流的影響」。〔註77〕這說明洪北平的新文學觀基本受到了胡適、周作人等《新青年》作家群的影響，這也為我們理解《白話文範》的編撰過程打開了一個窗口。

相較於論說文，這部教材中的文學作品數量不多。有統計表明，這部教材中「稱得上美術文，比例不足 15%」〔註78〕，其餘都是「實用文」，根據蔡元培的認定，「國文分二種，一種實用文，在沒有開化的時候，因生活上的必要發生的；一種美術文，沒有生活上的必要，可是文明時候不能不有的」〔註79〕，

〔註76〕趙景深等編：《現代文人剪影》，武漢：湖北人民出版社，2009 年，第 154～155 頁。
〔註77〕洪北平：《新文談》，《教育雜誌》第 12 卷第 4 號，1920 年。
〔註78〕洪宗禮等：《母語教材研究‧卷一‧中國百年語文課程教材的演進》，南京：江蘇教育出版社，2007 年，第 28 頁。
〔註79〕蔡元培：《論國文的趨勢及國文與外國語及科學的關係》，《蔡元培選集》下冊，杭州：浙江教育出版社，1993 年，第 1079 頁。

這部教材絕大多數篇章是功能性的議論文。按蔡元培的理念，這部教材尚屬於以實用文為主導的、以「開化」為追求的中學國文課本。文學作品尤其是新文學作品（美術文）由於多種原因尚未成規模，所佔比例很小。

然而這部教材卻給初生的新詩留下可貴的教育空間。《白話文範》入選了三首新詩，題為《新詩三首》，分別是傅斯年的《深秋永定門上晚景》，周作人的《兩個掃雪的人》，沈尹默的《生機》。另外還有劉半農的譯詩《縫衣曲》（標明「英國虎特著」，Thomas Hood），再算上與「新詩」有密切關聯的錢玄同寫的《嘗試集序》。自此，新文化運動以來的「詩」，以教材的形式真正意義上進入了教育傳播過程之中。

這一遴選並不隨機，其中蘊含深意。在與之匹配的供教師參考的《中等學校用白話文範參考書》中，與錢玄同《嘗試集序》對應的內容以詞條的形式出現，解釋了「嘗試集」「文學改良芻議」，對胡適「白話詩」寫作前後動機做了考察，推薦了胡適的《嘗試集自序》《解放與創造》《文學改良芻議》等《新青年》雜誌上的文章，著重提出胡適提倡的「文章八事」，同時解釋了錢玄同文章中知識性的生僻詞彙所指：「闞克匿克」為何，「轉注」何解，「嬴政」「王充」「揚雄」是誰等等，將胡適作《嘗試集》的過程故事化講述，從而將其知識化，在這個基礎上，新詩作為教育資料，首先是對其進行文字上的疏通，這也是具有悠久傳統的教育行為。

在《新詩三首》的對照閱讀中，全文摘錄了胡適的《談新詩》這一經典性的對初期白話詩評價的文章。這篇文章中，分別包含傅斯年的《深秋永定門上晚景》，周作人的《兩個掃雪的人》，沈尹默的《生機》以及譯詩《縫衣曲》，由此得見編選這四首詩的匠心之所在。這篇文章中申明了胡適眼中「新詩中的第一首傑作」——周作人的《小河》，照錄了胡適自己的新詩《應該》、康白情的《窗外》《送客黃浦》等詩作，並做出闡釋。這一給定的闡釋框架，據朱自清分析，胡適的這篇文章「大體上似乎為《新青年》詩人所共信，《新潮》《少年中國》《星期評論》，以及文學研究會諸作者，大體上也這般作他們的詩。《談新詩》差不多成為詩的創造和批評的金科玉律了」〔註80〕。不僅如此，借助中學國語教科書《國語文類選》《白話文範》等的推行，這一框架既指導了創作、批評，更傳授了閱讀經驗和方法。在新文化運動與中學教育相互參與，相互碰撞、磨合、融匯過程中，心意相投者有之，疑惑不解者有之，

〔註80〕朱自清：《中國新文學大系‧詩集導言》，上海：良友圖書印刷公司，1935年。

與之對立者有之，正是在這樣一種互通與對立中，20 世紀初的文學與思想才呈現出一種豐富的複調般的交響。在新文化運動與中學教育相互參與，相互間的碰撞、磨合、融匯過程中，新詩是作為核心性的文體，新文化運動以來新詩初步進入教育範疇的核心性文獻，正是胡適的《談新詩——八年來一件大事》。

第三節　《談新詩》的教育學意義

對於胡適的《談新詩——八年來一件大事》，十數年後朱自清在回望初期白話詩的流傳時，認為它是「詩」的「創造」和「批評」的「金科玉律」〔註81〕。事實上談了兩方面的問題。一是創造，它是新文化運動潮流追隨者寫作的模板；二是批評，無論認同與否，這一文獻有著開啟詩歌藝術討論空間的功能。本文認為，胡適的《談新詩——八年來一件大事》是新詩進入教育領域的核心性文獻。

《談新詩——八年來一件大事》刊載於《星期評論》1919 年 10 月 10 日紀念號上。《星期評論》是一份時間不長的刊物，1919 年 6 月 8 日在上海創刊，1920 年 6 月就停刊了，但它是一份包含黨派訴求的重要刊物，是「國民黨人文化參與的產物」〔註82〕，集中展示了南方政治、文化圈與新文化運動的互動。這份週刊，每期八開兩張，除單獨銷售外，還隨《民國日報》免費附送。由戴季陶、沈玄廬等負責編輯。該刊闢有主張、紀事、短評、小說、詩、書報介紹等欄目。1919 年 10 月 10 日「紀念號」共計五張。其中刊載「本號重要目次」〔註83〕分別是第一張：「中國實業如何發展（孫文）」「唯物史觀的解釋（林雲陔）」，第二張：「革命的繼續（廖仲愷）」「我們要一種什麼樣的憲法（民意）」，第三張：「英國勞動組合運動（戴季陶）」，第四張：「實驗主義理想主義與物質主義（蔣夢麟）」「女子與共和的關係（蒨玉）」「宗教的共和觀（徐季龍）」，第五張：「《談新詩》（胡適）」。通而觀之，這期報紙談論的都是中華民國建政以來的有關「民生社稷」和「思想狀況」之類宏大問題。其中包括實業發展、哲學主張、革命前景、工人運動、女性問題、宗教問題，唯

〔註81〕 朱自清：《中國新文學大系·詩集導言》，上海：良友圖書印刷公司，1935 年。
〔註82〕 姜濤：《開放「本體」與研究視野的重構——以「〈星期評論〉之群」為討論個案》，《北京大學學報（哲學社會科學版）》2008 年第 4 期。
〔註83〕 《星期評論》紀念號，1919 年 10 月 10 日，第五張。

獨這篇《談新詩》，似乎是個非常小非常小的文學問題，而且不是有關宏旨的
理論性、方向性的大問題。在這一系列所謂「重要目次」之中，顯得略有些
渺小、缺乏分量，這一份紀念民國成立八年國慶的「紀念號」上的重要目次，
每一篇都幾乎是具有現實指導意義的「大文章」，胡適卻以小文章摻入其中，
這其中包含了他自己的匠心獨具。

　　《談新詩》共有五個部分，胡適借《談新詩》的第一部分，開篇就談了
他這篇文章的寫作背景和「言外之意」。他首先說到「民國六年（一九一七）
一月一日，《新青年》第二卷第五號出版，裏面有我的朋友高一涵的一篇文章，
題目是《一九一七年預想之革命》。他預想從那一年起中國應該有兩種革命：
（一）於政治上應揭破賢人政治之真相，（二）於教育上應打消孔教為修身大
本之憲條。高君的預言，不幸到今日還不曾實現。『賢人政治』的迷夢總算打
破了一點，但是打破他的，並不是高君所希望的『立於萬民之後，破除自由
之阻力，鼓舞自動之機能』的民治國家，乃是一種更壞更腐敗更黑暗的武人
政治。至於孔教為修身大本的憲法，依現今的思想趨勢看來，這個當然不能
成立；但是安福部的參議院已通過這種議案了，今年雙十節的前八日北京還
要演出一齣徐世昌親自祀孔的好戲！」〔註84〕胡適通過高一涵「預想」的1917
年發生「兩種革命」，來表達對 1919 年時局的擔憂。期待中的政治民主不僅
沒有實現，反而陷入了「更壞更腐敗更黑暗的武人政治」〔註85〕，預想的以
反對「孔教」為代表的思想革命，也因「北京還要演出一齣徐世昌親自祀孔
的好戲」〔註86〕而告破。胡適用了充滿了一種頹喪的憤怒，開始了這篇文章。

　　接下來話鋒一轉，「但是同一號的《新青年》裏，還有一篇文章，叫作《文
學改良芻議》，是新文學運動的第一次宣言書。《新青年》的第二卷第六號接
著發表了陳獨秀君的《文學革命論》。後來七年四月裏又有一篇《建設的文學
革命論》。這一種文學革命的運動，在我的朋友高君做那篇《一九一七年預想
之革命》時雖然還沒有響動，但是自從一九一七年一月以來，這種革命──
多謝反對黨送登廣告的影響──居然可算是傳播得很遠了。文學革命的目的

〔註84〕 胡適：《談新詩──八年來一件大事》，《星期評論》紀念號，1919 年 10 月 10
　　　　 日。

〔註85〕 胡適：《談新詩──八年來一件大事》，《星期評論》紀念號，1919 年 10 月 10
　　　　 日。

〔註86〕 胡適：《談新詩──八年來一件大事》，《星期評論》紀念號，1919 年 10 月 10
　　　　 日。

是要替中國創造一種『國語的文學』——活的文學。這兩年來的成績，國語的散文是已過了辯論的時期，到了多數人實行的時期了。只有國語的韻文——所謂『新詩』——還脫不了許多人的懷疑。但是現在做新詩的人也就不少了。報紙上所載的，自北京到廣州，自上海到成都，多有新詩出現」〔註87〕。這是用新文化運動的實績，來說明在這頹喪和悲憤之外，還是有收穫的。這個收穫，就是伴隨新文化運動的展開，其中「多數人實行」的「國語的散文」，已告成功，「現在做新詩的人也就不少了」，方興未艾。

這兩段一上一下，從對時局的失望，說到新文化的功績，接著談到了發表這篇《談新詩》的緣由，「這種文學革命預算是辛亥大革命以來的一件大事。現在《星期評論》出這個雙十節的紀念號，要我做一萬字的文章，我想，與其枉費筆墨去談這八年來的無謂政治，倒不如讓我來談談這些比較有趣味的新詩罷」〔註88〕。通過並置對時局的失望和新文化運動的功績，原來是為了點出「這種文學革命預算是辛亥革命以來的一件大事」。《星期評論》向其約稿，原本的目的應該是作一篇與「重要目次」中其他篇章類似的關於國計民生的「一萬字大文章」，胡適毅然拋開了「無謂政治」，不去「枉費筆墨」，倒是選了一個「談新詩」的小題目來做。

從「無謂政治」，到選擇「有趣味的新詩」，胡適此文的目標，顯然不是他一個「小題目」的自謙，它關係的是整個新文化運動「啟蒙」觀念的推進程度，在這篇文章的副標題「八年來一件大事」的每個字上，作者都打上了黑點，以示莊重。在這篇文章刊登之際，胡適正在山西參加全國教育聯合會第五次大會。上文提及的山西地方雜誌《來復》以《教育家聯翩蒞晉》為題加以報導已充分說明了此事。「全國教育聯合會於本月十日在晉舉行……有美國大教育家杜威博士及其夫人女公子等，並偕同北京大學教授胡適之」，「杜博士來係專為演講世界最新教育學說，胡先生則任翻譯」〔註89〕。這篇文章發表前後，胡適為之奔忙的仍舊是「教育問題」。結合起來看，「新詩」這一議題，在胡適看來是民國八年以來一件大事，他衡量著新文化運動的切實影響力。胡適以為，「1919年『五四運動』之後，全國青年皆活躍起來了，不只

〔註87〕 胡適：《談新詩——八年來一件大事》，《星期評論》紀念號，1919 年 10 月 10 日。

〔註88〕 胡適：《談新詩——八年來一件大事》，《星期評論》紀念號，1919 年 10 月 10 日。

〔註89〕 《教育家聯翩蒞晉》，《來復》（雜誌），1919 年第 79 期。

是大學生，縱是中學生也居然：要辦些小型報刊來發表意見。只要他們在任何地方找到一家活字印刷機，他都要利用它來出版小報。找不到印刷機，他們就用油印。在至兩年間，全國大、小學生刊物總共約有多種。全是用白話文寫的。在全國之內，被用來寫作和出版」，「這些青年人的行為也證明了我的理論——我們從閱讀欣賞名著小說，而獲得了一種（新的應用）文字」〔註90〕。然而，白話文運動，寄託了胡適對文學革命運動目標的期冀，即對語言文字以及文體的解放。在這種由閱讀到寫作實現文學革命的過程中，學生們不僅僅獲得一種新的文字，更為重要的是將新文學的意識深深地植根於他們的自我意識中。〔註91〕

從民國初年發起的「讀音統一會」到 1917 年底「國語統一會」的籌備，都是知識分子群體在為文學和語言的統一積極尋找路徑，直至 1920 年教育部下令教科書改國語，以語言的形式解放引導學生向思想的桎梏突圍，是胡適為代表的知識分子以新文學運動以來倡導的價值觀影響青年學生做出的由外向內的導引。然而「應用型」的白話文字易習得，價值觀念的傳遞相較而言更加艱難。這一篇談新詩借詩歌問題突出「打破那些束縛精神的枷鎖鐐銬」，顯然是極具代表性的教育問題，由此我們能夠理解，為何胡適選擇這篇文章作為 1919 年 10 月 10 日刊於《星期評論》紀念號上的「大文章」。以至於讓諸多受新文化影響的青年們，都把「民國八年」作為自己閱讀與寫作生涯值得銘記的轉折時刻。「閱讀是扮演讀者的角色，而闡釋是設定一種閱讀經驗。」〔註92〕正是這篇《談新詩》，協助新文學的傳播者、接受者更深層地理解新文化運動何為。而正因為「新詩」，新文化運動以來的教育理想才得以落實。

自胡適這篇《談新詩——八年來一件大事》之後，借「談新詩」為題，討論文藝問題、教育問題的篇章，亦出現不少。北京女子高等師範學校陸秀珍的《新詩叢談》，宗白華的《新詩略談》，清華大學署名家雁的《談新詩》，江蘇江陰南菁中學署名啟田的《談新詩》等，都旨在通過新詩話題，談論詩歌創作問題、新舊文化與文學的問題和詩歌教學問題，皆是以詩歌這一小題目，進入社會的大問題。

〔註90〕胡適：《胡適日記·新文化運動》。
〔註91〕劉緒才：《1920～1937：中學國文教育中的新文學》，博士學位論文，天津：南開大學，2013 年。
〔註92〕卡勒：《論解構》，陸揚譯，北京：中國社會科學出版社，1998 年，第 153 頁。

　　舉一例說明這一教育理念對中學教育的確切影響。正是在新詩剛剛進入文學教材之時，在 1921 年第一期的《教師之友》（南京）雜誌上，刊載了未署名的南京高師—暨南附屬小學小高等一年文學《兩個掃雪的人》（周作人）教案〔註93〕，教師先從生活的實際體驗出發：「前天下雪，你們覺得怎樣？空中，地上，又是怎樣？校內，校外，和平時有什麼不同？……對於掃雪的校工，應該有怎樣的喜歡？」迅速地為這首詩歌進入教育情境找到了關聯性，以同情性理解的門徑，指向這首詩歌描繪的場景。教師提問：「你們看這首新詩中，講些什麼」並嘗試和學生一起回答「兩個掃雪的人勤苦，使路人見了，感歎不已」，並借助胡適《談新詩》中對這首詩「自然的音調」〔註94〕的解析，引導學生「把這首詩中的文字，細細研究一下」，並以一連串的疑問點出詩歌的要旨，「我們還要研究詩中的用意：馬路上為什麼車馬全無，兩個人為什麼在那裡掃雪？為什麼在雪中掃雪？雪中掃雪，掃得乾淨麼？有這種事麼？作詩人的人，為什麼要寫這個意思？然而我們遇到難的事情，使公眾有益的，應當怎樣？究竟這首詩，是什麼意思呢」。這一串提問，逐步地和學生一起走入這首詩歌的精神世界，讓其中詩人的言外之意得以昭彰，「俗語說的，『各人自掃門前雪』，我想做詩的人，拿這兩個掃雪的人來比喻，要是做事，為公眾謀幸福，切不可瞻望不前」〔註95〕。以「俗語」來寓意長久以來的國民心態中的不妥之處，以詩歌精神將感受理性化，並總結出一番近似現代公民教育的言說，不得不說，是這個教學設計中的亮點。兩個微不足道的掃雪者，在漫天紛飛的下雪天，如同「白浪中漂著」的「兩隻螞蟻」一樣渺小，看似徒勞地與天氣搏鬥、與自身的渺小搏鬥，「掃雪」，儘管掃完了旋即又被填平，忙碌中有著一絲無奈，但這兩個人仍舊「掃個不歇」，詩人最後說到「祝福你掃雪的人！／我從清早起，在雪地裏行走，不得不謝謝你。」被教師解讀為「為公眾謀幸福，切不可瞻望不前」，將新民、智民的啟蒙的思想真正的落實在了中學課堂之上。更直白可見的是，胡適的《談新詩》為這首詩歌的藝術特點闡釋和精神內涵分析奠定了基礎。

　　儘管南京高師的學子與新文化運動的幹將也在這一年鬧了一樁「詩學研

〔註93〕《〈兩個掃雪的人〉（周作人）教案》，《教師之友》（南京）1921 年第 1 期。

〔註94〕胡適：《談新詩——八年來一件大事》，《星期評論》紀念號，1919 年 10 月 10 日。

〔註95〕《〈兩個掃雪的人〉（周作人）教案》，教學設計：《教師之友》（南京）1921 年第 1 期。

究號」與《時事新報・文學旬刊》關於新舊體詩論爭的重頭戲，但我們就這一教學實例生動地傳達的 1921 年初期白話詩在課堂中傳播的情境來看，新詩已然在這一看似包裹著相當大的歷史慣性和刻板見地的學術空間中發生了作用。這一教學示例不可謂不成功，由《談新詩》推廣而去的初期白話詩的影響表明，朱自清所謂的《談新詩》已然成為新詩創造和批評的「金科玉律」〔註96〕評價確有道理，事實上也包含著對這篇評論文章的「教育」價值的肯定。正因胡適《談新詩》中具體的操作提供的評價模板，初期白話詩才能以如此迅捷的速度，普及新文化運動以來的文化理念。

　　早期新文學從教者洪北平談論的「不必拘於起承轉合的老腔調，體裁純任自然」，強調新文學「是自然的」，而非雕琢的，新文學「就是要文體的解放，詩體的解放，打破那『律』『格』『義法』種種的拘束」的觀念，內容上「也是極重自然的，是人人心中所本有的，目中所得見的，嘴中所要說的」洪北平：《新文談》，《教育雜誌》第 12 卷第 4 號，1920 年。這既是談論文學、詩歌的教學和創作，也是談現實人生的理想狀態，這其中「自然」的文學觀，面向社會人生的文化觀，正是與胡適借「自然」「具體」的詩歌創作觀念探討文化主張，借詩體解放探討人性解放，借文學探討現實人生的教學翻版。此後，諸多經典詩論，如郭沫若、田漢、宗白華的通信《三葉集》，朱自清的《中國新文學大系・詩集導言》《新詩雜話》，葉聖陶的解讀新詩的篇章，也作為經典型教育文獻影響了新詩教育和學術發展。

　　當然，胡適理論中的「凡是抽象的材料，格外應該用具體的寫法」胡適：《談新詩——八年來一件大事》，《星期評論》紀念號，1919 年 10 月 10 日。的觀念，從詩歌史進程的角度來看，有其不完善甚至偏頗的一面，其中裹挾了超越文學表述的其他訴求，但從教育角度來看，這為詩歌的講授、學習、理解、模仿，提供了一種可能性。也正因《談新詩》與新詩、新文化運動的實績逐步進入教育情境，才促使學生思考「新」「舊」的文化理論問題、個人與社會的現實問題。

第四節　初期白話詩的教育功能：與思想啟蒙合流

　　以胡適為代表的初期白話詩人通過各種傳播媒介尤其是文學教育，使得新文化運動以來對詩歌變革的主張及這一主張背後蘊含的思想啟蒙理念不斷

〔註96〕朱自清：《中國新文學大系・詩集導言》。

延續。對五四以後成長起來的新文學創作的愛好者、實踐者而言,「民國八年」這個時間,也是具有轉折意義的,比如鍾敬文就說過,「我的改作新詩,是民八以後的事」〔註 97〕,時為重要的文學編輯的茅盾也認為,在五四新文化運動後,中學生詩人群體越來越多,茅盾說,「就我所見,初有寫作欲的中學生十之九是喜歡寫詩的」,「喜歡寫詩的青年之多,可以從各文藝刊物的投稿上看到。投稿最多的,是詩。這『結論』,我是從好幾位編輯先生口裏聽來的。有一位編輯先生說他的經驗:某期登出了幾篇詩,則以後有好久,詩的投稿擁至」〔註 98〕。

「新詩」及新詩教育為新文化運動的白話文學啟蒙思想從形態的變革到觀念的落實,做出了確切的成績。我們提到啟蒙,一般會採用康德的觀點,「啟蒙就是人類脫離自我招致的不成熟,不成熟就是不經別人的引導就不能運用自己的理智。如果不成熟的原因不在於缺乏理智,而在於不經別人引導就缺乏運用自己理智的決心和勇氣,那麼這種不成熟就是自我招致的。敢於知道要有勇氣運用你自己的理智!這就是啟蒙的座右銘」〔註 99〕。這其中包含對自我意識和理性精神的推崇,一般看來,是個人意義上的。中國新文化運動以來的啟蒙,不僅包含對個性解放、個體獨立以及精神自由的追求,這追求之中還包含了對社會現實問題的關切,是反對專制、反對愚昧和反對精神奴役的現實追求。在這個基礎之上,新詩一方面為青年群體理解五四新文化運動以來的啟蒙思想打開了一扇窗,另外一方面它本身蘊含的形式特徵和美學訴求,也構成啟蒙思潮的一部分。

在吳福輝的《沙汀傳》中,以「遲來的啟蒙」為題,描繪了沙汀、艾蕪等作家在四川省立成都師範學校與初期白話詩遭遇的一幕:

> 最初引起他(注:楊朝熙,即沙汀)注意湯道耕(注:艾蕪)的,便是湯的讀詩和寫詩……湯道耕接觸五四新文化稍早,朝熙最早讀到的白話詩,像胡適的《嘗試集》、康白情的《草兒》集,都是在湯那裡借來的。等到經湯介紹讀了郭沫若《女神》裏那些代表「五四」狂飆突進精神的詩,才真正被新詩吸引住了,許多段落至今仍

〔註 97〕 鍾敬文:《我寫詩的經過》,《文學週報》1929 年第 326~350 期。
〔註 98〕 茅盾:《論初期白話詩》,《文學》第 8 卷第 1 號,1937 年 1 月 1 日。
〔註 99〕 康德:《對這個問題的一個回答:什麼是啟蒙?》,見〔美〕詹姆斯·施密特編:《啟蒙運動與現代性——18 世紀與 19 世紀的對話》,徐向東、盧華萍譯,上海:上海人民出版社,2005 年,第 61 頁。

能背誦。星期天兩人一起去成都的通俗教育館、少城公園遊逛。在
望江樓俯視滔滔江水，兩個青年常不自禁地誦出郭沫若的詩句：

……

　　哦，山在那兒燃燒，

　　銀在波中舞蹈，

　　一隻隻的帆船，

　　好像是在鏡中跑，

　　哦，白雲也在鏡中跑，

　　這不是個呀，生命底寫照！

……

　　兩年後，湯道耕與省一師的新繁同鄉辦了個文學刊物《繁星》，
湯在那上面發表的詩，朝熙也是讀過的。這是許多文學青年都有的
詩的年齡、詩的時代。〔註100〕

在四川省一師求學的過程中，新詩不僅是文學愛好者相互投契交往的媒
介，更是學生群體瞭解新文化運動的窗口，青年沙汀、艾蕪借這一窗口，不
僅「領會到『五四』人權平等、勞工神聖」〔註101〕等精神內涵，並且還在在
爭取教育經費獨立中請願、抵制日貨、提倡「平明教育活動」，在「科玄論戰」
中積極思索和踐行，從文學中汲取力量，對社會問題產生興趣。

當然，新詩的閱讀固然是整體新文學運動營造的整體性文化氛圍中的一
個組件，不宜誇大其效能，公允地說，初期白話詩進入教育之中，為學生群
體思考社會問題提供了契機。

廣東梅州平遠中學創辦於 1906 年，在 1920 年該校創辦的《平遠中學月
刊》上，我們可以發現，新詩的創作模仿，是與思考新文化運動以來其他社
會問題並置。這份中學月刊每期前面都陳列「介紹新刊」欄目，推薦包括《新
潮》《曙光》《建設》《解放與改造》《少年中國》《太平洋》《新教育》《新青年》
《北京大學週刊》等在內的很多刊物。這份學生月刊多討論「人的道德」「國
家社會要求學生應具備的素養」「我們培養思想的方法」「家庭養育兒童底研
究」等問題，發表了很多新詩創作，其中學生創作的新詩稚氣未脫，文章寫
作也是模仿《新青年》等雜誌。其中較為活躍的學生作者，是後來參加廣州

〔註100〕吳福輝：《沙汀傳》，北京：北京十月文藝出版社，1992 年，第 60 頁。
〔註101〕吳福輝：《沙汀傳》，北京：北京十月文藝出版社，1992 年，第 64 頁。

知用學社的吳山立。他寫作了多首新詩，較有代表性是《兩個叫花子》〔註102〕，他寫盲人乞討者相互牽著，引來小孩模仿，家人呵斥切莫「盲從」，充滿了初期白話詩說理的味道。他還寫作大篇幅文章《家庭改造問題》，提出「吾國自五四運動以來，全國人士，皆恍然以古代制度之不適於 20 世紀之新潮流。而改造、解放之聲浪，遍播海內，二者固同為今日中國革新之要著。顧凡事必有其破題，余以為欲行解放，必有改造著手，而改造又必先由家庭著手」〔註103〕。另外還有題為《多數　少數》等一系列文章刊於該校月刊「隨感錄」欄目，控訴「專制主義」山立：《多數　少數》，《平遠中學月刊》第 1 卷第 2 期，1920 年。他的新詩創作與他對社會問題的關切是具有同一性的。切莫「盲從」是對精神素質的追求，家庭改造問題是對社會問題的切實感受，這背後體現了平遠中學的文化氛圍。同時我們可以看到，「新詩」作為一種文化象徵，意味著接受了新思想的洗禮與否；同時新詩寫作也是思想啟蒙的一部分，它促成青年學生思考社會人生問題。這與初期白話詩的精神素質有關，偏重寫實與說理，從形式之解放暗寓精神的解放，對學生群體產生了影響。

　　新文化運動的推廣在不同地域之間差異很大，對新文化運動的接納也各不相同。從事新詩創作的女詩人陳衡哲，是一位早年作品被選入了很多中小學教材的新文學倡導者，她在 20 世紀 30 年代回憶自己的童年時表示，她「自己在幼時所受教育的經驗，同情是趨於白話的……這白話文的實際試用，乃是我用來表示我同情傾向的唯一風針」〔註104〕。而余英時回憶自己抗戰末期的學生生涯時曾經說到，他抗戰末期的童年最感興趣的是舊詩文，並且「從來沒有聽人提到過『五四』。當時無論在私塾或臨時中學，中文習作都是『文言』，而非『白話』。所以我在十五六歲以前，真是連『五四』的邊沿也沒有碰到」〔註105〕。個人回憶中，學生時代對新文化運動陌生的知識分子或是不熟悉初期白話詩而走上新詩創作道路的詩人也存在，這其中體現了地域之間各有其文化風尚，構成了個體瞭解新文化運動的差異。從教科書的角度來看，初期白話詩有諸多對現實問題發言的作品被選入，為新文化運動以來的文學主張、詩歌主張建設了一個擴展平臺，當然，新文化運動的擴展，亦可看作

〔註102〕吳山立：《兩個叫花子》，《平遠中學月刊》第 1 卷第 2 期，1920 年。

〔註103〕吳山立：《家庭改造問題》，《平遠中學月刊》第 1 卷第 2 期，1920 年。

〔註104〕陳衡哲：《〈小雨點〉改版自序》，《小雨點》，上海：商務印書館，1936 年。

〔註105〕余英時：《現代危機與思想人物》，北京：生活‧讀書‧新知三聯書店，2005年，第 72 頁。

是具有文化自覺意味的過程，但以報刊和教科書為代表的傳播媒介的豐富和多樣，終究是具有極大的推動意義的。

被選入中學國語教科書的初期白話詩作品較有代表性的是胡適的《樂觀》（《復興國語教科書》，商務印書館，1939年）、《威權》（《初中國文教本》，上海大東書局，1930年），周作人的《兩個掃雪的人》，沈尹默的《人力車夫》（《現代初中教科書國語》），劉大白的《渴殺苦》（《新亞教本初中國文》，上海新亞書店，1932年）等作品。之所以被反覆選入教科書，是因為這些作品本身蘊含了反專制、關注底層、不斷強調個體的尊嚴和價值的特點。從現有的相關教學資料來看，教師在講述過程中通過這類具體的詩歌形象不斷啟發學生理解，能充分說明詩歌教育中現代精神的啟蒙面向，構成了新詩教學與思想啟蒙並軌的一種樣態。

這些詩與長期選入中學教科書的胡適的《談新詩》《國語的文學 文學的國語》，俞平伯的《文學的游離與其獨立》，周作人的《人的文學》《個性的文學》《平民的文學》《我學國文的經驗》等互相參照，既照顧到了中學生群體的實際學習情況，也對中學生群體接納啟蒙思想，構築世界觀，起到了相輔相成的作用。這些作品被不斷選入教科書，有一定的工具主義的傾向，客觀地說，這些初期白話詩歌作品在藝術水平上有缺陷，但它的出現的確與新文化運動以來鼓吹的文學教育目的整合在了一起。有學者認為，「作為以啟蒙為旗幟和目的的『五四』一代知識分子，正是直接地選擇白話詩作為武器，以寄託他們的新思想……『初期白話詩』的作者們必然不具備詩歌本體意識，而是把詩歌當成了一種說理的工具」〔註106〕。這種啟蒙方式，遠比單調說教和理念灌輸行之有效。通觀20世紀中國，通過文學、詩歌方式進行思想啟蒙、政治啟蒙，進行社會運動的案例層出不窮，從今天的角度看，在初期白話詩的階段，這樣的思想啟蒙和文化方式是行之有效並且具有正義性的。

中學生群體加入新詩寫作和討論的行列，則更能體現初期白話詩及此後的種種論爭作為話題，為中學生思考的深入提供了條件。江西省立第三中學的王朝瑾在《學生文藝叢刊彙編》上發表《我對於新舊詩的批評及忠告做新詩的先生們》，認為學做新詩的人是「盲從派」，「自胡適倡做新詩，一時『盲從』的人隨聲附和，弄得舉國若狂」，他自稱他的「思想」「道德」皆是由「舊

〔註106〕陳旭光：《論初期白話詩的寓言形態及其文化象徵意義》,《中國文化研究》1997年第2期。

詩」塑造，白話詩不過是「隨口說說」的「枯燥無味的」「破壞國粹」的文字〔註107〕，這迎來了江蘇省立第二農校的曹雪松的反駁，他認為，「舊詩是死的，是不自然的，是束縛精神自由發展的」，「新詩是活的，是自然的，是使精神自由發展的」〔註108〕，之後又有署名紹興蠡社胡劍吟作的《對於新詩和舊詩的討論》〔註109〕，貢獻自己對新舊詩審美問題的觀點，有調和折衷的味道。中學生在「新詩」「舊詩」的問題上有各自的體驗和認知，並且觀點幾乎都是模仿知名知識分子的言說，這些都不必詳說。重要的是，由「新詩」拉開的話題空間，展開了言論的交鋒和溝通，在一種對話機制中，開啟了中學生群體自由思想、自主表達個人審美主張、參與公共性文化問題討論的方向。

　　儘管初期白話詩在後來遭到了質疑，早期詩人也不斷自我反思，但誠如美國學者斯蒂芬·布隆納所說，〔註110〕，初期白話詩在啟蒙過程中，扮演了極為重要的角色。正是有了初期白話詩為中學生引入的「新」「舊」思想問題、文學審美問題思考的空間。姜濤認為，「『新與舊』的衝突，不僅是觀念的問題，而且也是新詩『場域空間』的劃分邏輯，藉此新詩的合法性才能浮出歷史」〔註111〕，本文認為新詩教育視野中引入的「新」「舊」問題，不僅是新詩本身的問題，還為學生群體積極介入社會事務、自由思考和表達個人意見，創設了空間。

〔註107〕王朝瑾：《我對於新舊詩的批評及忠告做新詩的先生們》，《學生文藝叢刊彙編》1925 年第 1 卷第 2 期。

〔註108〕曹雪松：《我對於新舊詩的批評及指駁反對新詩的先生們》，《學生文藝叢刊彙編》1925 年第 1 卷第 2 期。

〔註109〕胡劍吟：《對於新詩和舊詩的討論》，《學生文藝叢刊》1925 年第 2 卷第 3 期。

〔註110〕〔美〕斯蒂芬·埃里克·布隆納：《重申啟蒙──論一種積極參與的政治》，殷杲譯，南京：江蘇人民出版社，2006 年，第 7 頁。

〔註111〕姜濤：《「新詩集」與中國新詩的發生》，北京：北京大學出版社，2005 年，第 155 頁。

第二章　新詩與新文學教育的互相拓展

第一節　從語言樣本到精神樣本

　　就新文學及新詩「發展」與「流變」的具體過程而言，民國的教育情境與文學創作、研究相互拓展的過程值得深思。無論是在世界文學史的版圖上，還是在中國自身傳統的文學脈絡裏，都很難再找到某種文學像民國時期的「新文學」那樣深度參與歷史的變革、社會的轉型以及文化整體的建構。縱觀中國現代文學短短三十年多年的發展歷程就會發現，「文學」自始至終都是以「社會運動」的方式呈現在社會公共空間之中：從《新青年》同人群體的孤獨探索，到「文學研究會」與「創造社」的雙峰並峙，再到 30 年代「左聯」「京派」「海派」的三足鼎立，文學運動的主角一直都是同人性質的社團和社會性的思潮，而非作為個人的作家。在這個層面上，作家個人的創作活動並不會置於一個特別顯赫的位置上，相反，像教師、書商、出版人、報刊編輯等人的工作卻是如此不容忽視。可以說，「文學」首先構成了一個行業，而它的發展、流變也就不在於藝術水準的不斷攀升，而是在於讀者群體的形成，商業模式的成熟，以及社會功能的完善。而也正是這樣一種互動的屬性，使得中國現代文學保持了最大限度的開放。也正因為此，商業的侵蝕，政治的衝擊，甚至戰爭的籠罩，不僅不會阻斷現代文學的發展歷程，反而能夠使它在與這些社會變革的深度關聯中不斷爆發新的活力。從這個意義上來看新文學教育構築的文化空間與新詩自身的文學成長的相互作用，也是整體性現代歷史發

展邏輯中的必要環節。

一般認為，「白話文教材是擴大新詩影響的重要途徑」〔註 1〕。本文認為，不僅如此，新詩本身的特殊價值也擴大了白話文教材乃至整個新文化運動在教育領域的影響力。

1935 年胡適做過關於《新文化運動與教育》的演講，開頭宣稱「我對於教育還是一個門外漢，並沒有專門的研究。不過，我們講文學革命，提倡用語體文，這些問題，時常與教育問題發生了關係。也往往我們看到的問題，而在教育專門家反會看不到的」〔註 2〕，這一概括點出了新文化運動的教育面向。北洋政府時期，袁世凱頻頻發布總統令，號召尊孔讀經，對教育界產生了很大影響，〔註 3〕五四新文化運動積極介入教育，則與之有密不可分的關係。在回憶自己五四運動期間在浙江一師的學生生涯時，曹聚仁說，「我們最贊成吳虞隻手打孔家店的主張，所謂的四書五經，真的想一腳踢掉，讓它們到茅坑裏去睡覺了。那時，我還愛寫白話詩，一種無韻的抒情詩，大體上走的是胡適《嘗試集》式的解放體詩詞。如康白情所寫的『送客黃浦，風吹動我的衣裳』，真簡直家喻戶曉了」〔註 4〕。在曹聚仁的回憶中，對封建倫理的憎惡，與對白話詩的愛好並列在了一起，在思維深處有種微妙的暗合。

新詩文本為新文學教育提供了語言的坯本，仿寫新詩蔚然成風，伴隨著新文化運動日益深入，新詩寫作也從語言的簡單模仿走向了文學精神的沿襲。

〔註 1〕林喜傑：《群體性解讀與想像——新詩教育研究》，博士論文，首都師範大學，2007 年。

〔註 2〕胡適：《新文化運動與教育問題》，收《胡適文集》第 12 卷，北京：北京大學出版社，1998 年，第 483 頁。

〔註 3〕1912 年 9 月 20 日，袁世凱頒布《整飭倫常令》，宣稱「中華民國，以孝悌忠信禮義廉恥為人道之大經」，強令國民「恪守禮法，共濟時艱」。1913 年 6 月 22 日，袁世凱發布《尊崇孔聖令》：「查照民國體制，根據古義，將祀孔典禮，折衷（中）至當，詳細規定，以表尊崇，而垂久遠。」此後袁世凱發布的還有《大總統發布尊孔典禮令》《大總統發布規復祀孔令》《大總統發布崇聖典例令》《大總統發布親臨祀孔典禮令》。隨著社會上尊孔復古思潮的泛濫，1914 年 6 月 24 日，教育總長湯化龍在《教育部飭京內外各學校中小學修身及國文教科書採取經訓務以孔子之言為指歸文》中要求中小學讀經，「嗣後各書坊各學校教員編纂修身及國文教科書採取經訓務以孔子之言為旨歸，即或兼採他家，亦必擇其與孔子同源之說」。1915 年的《特定教育綱要》在「教科書」一節中規定中小學加讀經一科，按照經書及學生程度分別講讀。初等小學講讀《孟子》，高等小學講讀《論語》，中學校講讀《禮記》和《左氏春秋》。

〔註 4〕曹聚仁：《我與我的世界·浮過了生命海》，北京：生活·讀書·新知三聯書店，2011 年，第 119 頁。

校園情境為新詩的普及、討論和論爭提供了空間，不同的新詩講述之中，也呈現出不同的生命情調、不同的世界觀、不同的生存經驗以及不同的詩學主張，為新詩的發展注入了活力。

一切創造都是從模仿開始，繼而突破，從而再造的。受家庭影響、學校氛圍、文化氛圍影響而接觸文學與詩歌的學生群體，都因某種契機認識並閱讀各種詩歌，因內心的某種情緒被撥動而從事詩歌寫作。

卞之琳最早的詩歌創作在中學時代，他生於江蘇水鄉海門，在農閒晚間湊到一起聽三四村民「演奏三六版之類的江南絲竹」，「四句頭山歌兩句真，／還有兩句嚇殺人：／癩蛤蟆出扇飛東海／小田雞出角削殺人」的吟唱，直到他「老來還有語音常縈腦際，為之陶然」〔註5〕。他七歲開始上國民小學，「但課本還是文言的」〔註6〕，放學回家，父親便「攤開一本《千家詩》《唐詩三百首》之類，教我翻讀，這倒也引發了我對有限家藏辭章方面的書籍產生了興趣，也暗自學謅幾句韻語」〔註7〕，「一次隨父親去上海，在商務印書館購得兒童讀物《環球地遊記》和冰心的《繁星》」〔註8〕，這是他「生平買的第一本新詩，也是從此我才對新詩發生了興趣」〔註9〕。在初中階段，他進一步接觸新文學，「國文老師就介紹過《吶喊》」〔註10〕，並郵購了初版《志摩的詩》，中學生的卞之琳認為，「這在我讀新詩的經歷中，是介乎《女神》和《死水》之間的一大振奮」〔註11〕，蘇曼殊的「春雨樓頭尺八簫，／何時歸看浙江潮，／芒鞋破缽無人識／踏過櫻花第幾橋」的感傷絕句，「在初級中學的時候卻讀過了不知多少遍，不知道小小年紀有什麼不得了的哀愁」〔註12〕。他在初中二年級時，「偷偷地寫舊詩，學習冰心的筆調寫小詩」〔註13〕。他的外甥回憶：「據說他在初中時就有多篇習作被當時上海出版的《學生文藝叢刊》

〔註5〕卞之琳：《無意義中自有意義——戲譯愛德華·里亞諧趣詩隨想》，《世界文學》1993年第3期。

〔註6〕陳丙瑩：《卞之琳評傳》，重慶：重慶出版社，1998年，第4頁。

〔註7〕卞之琳：《畢竟是文章誤我，我誤文章》，《收穫》1994年第2期。

〔註8〕陳丙瑩：《卞之琳評傳》，第4頁。

〔註9〕卞之琳：《完成與開端：紀念詩人聞一多八十生辰》，《文學評論》1979年第3期。

〔註10〕陳丙瑩：《卞之琳評傳》，第4頁。

〔註11〕卞之琳：《徐志摩詩重讀誌感》，《詩刊》1979年第9期。

〔註12〕卞之琳：《尺八夜》，收入卞之琳《滄桑集》，南京：江蘇人民出版社，1982年。

〔註13〕陳丙瑩：《卞之琳評傳》，第4頁。

選載過。詩中描述了家鄉的『炊煙』、『晴空』、『節日的爆竹聲』以及『父母姐姐親切的面影』」。〔註 14〕在上海出版的《學生文藝叢刊》〔註 15〕中可以找到他最早發表的作品，由此可以看到學生時代初學詩歌創作的卞之琳的最早的新詩作品：

> 小詩
>
> 一
>
> 最可愛的那時：
>
> 明月下，
>
> 澄清的湖邊，
>
> 獨自倚著臨水的闌干。
>
> 一我兩影──
>
> 二
>
> 日曆聲的「霍索」，
>
> 鐘聲的「滴答」，
>
> 是愛聽的聲響麼？
>
> 三
>
> 黃鶯兒在窗外罵我糊塗；
>
> 我在床上反恨黃鶯兒驚醒我的好夢。

〔註 14〕 施祖輝：《卞之琳的童年》，《中國現代文學研究叢刊》2011 年第 3 期。

〔註 15〕 《學生文藝叢刊》1924 年 1 月創刊於上海，1937 年 12 月停刊，月刊，凌善清任編輯，由大東書局發行。屬於文藝刊物。主要撰稿人有鄭霞仙、王怡親、王朝瑾、宋元生、朱仲琴等。每期數百頁，主要設有閒話、童話、詩話、雜話、笑話、俗話、清話、聯話、遊藝、劇本、書（甲）等欄目。該刊以學生為讀者對象，主要刊登全國各地學生的文藝作品，代表新文化運動後學生界的最新文藝創作水平。內容體裁都沒有明顯限制，也不見有顯著的思想導向性，主要內容分為文學和藝術兩大部分：文學部分主要刊登駢文、散文、語體文、新體詩、小說、劇本、童話、故事等；藝術部分則包括圖畫、書法、音樂、手工、遊戲、攝影等內容。曾刊《中國男女貞操問題的商榷》《今後中國青年該歸於何種精神》《遺產制度的罪惡》《提倡家庭教育的我見》等文章，反映當時青年學生對各種現實社會問題的關心、思考和批判；《怎樣使我的學問進步》《我的個性觀》《我之學校生活》《做學生的怎樣去修養》等文章體現學生在社會大變革時期對自我前途命運的思考；大量的詩歌和文學作品則展現了當時學生對生活、事物的觀察和體驗。該刊載文數量大，涉及方面廣，針對群體單一，對研究五四以後中國青年學生的生活和心理狀態、對社會的態度，以及文學創作水平等方面都具有重要的參考價值。

　　四

　　桃花片啊！

　　你是送春的小船；

　　你載滿了春光，

　　在水面蕩漾不定的，

　　想送他到那裡去呢？〔註16〕

這一組「小詩」描繪了個人的細微感受，他的表達方式都模仿了 20 世紀 20 年代學生群體中廣為流傳的小詩體詩歌。結合卞之琳自述，他模仿的是冰心的小詩。在家庭的氛圍、訂閱《學生文藝叢刊》這份雜誌帶來的眼界開闊和不斷讀到冰心、郭沫若、徐志摩、聞一多等人的詩歌過程中，他「開始對新詩發生了興趣」，漸漸「自命不再是『小讀者』」，逐步「感到新詩與舊詩之間在藝術形式上從此開始劃出了明確的界限」〔註17〕，這篇習作開啟了卞之琳最初的詩歌感覺。

　　這幾首小詩當然不能和卞之琳 30 年代以後接觸了中西詩學經典，不斷創造出的具有個人典型特色的「智性」和「理趣」的詩歌經典相提並論。從他早期的模仿之作中我們至少可以感受到，卞之琳對新詩發展動態的敏感和對「小詩」精神內核的精確捕捉，其中對個體位置、時間流逝等的巧妙想像，以及所選取的物象的古典美感，可以為我們感受他 20 世紀 30 年代的「經典」作品的逐步形成，作個人創作歷史流變意義上理解的參考系統。這也為我們觀察 30 年代成熟起來的詩人提供了一種視野。

　　不僅小詩，很多初期白話詩都為學生群體提供了一種模仿的坯本，李大釗有一首《山中落雨》〔註18〕選入黎錦暉、陸費逵的《新小學教科書國語讀本》，上海：商務印書館，1923 年。曾經入選教科書：

　　忽然來了一陣煙雨，

　　把四山團團圍住，

　　只聽著樹裏的風聲雨聲，

　　卻看不清雲裏是山是樹？

〔註16〕卞之琳（海門啟秀中學）：《小詩》，《學生文藝叢刊》1926 年第 3 卷第 5 期，第 109～110 頁。

〔註17〕卞之琳：《人與詩：憶舊說新》，北京：生活・讀書・新知三聯書店，1984 年，第 7 頁。

〔註18〕載《少年中國》1919 年第 1 卷第 3 期。

水從山上往下飛流，

頓成了瀑布。

這時前山後山，

不知有多少樵夫迷失了歸路？

1919 年 9 月 15 日

　　這首詩語言清雅流暢，儘管作者寫詩背後的詩人經歷與「本事」更加耐人尋味，但在學習過程中，仍因其語言特色，以及滿含著古典的韻味，被學生群體當作仿寫的模板。《章丘縣教育月刊》上就刊載了二區二小五年級生高九齡也以《山中落雨》為題，對這首詩的模仿習作：「濃陰層層的烏雲，／密密地籠罩了蔚藍的天空；／微微地風吹過，／送來了一陣濛濛的煙雨，／／一陣濛濛的煙雨，／把山團團圍住；／遠遠望去──／卻又似煙非煙，似霧非霧，／／雨是瀟瀟地在落，／風是簌簌地在吹／一切的山呀，樹呀……呀！／卻都模模糊糊，看不清楚！／／模模糊糊，看不清楚，／不知有多少樵夫啊！／大半是在荒徑裏踟躕──／不辨東西，失了歸路。」〔註19〕學生通過改寫，練習表達，感受音韻之美，拓寬審美視野，是新詩在教育之中起到的一般性作用。我們可以設想，這種單純的語言模仿甚至有可能會伴隨學生群體閱歷的豐富，知識的加增而產生更為獨特的意義。

　　亦有學生模仿沈玄廬的敘事詩《十五娘》，練習白話小說的創作。〔註20〕冰心、徐志摩、聞一多等詩人被當作被模仿的對象，不斷進入學生群體的詩歌創作之中。這樣的寫作，從新詩發展的角度來看意義不大，但為我們理解教育情境中新詩起到的更廣泛的作用，打開了一種更為嶄新的視野。新詩在教育層面亦有基礎審美教育、文學教育的功能。由上述可見，新詩作為教育材料，可發揮更為基礎的語言訓練、審美教育的功能。

　　當新詩成為模仿寫作的對象，其傳播的廣度一定意義上也在大幅度拓展。更為重要的是，藉此可以考察新詩傳播的深度是否也有拓展，這就不得不研究新詩在思想領域的意義和價值。新詩傳播的深度是兩方面的，一方面包含了詩歌藝術技巧方面的接納與繼續開拓，一方面包含了詩歌精神層面的理解與繼續發展。現代詩歌教育的發生及其作用的歷史軌轍，給了我們探究新詩傳播模式以深度探索的可能。

〔註19〕高九齡：《山中落雨》，《章丘縣教育月刊》1931 年第 4 期。

〔註20〕一得：《平凡的故事：取沈玄廬〈十五娘〉的詩意》，《夥伴》1940 年第 1 期。

在 1957 年馮至講述自己最早作品《綠衣人》寫作的動機時，他說過一段話，常常被引用來闡釋這首《綠衣人》及早期馮至詩歌，可看作經典論述〔註21〕，有研究者注意到，「儘管這段寫於 1957 年的回憶帶著那個時代知識人自責的印記，但是，它無疑準確地表達了馮至早年感傷甚至灰暗的心態」〔註22〕。他同時借這首詩與這段詩人自己的描述闡釋了馮至早年詩歌與個人心態中的一個核心觀念：「寂寞」。青年學生「愛說當時青年口頭上的一句話，『沒有花，沒有光，沒有愛』」。這句話不是空想，而是新文化運動以來，較早走進中學教育的詩歌、同時也是胡適《談新詩》中援引過的詩句，是康白情的白話詩《送客黃浦》中語句的化用。

胡適在《談新詩》提到「舉康白情君的《送客黃浦》一章……作例」〔註23〕，這首詩中有這樣一段：

> 我想世界上只有光。
>
> 只有花，
>
> 只有愛！
>
> 我們都談著，——
>
> 談到日本二十年來的戲劇，
>
> 也談到「日本的光，的花，的愛」的須磨子。〔註24〕

從這首詩中，馮至讀到了理想世界，康白情的「我想世界上只有光。／只有花，／只有愛」這樣簡單的詩句居然給馮至帶來數十年的記憶，以至於

〔註21〕 馮至：「遠在 1921 年，我是一個沒有滿十六歲的青年，從一個四年制的中學畢了業，不知道將來要做什麼，看不清面前的道路。那時的北京城是一片灰色，街頭巷尾，處處是貧苦的形象和悲痛的聲音，我們愛說當時青年口頭上的一句話，『沒有花，沒有光，沒有愛。』傍晚時刻，我常在一條又一條的胡同裏散步。在這些胡同走來走去，好像永久走不完，胡同裏家家狹窄的黑門都緊緊地關閉著，不知裏邊隱藏些什麼樣的生活，只覺得門內門外同樣是死一般地沈寂。一天，我又在散步，對面走來一個郵務員，穿著一身綠色的制服，他的面貌是平靜的，和這沈寂的街道一樣平靜，他手裏握著一束信，有時把信件投入幾家緊緊關閉的門縫裏。我看著這個景象，腦裏起了幻想，我想這多苦多難的國家，不是天災，就是兵禍，這信會使那些收信的人家起些什麼樣的變化呢？我當時根據這點空洞的、不切實的想像寫下了我青年時期第一部詩集裏的第一首詩。我寫詩，是這樣開始的。」馮至：《西郊集·後記》，轉引自《馮至全集》第 2 卷，石家莊：河北教育出版社，1999 年，第 131～132 頁。

〔註22〕 張輝：《馮至：未完成的自我》，北京：文津出版社，2005 年，第 27 頁。

〔註23〕 胡適：《談新詩——八年來一件大事》，《星期評論》紀念號，1919 年 10 月 10日。

〔註24〕 康白情：《送客黃埔》，《新潮》第 2 卷第 1 號，1919 年 10 月 24 日。

形容學生時代時他們的口頭禪「沒有花，沒有光，沒有愛」如此記憶猶新，由此可見初讀新詩之際的強烈感受。康白情詩中的「光、花和愛」，構成青年馮至及其友人對美好世界的想像，然而將視角轉至自己的生活，卻並非這樣。魯迅曾如此談及淺草、沉鐘社人創作時的情感內涵：「但那時覺醒起來的智識青年的心情，是大抵熱烈然而悲涼的，即使尋找到一點光明，徑一周三，卻是分明的看見了周圍的無涯際的黑暗。」〔註25〕也正是將視角從想像世界轉向現實，馮至的詩歌思維才就此打開。

　　儘管在口頭上模仿著當時著名詩人的名句，但作為青年學生的馮至，卻用自己的視角觀察世界，他的處女作《綠衣人》，可以看作是早年馮至向初期白話詩影響做出的一次重要的回應。對馮至本人而言，這首詩的意義也非同一般，在1992年最後的詩作《重讀〈女神〉》後面，詩人加了一個「附注」，他如此注釋：「《女神》於1921年首次出版，我在1921年寫出後來收入我的第一本詩集裏的第一首詩（即《綠衣人》──筆者）。」〔註26〕這句附注中起碼蘊含了兩重意思，第一重是諸多論者都注意到的，馮至詩歌起點與郭沫若《女神》的關係，用馮至自己的話說，就是「有了《女神》，我才知道什麼樣的詩是好詩，我對於詩才初步有了欣賞和批判的能力；有了《女神》，我才明確一首詩應該寫成什麼樣子，對自己提出較高的要求，應該向哪個方向努力。從此以後，我才漸漸能夠寫出可以叫作『詩』的詩，這期間雖然嘗到不少摸索和失敗的苦惱，但是寫詩卻沒有中斷過」〔註27〕。這一重關係是顯而易見的，也為馮至早期詩歌創作研究找到了本土資源的「確證」。另一重意思則是推論，馮至在晚年最後一首詩的附注中回望自己的創作生涯，為其詩歌創作的起點設定了一個時間座標系，參照系就是《女神》。普遍來看，胡適的《嘗試集》和郭沫若的《女神》被視作中國現代新詩創作的「起點」，在馮至那裡，郭沫若、田漢、宗白華的通信《三葉集》中郭氏關於「少年維特」在其心中掀起的「熱」與《女神》在他面前「展開」的「遼闊而豐富的新世界」為他早期創作注入了莫大動力，尤其是後者對於他而言更是「豐富」的「贈品」，打開了「寬廣」的詩的「領域」。〔註28〕我們發現，馮至將《女神》「1921年首次出版」與「我在1921年寫出後來收入我的第一本詩集裏的第一首詩」進行了並置，儘管他自謙式地刻意迴避這首詩的

〔註25〕魯迅：《中國新文學大系‧小說二集‧序言》，見《中國新文學大系‧小說二集》，上海：良友圖書印刷公司，1935年。

〔註26〕馮至：《馮至全集》第2卷，第296頁。

〔註27〕馮至：《我讀〈女神〉的時候》，《詩刊》1959年04期。

〔註28〕馮至：《我讀〈女神〉的時候》，《詩刊》1959年04期。

標題《綠衣人》，我們仍舊可以看到在這種關聯性的說明背後，隱含著詩人對自己「第一本詩集裏的第一首詩」（並且這個說法出現過多次，如馮至：《西郊集・後記》）的認同，隱秘地呈現出了詩人的自信。

然而更重要的是，他初期創作組詩中視為處女作的《綠衣人》，其中還蘊含著更豐富的信息對早期新詩衝擊他的視野，對他進行的文學啟蒙的最切實的回應。

《綠衣人》，其內涵似乎不言而喻，「通過郵務員送信」，「提出了一個社會大問題」，「用形象和暗示」「間接地顯示問題的嚴重」〔註29〕，「他不去直接描寫時代的災難，人民的痛苦，而是由人們一個最常見的生活事象中，追想和思考大時代裏一個陌生的普通人的悲劇性命運」〔註30〕。

這首詩初版刊於 1923 年《創造季刊》第 2 卷第 1 號上。原詩如下：

> 一個綠衣郵夫，
> 低著頭兒走路；
> ——也有時看著路旁。
> 他的面貌很平常，
> ——大半安於他的生活，
> 帶不著一點悲傷。
> 誰來注意他
> 日日的來來往往！
> 但，他小小手裏，
> 拿了些夢中人的運命。
> 當他正在敲這個人的門，
> 誰又留神或想——
> 「這個人可怕的時候到了！」

——1921，4，21；北京路上〔註31〕

〔註29〕陸耀東：《論馮至的詩》，原載《中國現代文學研究叢刊》1982 年第 2 期，轉引自馮姚平編：《馮至與他的世界》，石家莊：河北教育出版社，2001 年，第74 頁。
〔註30〕孫玉石：《中國現代詩國裏的哲人——論二十年代馮至詩作哲理性的構成》，原載《北京大學學報（哲學社會科學版）》1994 年第 4 期，轉引自馮姚平編：《馮至與他的世界》，第 241 頁。
〔註31〕馮至：《綠衣人》，《創造季刊》1923 年第 2 卷第 1 號。

　　這首詩的標題為「綠衣人」，即我們今天所謂的「郵遞員」，在這首詩歌中，沒有改的部分是：一個「低頭走路」「面貌平常」「安於生活」並「不帶著一點悲傷」的「綠衣郵夫」，不為人「注意」，「日日」「來來往往」，履行他的職責。這裡營造了一個常規的生活場景，誠如朱自清指出的，馮至「是在平淡的日常生活裏發現了詩」〔註32〕，從「風景的發現」到「自我」的發現，為現代新詩注入了起始階段的生命力，尤其是《女神》〔註33〕。馮至初期的詩歌寫作，特別是發表於 1923 年《創造季刊》第 2 卷第 1 號上的《歸鄉》組詩，也可以套用這個闡釋的邏輯，這首詩同樣也可以看作是在「日常風景」裏的「幻想」。

　　首先走進我們閱讀感受中的是「綠衣人」這一文學形象，一個身著制服的現代「信使」。這一文學形象顯然不是「烽火連三月，家書抵萬金」「鄉書何處達，歸雁洛陽邊」一類的與書信相關的文學作品中的普遍情感，他「低頭走路」，「偶而看著路旁」，「安於生活」，「不帶著一點悲傷」的狀態顯得極為「日常」，並未負載著寄信或收信者的任何情感特徵，也就是說，這身「制服」並未讓他負載上與其身份不相匹配的情感重任，他逾越出「制服」這一社會分工秩序所帶來的文化負累，以至於沒有人注意他「日日的來來往往」。這與一般性帶有情感負載的描繪郵差形象截然不同，他並未承擔起超越現實功能的文化功能，而真正喚醒寄信與收信者情感聯繫的，是《綠衣人》文本潛藏背後的「我」。「綠衣人」的日常化描繪襯托的恰恰是那個置身風景之中，細密捕捉現代性社會命運不確定性的觀察者「我」。當「綠衣人」在敲「這個（家）人」門的時候，詩人問道：「誰又留神或想」，此處以「誰」來進行一種「自我」的確認，這與這一時期馮至絕大多數詩歌中不斷顯現的抒情主體「我」不斷的展示不同，「隱含」的情緒中節制地表達了「我」對他者「命運」的深刻同情。「我」的隱匿使得這首詩拓展了個人經驗的範疇，達到一種開闊的情感共振。誠如藍棣之先生所說：這種排除文化的籠罩，用人類原初心態來進行的觀看、靜聽、分擔與承受，就是個體生命的體驗。〔註34〕

　　1955 年馮至在自編《馮至詩文選集》裏，並沒有將這首詩收入。出於某些政治安全的考慮，他自己當時在選集序中自我批判，說這一部選集中的詩

〔註32〕朱自清：《新詩雜話‧詩的感覺》，上海：作家書屋，1947 年，第 21 頁。
〔註33〕此處可參考藤田梨那：《郭沫若的留學體驗——「風景」與「內心世界」的發現》，《現代中文學刊》2012 年第 5 期。
〔註34〕藍棣之：《論馮至詩的生命體驗》，《貴州社會科學》1992 年第 8 期。

歌「抒寫的是狹窄的情感、個人的哀愁」,《十四行詩》一首未選,原因是「受西方資產階級文藝影響很深,內容與形式都矯揉造作」〔註35〕。關於十四行詩的評價,馮至在「文革」後已經說明,是特殊歷史情形下的言不由衷,作者是珍視這一組詩歌的,沒將《綠衣人》收入,也包含了作者對這首詩的珍視,這不是一首格局狹窄的詩,這是一個詩人從個人的世界向現實世界邁出的第一個腳印,一個青年真正意義上從「新詩」這一文體中,觸摸到了「五四」啟蒙精神的內核,同時因此而尋找到了自我的主體意識。

五四運動爆發之時,他正在北京四中讀書,如《新青年》《新潮》《少年中國》《晨報副刊》等,對新詩發生興趣,練習寫新詩。通過繼任國文教師施天侔,馮至接觸到西方文學流派,首次知道有「寫實主義」「象徵主義」等名稱。1920 年前後,在新文化運動的感召下,馮至與同學自籌經費,向老師募捐,創辦校園刊物《青年旬刊》,在這份刊物上學習用詩歌的形式對個人感受和社會問題發言,雖然無法一睹這份因經費不足僅出 4 期便停刊的學生刊物,但仍可通過早期馮至的一系列詩作間接感受他學生時代的所思所想及其詩歌表述方式。他通過閱讀胡適的《嘗試集》和郭沫若、田漢、宗白華三人的通信集《三葉集》,進一步瞭解到什麼是詩,知道了歌德、海涅等詩人的名字,也注意到郭沫若在上海《時事新報》的《學燈》上發表的《鳳凰涅槃》和《天狗》那樣的詩。《三葉集》對馮至起了詩歌啟蒙作用,在這樣的文化氛圍中,學生時代的馮至選定的表達方式,就是新詩。

1920 年他大量閱讀文學研究會、創造社等文學團體出版的書刊,也讀中國古典詩詞和外國詩歌,讀莫泊桑、都德、屠格涅夫、契訶夫、顯克維支、施托姆等人的小說,尤以郭沫若譯的《少年維特之煩惱》對他影響較大。1921年暑假前後更多地閱讀新詩,如康白情的《草兒》、俞平伯的《冬夜》等;而郭沫若的《女神》使他開闊了眼界,對詩初步有了欣賞和評判的能力。馮至根據自己的感受寫出「後來收入他第一本詩集《昨日之歌》的第一首詩」《綠衣人》,這是他詩歌創作的真正開始,〔註36〕同時也是他因新詩而激活個人生命體驗的開始。這種閱讀與創作的過程,可謂是新詩創設的文化空間給予了馮至獨特的表達方式。不僅如此,馮至的處女作及早期組詩,都在北京大學

〔註35〕馮至:《馮至詩文選集·序》,北京:人民文學出版社,1955 年。
〔註36〕參看周棉:《馮至傳》《馮至年譜》及其續、續二,南京:江蘇文藝出版社,1993 年;《江蘇師範大學學報(哲學社會科學版)》1992 年第 4 期、1993 年第 2 期。

讀書時由國文系教授張定璜推薦發表。這些教育情境中的或接受或自主的新詩薰陶，使一個年輕人有了向詩歌前行的可能。爾後，馮至時常受惠於文學課堂，1923 年聽魯迅講授《中國小說史略》和後來講授廚川白村的《苦悶的象徵》，也對詩人日後寫作產生了巨大影響。

　　從單純的語言的模仿開闢的對詩的第一感覺，到受精神性的感召的追求詩的精神力度，由家庭、校園、社會文化構成的教育空間發揮了舉足輕重的作用。胡適對待初期白話詩的藝術觀也是寬容的，俞平伯也說：「新詩尚在萌芽，不是很完美的作品」俞平伯：《社會上對於新詩的各種心理觀》，《新潮》1919 年 3 卷 1 號。從教育視角來看，白話新詩為新文學教育提供的最重要的資源就是「嘗試的自由」。上文所舉的卞之琳、馮至等詩人皆是獲益者。新詩不僅賦予了學生群體「嘗試的自由」，還給予了新詩寫作者「容忍的態度」。

　　在為《蕙的風》做序時，胡適說過：「四五年前，我們初做新詩的時候，我們對社會只要求一個自由嘗試的權利；現在這些少年新詩人對社會要求的也只是一個自由嘗試的權利。為社會的多方面的發達起見，我們對一切文學的嘗試者，美術的嘗試者，生活的嘗試者，都應該承認他們的嘗試的自由。這個態度，叫做容忍的態度（Tolerance）。容忍上加入研究的態度，便可到瞭解與賞識。社會進步的大阻力是冷酷的不容忍。」〔註 37〕這種寬容的態度也使初期白話詩的流行與傳播得以實現，也正是這種降低門檻、鼓勵創作的態度催生出一代又一代的新詩人。正是這種「寬容」的自由精神的奠基，「嘗試主義詩學」的不斷傳襲，才使得新詩每每以論爭的方式，不斷拓展其藝術深度。誠如錢理群認為：「最有啟示意義的，還不在於先驅者們說了什麼（所說的總是有時代侷限性的），而是他們的言說、討論背後的科學、民主精神。他們身體力行於自己所倡導的『說真話』，『說自己的話』，堅持什麼主張，全出於自己的信念，而不是要維護或追求什麼既得或未得的利益；他們彼此爭論，即使言詞激烈，也是出於對真理的追求，靠的是以理服人，而不是以勢壓人，或借助政治權力來剝奪對方的發言權；他們不僅宣揚自己的主張，更立足於試驗，如胡適所說的那樣，用試驗結果來證實自己的主張或修正自己的不足或錯誤。」〔註 38〕

〔註 37〕胡適：《〈蕙的風〉序》，《胡適文集》第 3 卷，北京：北京大學出版社，1998年。

〔註 38〕錢理群：《五四新文化運動與中小學國文教育改革》，《中國現代文學研究叢刊》2003 年第 3 期。

　　正是由於新詩在教育過程中不斷地發展、演變中蘊藏著的「嘗試的自由」和「容忍的態度」的深層次價值觀，每每以新舊體詩論爭、中西文化資源的辨析、古典和現代的交鋒體現的針鋒相對的矛盾性話語，才共同構建了 20 世紀二三十年代豐富的文化圖景，共同推進詩歌藝術的整體性發展。

　　客觀地說，儘管新文學作品不斷走入中小學教材，然而作為一門學科在 20 世紀二三十年代的中國文學的課堂上，新文學還是邊緣的，誠如有論者說的，「在那個時代，新文藝作家插足在中國文學系，處境差一點的近乎是童養媳，略好一點的也只是『局外人』，夠不上做『重鎮』或者『臺柱』之類的光寵」〔註 39〕，中學時代的卞之琳模仿「小詩」進行文學創作培養興趣，大學時代的馮至受初期白話詩的影響開始學著聚焦個體生命的「命運」問題，還有許多未名的學生，受詩歌教育的感染，從文學形式的單純模仿，到受文學觀念的深度影響，或投入詩歌創作或注目社會問題，這些皆受惠於通過「新詩」展開的新文學教育。新詩作為語言樣本和精神樣本，對 20 世紀 20 年代成長起來的青年學生群體的言說方式和思想結構起到了顯著的作用。

第二節　校園新詩情境與詩歌藝術發展

　　新詩為學生群體瞭解認同和躬身實踐新文化運動以來的文學觀念和文化主張提供了契機和可能，同時校園中的文學、新詩創作情境也為新文化運動普及以及詩歌藝術的發展貢獻了力量。以北京女子高等師範（簡稱「女高師」）為例〔註 40〕，據有關統計，當時在國內接受高等教育的知識女性中有近三分之一就讀於該校。〔註 41〕從這女高師出版的《北京女子高等師範文藝會刊》（以下簡稱《會刊》）可以看到，新文化運動與新詩的影響力如何逐步地影響這所校園學生的文學創作和思想狀態。

　　儘管五四新文化運動已轟轟烈烈開展，但 1919 年 6 月出版的第一期《會刊》仍舊是以文言體式的文章為主，馮沅君發表的《論文章貴本於經術》就是其中典型的表徵，本期中文藝作品均為格律詩詞及文言駢散文體，基本可

〔註 39〕 吳魯芹：《記珞珈三傑》，《學府記聞·武漢國立大學》，陳明章發行，南京：南京出版有限公司，1981 年，第 109 頁。

〔註 40〕 這所成立於 1919 年 4 月的第一所由國人自辦的女子高等學府，也是當時唯一的一所國立女子高等學府。

〔註 41〕 參考陳東原：《中國婦女生活史》，上海：商務印書館，1928 年，第 390～393 頁。

以說明就讀該校的女子學生所受的基礎教育的形態。在 1920 年蔡元培在該校演講「國文之將來」〔註 42〕，並為《會刊》題寫刊名，很大程度上影響了該校學生的文學品位和審美傾向，同期學生盧隱（黃淑儀）以黃英的筆名發表的文《利己主義與利他主義》就是具有代表性的。《會刊》後來刊登了許多與社會問題尤其是女性問題相關的論說文，體現了對新文化運動提倡的新思潮、新道德的應和。蘇雪林曾回憶，「我們進女高師的時候正當五四運動發生的那一年。時勢所驅，我們都拋開了之乎者也，做起白話文來」〔註 43〕。1921 年4 月出版的第 3 期《會刊》開始，白話文開始刊載，第 4 期新詩創作逐漸刊登。儘管舊體格律詩詞仍是主流，但新詩也逐漸在這所學校萌芽。《會刊》第四期共發表詩歌 108 首，其中新詩 10 首，占百分之九；第 5 期刊發詩歌 49 首，其中新詩 6 首，占百分之十二；第 6 期共刊發詩歌 52 首，其中新詩 19 首，占百分之三十六。從比例上看，新詩所佔的比重逐步上升。這是新文化運動推廣的結果，並且其中的主要創作者，也不斷開拓自己的文學平臺，在《小說月報》《時事新報·文學旬刊》《晨報副刊》上不斷發表作品，並參與創辦了《益世報·女子週刊》《京報·婦女週刊》，「借助這些報刊傳媒的影響，女高師學生的文學創作得以突破狹小的校園空間而轉化為社會文化」〔註 44〕。

在新詩方面，《會刊》中女性詩人普遍青睞方興未艾的小詩體式，不僅有大量的小詩寫作實績，還有對小詩藝術的理論探討。其中最具代表性的是陸秀珍〔註 45〕在《會刊》上發表的《新詩雜談》，她認為「新詩是寫出來的，不是作出來的；是由感情自然迸發出來的，不是勉強湊雜而成的，詩人因外界的美感或刺激，感情上收了衝動，不得不寫出來，才是真的詩」〔註 46〕，這裡的觀念集合了宗白華等新詩理論先行者的倡導。

陸秀珍還認為，「現在新詩正在試驗建設中，我們雖不能實現理想的新詩，

〔註 42〕 參看《北京女子高等師範文藝會刊》1920 年第 2 期。

〔註 43〕 蘇雪林：《關於盧隱的回憶》，《文學》（上海）1934 年第 3 卷第 2 期。

〔註 44〕 參看王翠艷：《女高師校園文學活動與現代女性文學的發生》，《中國現代文學研究叢刊》2005 年第 5 期。

〔註 45〕 陸晶清（1907～1993），本名陸秀珍，1922～1926 年就讀於該校國文部（系）。主要著作有詩集《低訴》，散文集《素箋》《流浪集》，學術著作《唐代女詩人》，短篇小說《河邊公寓》《未完成的故事》《白蒂之死》等。參考王翠艷：《女高師校園文學活動與現代女性文學的發生》，《中國現代文學研究叢刊》2005 年第 5 期。

〔註 46〕 陸秀珍：《談叢：新詩雜談》，《北京女子高等師範文藝會刊》第 5 期，約為 1923年。

但無論如何，也應該做到『感情豐富』，『句調圓穩』的地位」，「新詩最容易犯的毛病是『太長』和『太詳』；『太長』則近於繁冗，流為散文，而『太詳』則呆滯而欠含蓄，失了詩的色彩，至於『太長』和『太詳』的原因，就是由於『太自由』了」〔註 47〕，儘管觀點粗疏籠統，也可以看到她為同學們普遍試作的「小詩」進行宣揚的姿態，這是她自己的看法，也是這一學生刊物中新詩創作者的共識，她們在創作中「也都不約而同地採用了『小詩』這一體裁樣式，以清新秀麗的語言表現剎那間的情思」〔註 48〕。北京女子高等師範學校的小詩創作，正是在這樣的理念中勃興發展，誕生了一批寫作者。

　　一般認為，小詩從誕生到勃興，主要集中在 1921 年到 1924 年之間，女高師學生的仿寫與這一寫作「潮流」是同步的。在大學生群體中引起共鳴並紛紛仿作，又在中學生群體中得以持續延展，不斷成為一批批學生文學表達的可操作的方式，小詩的特殊價值顯而易見。小詩運動掀起了中國新詩發展的第一個高潮，冰心的《春水》《繁星》，宗白華的《流雲》，俞平伯的《冬夜》，劉大白的《舊夢》，汪靜之的《蕙的風》，何植三的《農家的草紫》等詩集，不僅為中小學的文學教育注入了新的內容，還掀起了學生仿作的高潮。1924年，沈星一編，黎錦熙和沈頤校的《初級國語讀本》由中華書局出版，冰心的《致詞》和《迎「春」》被選入其中，此後冰心的《繁星》等作品成為中學課本中最常出現的詩歌作品〔註 49〕。當然作為學生群體接受小詩，很大程度還是依賴課外的閱讀。何其芳回憶中國公學讀書時光時說，「冰心女士是我當時愛讀的作家，我喜歡她的《寄小讀者》……她的小詩集《繁星》和《春水》」，受冰心創作的影響，何其芳「也讀了泰戈爾的《飛鳥集》和《新月集》。就是在這樣一些影響之下。我開始用一個小本子寫起詩來了。那時我十七歲」〔註 50〕。可見直至 20 世紀 20 年代後期，「小詩」這一文體還源源不斷地為青年學生走進新詩創作的空間起到奠定基礎的閱讀、學習功能。當然，這些創作者也可能走向其他的文化創造方向，比如小說、比如學術研究、比如散文戲劇，但新詩在這其中扮演的基礎性文學教育功能是明確的。

〔註 47〕陸秀珍：《談叢：新詩雜談》，《北京女子高等師範文藝會刊》第 5 期，約為 1923年。
〔註 48〕王翠艷：《女高師校園文學活動與現代女性文學的發生》，《中國現代文學研究叢刊》2005 年第 5 期。
〔註 49〕《中學生文學讀本》第六冊（中學生書局 1932 年 8 月）等多部教科書選入。
〔註 50〕何其芳：《寫詩的經過》，《中國現代作家談創作經驗》（上），濟南：山東人民出版社，1982 年，第 459 頁。

　　之所以小詩在大中學生等群體中風靡，成為初學創作的學生群體學習寫作中模仿的坯本，一方面是文體本身特點決定的，其語言複雜程度低，易於掌握，結合說理，描寫剎那間感受，體現了特定年齡的心理需求和審美特點，另一方面，文學作品的出版、教科書的展示和新文學教員的鼓勵，為小詩在校園情境中傳播奠定了基礎。尤其是胡懷琛對「小詩」的推介值得關注。

　　胡懷琛作為新文學教員被人們熟知〔註 51〕。胡懷琛聲稱他自己既「反對新體詩」，「也反對舊體詩」，要作「採取新舊兩體之長，淘汰新舊兩體之短」的「新派詩」。〔註 52〕他的「南社」友人柳亞子稱他「功參新舊中」〔註 53〕，胡樸安則稱其「其間有新有舊」〔註 54〕，基本符合他自我的定位。同時他也是「小詩」這種新詩創作形式的積極推動者，正因他的推動，這一創作形式 20 世紀二三十年代的在江蘇、上海等地的學生刊物中層出不窮。他根據小詩創設了一系列旨在打通古今詩歌創作的教學方法，也是特色之一。

　　筆者不完全統計，在上海發行的《學生文藝叢刊》1924～1926 年的詩歌創作中，刊載了上海、江蘇等地中學生發表的 260 餘首「小詩」，可見這一詩體為中學生的詩歌表達方式提供了一種可資借鑒的模板。這其中也有諸如胡懷琛等教員的推行之功，他的《小詩研究》中，以類似文學技巧遊戲的形式，推行古典詩歌「摘句」和白話形式的互改，即摘錄古典詩歌精彩之處，改寫為小詩，將現成的小詩改寫為古典律詩。他宣稱，「列舉兩種不同樣的寫法，啟發初學者的心思，使他從此中悟出一些寫詩的方法」〔註 55〕。從教學角度

〔註 51〕 他在 1919 年到 1920 年間在江蘇第二師範學校、神州女學校、上海專科師範等校講授白話詩文。他的講義曾被廣益書局以《白話詩及白話文談》（1921）為名出版；另有 1920 年在江蘇第二師範學校講授國文所編寫的教案《新文學淺說》出版（上海泰東圖書局 1921 年）；為上海藝術師範學校講授新詩，所編講義《新詩概說》在 1922 年由上海商務印書館發行；他的《抒情文做法》（世界書局 1931 年出版），也打出招牌，「供大學或高中教本，或教師參考之用」。另外還有《小詩研究》（商務印書館 1924 年）、《詩學討論集》（上海曉星書局 1924 年）、《中國民歌研究》（商務印書館 1925 年）、《詩的做法》（世界書局 1931 年出版）《中國小說概論》（世界書局 1934 年）、《中國詩論》，（世界書局 1935 年）等具新文學普及性質的專著問世。

〔註 52〕 胡懷琛：《白話詩談》，上海：廣益書局，1921 年，第 47 頁。

〔註 53〕 轉引自鄭逸梅《南社叢談‧歷史與人物》北京：中華書局，2006 年，第 265 頁。

〔註 54〕 胡樸安：《胡懷琛詩歌叢稿序》，《胡懷琛詩歌叢稿》，上海：商務印書館，1926 年，第 2 頁。

〔註 55〕 胡懷琛：《詩的做法》，上海：世界書局，1931 年，第 59 頁。

來看，他的這些措施是有意義的，甚至可以說，這種教學設計本身是極為精巧的。他孜孜以求地推廣白話文，所授學生甚多，卻在新舊兩派知識分子那裡都不討好。我們需要提出的是，借助小詩這一視角，教育者胡懷琛積極參與白話新文學建設，他結合自己的文學寫作及教學實踐經驗，努力將白話新詩創作落實到語言如何組織的層面，使初習者能夠從文本細微處領略漢語文學的審美意趣。有論者提出「胡懷琛站在 20 世紀中外文化交匯的歷史節點，不崇洋，不斥古，其白話文寫作學開啟的是一條新舊通變、中西兼容的新文學創作路徑，這對於當今的漢語文學建設亦不無裨益」〔註 56〕。

　　當然，胡懷琛的詩歌理念還是受到了新文學陣營的很多攻擊。周作人對其的指謫一定程度上沒有站在他教學者的立場上，而是停留在印象的批評上。還有一位「北平勵志中學」的學生隋樹桂，也在《學生文藝叢刊》上撰文，對仿寫小詩的潮流進行批評，批評胡懷琛將新詩創作技術化、遊戲化，他嘲諷道「隨便說句話，全成為一首小詩了。我的小詩集，明天也要付印了」〔註 57〕。可見，在胡懷琛對小詩教育進行推廣的情形下，仍有諸多不同的聲音，籠統地說，南方學生的接受和北方學生的排斥是胡懷琛小詩教學觀念的境遇。胡懷琛等為代表的教育者，認識新文學的角度是非思想性的，他們對新文學的理解往往停留在技術性的討論層面，這種思維模式對於中小學生的基礎教學誠然是有貢獻的，但在文化理念層面，又顯得隔閡，這就是教育技術與文學思潮之間的矛盾。

　　「小詩」的風靡，為學生創作打開了空間，它既贏得了讀者，也收穫了新的詩人，但也遭受到創造社詩人群體在內的許多批評。一般來看，這其中包含多種原因，從教育角度來看，成仿吾向青年說明，「犯不著去製造的一種風格甚低的詩形」，號召青年朋友們要「急起而從事防禦」〔註 58〕，意在爭奪青年群體；梁實秋則認為小詩「是一種最易偷懶的詩體，一種最不該流為風尚的詩體」〔註 59〕，意在通過說明其寫作水平的不堪強調不宜流行。從宗白華、冰心等的寫作實踐，到周作人、胡懷琛的不同思想方向的推廣，再到創

〔註 56〕盧永和：《胡懷琛的白話文寫作學與新文學教育》，《西華大學學報（哲學社會科學版）》2015 年第 2 期。

〔註 57〕隋樹桂：《讀胡懷琛〈小詩的成績〉》，《學生文藝叢刊彙編》1925 年第 2 卷第 2 期。

〔註 58〕成仿吾：《詩之防禦戰》，《創造週報》1923 年第 1 號。

〔註 59〕梁實秋：《〈繁星〉與〈春水〉》，《創造週報》1923 年第 12 號。

造社的集體反對，這一詩體在討論中發展了 20 世紀初中國新詩的藝術探索，同時也密切了新詩發展和新文學教育的關係。

《北京女子高等師範學校文藝會刊》中的學生詩人仿寫小詩的潮流，在該校學生之一的蘇雪林眼中，並不可取。蘇雪林的《中國二三十年代作家》〔註60〕是她在武漢大學教書期間的講稿的整理，被認為是「具有現代文學史的規模與框架性質」〔註61〕的論著。這部講稿收錄了從五四時期到 20 世紀 30 年代的詩歌、散文、小說和戲劇的評論，也有對五四以來的詩人、批評家以及刊物的研究。其中有一章為《冰心女士的小詩》，從分析冰心的創作，談到了小詩體的流行趨勢。在她的講稿中認為，「自從冰心發表了那些圓如明珠，瑩如仙露的小詩之後，模仿者不計其數。一時『做小詩』竟成為風氣。但與原作相較，則面目精神都有大相徑庭者在：前者是天然的，後者則是人為的；前者抓住剎那靈感，後者則藉重推敲；前者如芙蓉出清水，秀韻天成，後者如紙剪花，色香皆假；前者如姑射神人，餐冰飲雪，後者則滿身煙火氣，塵俗可憎。我最愛梅脫靈克《青鳥》的『玫瑰之乍醒，水之微笑，琥珀之露，破曉之青蒼』之語，冰心小詩恰可當得此語，杜甫贈孔巢父詩『自是君身有仙骨，世人那得知其故』，冰心之所以不可學，正以她具有這副珊珊仙骨！」〔註 62〕蘇雪林的評論犀利，對仿寫小詩的作者評價很低。她的這一評價，針對的是模仿之作藝術層面的低劣，然而這一文體，正是在校園內外的互動之中，在模仿寫作的過程中，成為一種特殊的新詩歷史形態。

「小詩」經周作人的介紹、朱自清的總結，基本劃定了它作為一種新詩嶄新的文體形態。冰心、宗白華、俞平伯等詩人的創作，和學生習作的日益增多使得這種文體日益風靡。而成仿吾、梁實秋在文章中，蘇雪林在課堂上對這一文體的模仿者作貶斥性的評價，都各有其用意。對小詩的批評大約有

〔註60〕與新詩相關的篇目有《胡適的〈嘗試集〉》《五四左右幾位半路出家的詩人》《冰心女士的小詩》《徐志摩的詩》《論朱湘的詩》《新月派的詩人》《象徵詩派的創始者李金發》《戴望舒與現代詩派》《聞一多的詩》《頹加蕩派的邵洵美》《神秘的天才詩人白采》，論及的詩人還有康白情、俞平伯、汪靜之和郭沫若、王獨清、蔣光慈、成仿吾、錢杏邨、穆木天等，涉及的作品集有《揚鞭集》以及《詩刊》等詩歌刊物，派別有新月派、象徵派和現代派等。蘇雪林：《中國二三十年代作家》，臺北：純文學出版社，1983 年。

〔註61〕馬森：《論蘇雪林教授〈中國二三十年代作家〉》，《文教資料》（初中版）2000年第 2 期。

〔註62〕蘇雪林：《中國二三十年代作家》，臺北：純文學出版社，1983 年，第 77 頁。

這樣幾種傾向：朱自清、葉聖陶為代表的對詩學發展的自覺反省，他們提出「新瓶裝舊酒」一說，以說明模仿小詩之令人厭倦，延續了「新」「舊」對立的詩學思路；成仿吾、郭沫若、聞一多的批評則在對「小詩」淵源的形式指謫上，從藝術性做出否定；蔣光慈是從詩與現實的角度對冰心做出批評〔註63〕；蘇雪林則是從模仿與原作之間的品質高下方面提出問題。這些主張背後，一方面是處於初期白話詩向外擴散的高潮階段，也是從自由體詩向格律體、象徵體的「過渡時期」，這種對小詩本身的反思和批評呈現出「各種文學力量發生與角逐的內在機制」〔註64〕，這些合力共同建構了小詩的歷史地位。

　　在校園情境中頗受追捧引起仿寫熱潮，可在新詩壇內部卻遭遇批評，並在蘇雪林這位親歷者的詩歌史敘述中大加貶斥，我們可以看到文壇、校園、學術研究之間形成的一種積極的互動狀態，也可以看出不同的文化身份在對待中西資源、古典傳統之間的文化態度。

第三節　課堂講述與新詩的歷史認知

　　上文談到小詩運動之時，新詩壇、校園、學術研究之中不同的聲音構成的互動場景，通過對胡懷琛、蘇雪林、朱自清等人的敘述，可對小詩在教學情境中的情形做出想像。不同的教學對象、不同的教員、不同的文化立場，對新詩的課堂講授必定呈現出差異。而這種差異之中蘊含的對新詩藝術和新詩史的理解，推動了新詩的發展。本節以經典作品《小河》不同的課堂講授為例，說明課堂講述與新詩探索的深化。儘管新詩作為一門單獨的課程出現，已經到30年代中期，但依附於中學國文課、中國文學史和詩歌史等課程，新詩的課堂講述早已出現。

　　胡適褒揚被他稱作新詩史上的第一首「傑作」的《小河》時，突出其「擺脫了舊鐐銬」〔註65〕的努力，展現了區別於舊詩的「細密的觀察」和「曲折的理想」〔註66〕，這是極高的評價。胡適在其綱領性的《談新詩》中曾經對詩歌理想的形態有所期待，「新文學的語言是白話的，新文學的文體是

〔註63〕陳均：《論小詩：一個批評的範例》，《南都學刊》2006年第2期。
〔註64〕陳均：《論小詩：一個批評的範例》，《南都學刊》2006年第2期。
〔註65〕朱自清：《中國新文學大系‧詩集‧導言》，見《中國新文學大系‧詩集》。
〔註66〕胡適：《談新詩──八年來一件大事》，《星期評論》紀念號，1919年10月10日。

自由的，是不拘格律的」〔註67〕，「形式上的束縛，使精神不能自由發展，使良好的內容不能充分表現。若想有一種新內容和新精神，不能不先打破那些束縛精神的枷鎖鐐銬」〔註68〕，「因此，中國今年的新詩運動可算得是一種『詩體的大解放』。因為有了這一層詩體的解放，所以豐富的材料，精密的觀察，高深的理想，複雜的感情，方才能跑到詩裏去」〔註69〕。可見這首《小河》寄託了胡適1920年代對新詩的理想形態的最高期待。茅盾也認為，新詩誕生之初，「注意句中字的音節的和諧。這在有韻詩是如此，在無韻詩也是如此。後者最好的例子是周作人的《小河》。這是白話詩史上第一首長詩」〔註70〕。

正因此，《小河》自1924年被選入《初級國語讀本》（沈星一編，1924年中華書局出版）之後，頻頻作為中學教育的詩歌典範（其中還包括《新中學國語讀本》中華書局1932年，《中學生文學讀本》等，不一一羅列），因其「傑作」之名，廣為流傳。以這首詩歌為模仿、對話對象的學生習作也較多。其中包括王警濤的《小河》（《學生雜誌》1922年第9卷第4期）、徐幼初的《小河》（《浙大週刊》1928年第2期）等。隨著周作人一系列現實選擇的作為公共文化事件出現，甚至還有模仿《小河》之對話。詩人麥紫曾創作過一首《小河》，他稱讚道「我讚美如同有為理想者的小河／我讚美如同智慧的藝術家的小河／小河替我們繪製了一幅時代圖案」，卻在詩歌的最後又不無失望地說，小河難道不該壯大／小河難道不該壯大自己的世界麼？〔註71〕」

有意味的是，所謂「擺脫了舊鐐銬」的周作人卻在25年後的1944年給出了一個不同的評價，他形容這首「民國八年所作的新詩」中洋溢著「中國舊詩人」「傳統」中的「古老的憂懼」，旨在說明「水的利害」。〔註72〕這一透著古典傳統的自我評價顯然與之前不同。在這之前，「有人問：我這詩是什麼

〔註67〕 胡適：《談新詩——八年來一件大事》，《星期評論》紀念號，1919年10月10日。

〔註68〕 胡適：《談新詩——八年來一件大事》，《星期評論》紀念號，1919年10月10日。

〔註69〕 胡適：《談新詩——八年來一件大事》，《星期評論》紀念號，1919年10月10日。

〔註70〕 茅盾：《論初期白話詩》，《文學》第8卷第1號，1937年1月1日。

〔註71〕 麥紫：《小河》，《文藝春秋》1947年第4卷第6期。

〔註72〕 周作人：《苦茶庵打油詩》，《雜誌》（上海）第14卷第1期，1944年10月10日。

體，連自己也回答不出。」〔註 73〕他在分析這首詩歌時，用的是中國古典思維中的「水」的譬喻的內容解說，以法國象徵主義詩人波德萊爾的《巴黎的憂鬱》散文詩和「歐洲俗歌」的形式參照作為自己詩歌藝術分析的對比系統。

從胡適評價的「擺脫了舊鐐銬」和「中國舊詩人」「傳統」中的「古老的憂懼」，這兩者的「舊」指涉的方面固然今時不同往日，胡適更偏重於「今人舊詩」所囿於的舊形式，而 1944 年周作人談及的「舊」「傳統」更偏重於某種精神素質，甚至在特定歷史情形下他刻意選擇了舊體詩作為文學表達的形態。總體來看，他創作的舊體詩即他所謂的「打油詩」「雜詩」在數量上大大超過了他的新詩創作，並且他十分珍視這一系列的舊體詩創作，不僅自己修訂目錄，還頻頻撰文說明自己寫舊體詩的緣由。儘管在 20 年代，周作人主張「寬容」，「有才力能做舊詩的人，我以為也可以自由去做」，同時他也「杞憂」「復古與排外」的「國粹主義勃興的局面」周作人：《做舊詩》，《晨報副刊》，1922 年 3 月 26 日；周作人：《雜感：思想界的傾向》，《晨報副刊》，1922 年 4 月 23 日。在周作人身上複雜的「新／舊」糾葛，也是我們認知現代知識分子的一種方式。

1936 年，有兩個人分別以不同的方式在教育情境中表達了對這一首《小河》的看法。一是葉聖陶，一是廢名。

作為新文學從業者中教育領域的重要代表，葉聖陶曾在《新少年》雜誌上發表《文章展覽：周作人的〈小河〉》一文，向青年學生解說這首詩，這篇文章基本上可以看作是教學參考，對這首詩的解釋基本呈現了中學教育情境中解析這首詩歌的標準方式。因其代表性的解說功能，茲錄於下：

> 小河
> 周作人
>
> 一條小河，穩穩的向前流動。
> 經過的地方，兩面全是烏黑的土；
> 生滿了紅的花，碧綠的葉，黃的果實。

〔註 73〕周作人：《〈小河〉序》，《新青年》第 6 卷第 2 號，1919 年 2 月 15 日。周作人認為：「法國波德萊爾（Baudelaire）提倡起來的散文詩，略略相像，不過他是用散文格式，現在卻一行一行的分寫了。內容大致模仿那歐洲的俗歌；俗歌本來最要叶韻，現在卻無韻。或者算不得詩，也未可知；但這是沒有什麼關係。」

一個農夫背了鋤來，在小河中間築起一道堰，
下流幹了；上流的水被堰攔著，下來不得：
不得前進，又不能退回，水只在堰前亂轉。
水要保他的生命，總須流動，便只在堰前亂轉。
堰下的土，逐漸淘去，成了深潭。
水也不怨這堰，──便只是想流動，
想同從前一般，穩穩的向前流動。
一日農夫又來，土堰外築起一道石堰。
土堰坍了；水衝著堅固的石堰，還只是亂轉。
堰外田裏的稻，聽著水聲，皺眉說道，──
我是一株稻，是一株可憐的小草，
我喜歡水來潤澤我，
卻怕他在我身上流過。
小河的水是我的好朋友；
他曾經穩穩的流過我面前，
我對他點頭，他向我微笑。
我願他能夠放出了石堰，
仍然穩穩的流著，
向我們微笑；
曲曲折折的儘量向前流著，
經過的兩面地方，都變成一片錦繡。
他本是我的好朋友，
只怕他如今不認識我了；
他在地底裏呻吟，
聽去雖然微細，卻又如何可怕！
這不像我朋友平日的聲音，
──被輕風攪著走上沙灘來時，
快活的聲音。
我只怕他這回出來的時候，
不認識從前的朋友了，──
便在我身上大踏步過去；

我所以正在這裡憂慮。」

田邊的桑樹，也搖頭說，——

「我生的高，能望見那小河，

他是我的好朋友，

他送清水給我喝，

使我能生肥綠的葉，紫紅的桑葚。

他從前清澈的顏色，

現在變了青黑；

又是終年掙扎，臉上添出許多瘟攣的皺紋。

他只向下鑽，早沒有工夫對了我點頭微笑；

堰下的潭，深過了我的根了。

我生在小河旁邊，

夏天曬不枯我的枝條，

冬天凍不壞我的根。

如今只怕我的好朋友，

將我帶倒在沙灘上，

拌著他卷來的水草。

我可憐我的好朋友，

但實在也為我自己著急。」

田裏的草和蝦蟆，聽了兩個的話，

也都歎氣，各有他們自己的心事。

水只在堰前亂轉；

堅固的石堰，還是一毫不搖動。

築堰的人，不知到哪裏去了。

這一回我們再選讀一首詩，就是刊載在前面的。詩不一定用韻，這一首就是不用韻的詩。然而語句極精粹，聲調也很和諧。所謂精粹，並不像有些詞章家所想的那樣，一定要選用一些華麗的或是生僻的字眼，構成一些工巧的或是拗強的句子。那樣的做法，高明的舊體詩作者也不贊成，舊體詩雖然用文言來寫，但是那樣的做法算不得精粹。現在的詩用口語來寫，須選用口頭的字眼，須依從口頭的語調，你如果也想來那麼一套，必然寫成一些不三不四的怪東西。

可是，口語也有精粹不精粹的分別。字眼似是而非，語調囉囉唆唆，三句裏頭倒有兩句廢話，說了一大串表現不出一點兒情境：這就距離「精粹」二字很遠了。周先生這首詩完全不是那樣，所以我們承認它是「最精粹的語言」。所謂和諧，並不專指句尾押韻，也不是「仄仄平平」地有一種固定的腔調。平庸的作者寫舊體詩單單顧到這一些就完事了。若在好手，尤其注意的是聲調和詩中情境的符合：激昂的情境他用激昂的聲調，閒適的情境他用閒適的聲調。他不單用事物和思想來表現情境，就在聲調裏頭也透露了大部分的消息。這是不分什麼舊體詩新體詩的，凡是好手都能做到這地步。周先生這首詩的聲調和詩中情境相符合，所以我們說它和諧。

這首詩很容易明白。小河有它的生命，向前流動就是它的生命的表現。它暢適地流動著，不但它自己快活，微笑，就是田裏的稻、草、蝦蟆和田邊的桑樹也都生活安舒，欣欣向榮。這就可以看出一串生命的連鎖，大家順遂，大家快樂。不幸來了一個農夫，起先在小河中築起一道土堰，後來又加上了一道石堰。農夫這樣做，當然有他的需要和想頭。但是小河的流動就遇到了阻礙。不但小河，稻、草、蝦蟆、桑樹的生機也連帶地遇到了阻礙。而小河並不是遇到了阻礙就了結的，它「要保他的生命，總須流動」，流動沒有路，只好不歇地亂轉。於是稻和桑樹懷念著它們好朋友的往昔的交情，又怕目前遭難中的好朋友帶給它們一些可怕的災難。草和蝦蟆雖然沒經明敘，但是意思也無非如此。至於那築堰的農夫，他「不知到哪裏去了」。築了堰會有什麼結果，他當初也許並沒有料到，但是對於許多生命給了損害總之是事實。──以上是這首詩中的情境。我們單從小河、稻、桑樹等等的本身著想，就覺得它們的掙扎和憂愁入情入理。如果聯想到人類社會方面去，更覺得這樣的情境差不多隨時隨地都有。一些人有意無意地給予人家一種壓迫，它的影響直接間接傳播開去，達到廣大的人群。被壓迫者的努力掙扎自是不可免的，間接受影響者的切心憂愁也是按不住的，因為大家要保自己的生命。繁複的人間糾紛就從這裡頭發生出來。不安和慘淡的景象正像築了兩道堰以後的小河邊。所以這首詩所捉住的情境是很普遍的。雖然小河並不真有生命，稻和桑樹也不真會說話，全篇的材料無非從想

像得來。但是想像的根據卻是世間的真實。無論作文作詩，這樣取材是比較好的辦法：情境普遍，使多數讀者感到親切有味，彷彿他們意想中原來有這麼一種情境似的。

小河邊的不安和慘淡的景象到什麼時候才會改變呢？這首詩中沒有提到。如果提到了，一則作者突然跑出來發表自己的意見，就破壞了全詩純粹敘述的統一性；二則呢，太說盡了，不給讀者留下自己去想的餘地，也是不好。但是我們既然是讀者，不妨來想一想這以後的情形。這是不難想像的：若不是誰來拆去那兩道堰，就只有等待小河源源不絕地流注，越來越急地亂轉，直到潭底的土完全淘去，水再不能往下鑽，於是滔滔滾滾地向兩岸沖決開來。那時候，小河邊就將是另一幅景象了。

這首詩中稻說了一番話，桑樹說了一番話。草和蝦蟆當然也不妨說話，可是這樣太呆板了，並且說來無非稻和桑樹那一些意思。所以不再讓它們說話，只用「也都歎氣，各有他們自己的心事」了事。這是避重複、取變化的方法。

再說這首詩的聲調。詩中各行都簡短，語句極質樸，和原野中的小河、稻、桑樹等等自然物相應。說了「水只在堰前亂轉」，又說「便只在堰前亂轉」，又說「便只是想流動，想同從前一般，穩穩的向前流動」，又說「還只是亂轉」，這樣反覆的敘述，念起來好像就是小河涓涓不息的調子，所謂聲調和情境的符合，就指這些地方而言。聖陶：《文章展覽：周作人的〈小河〉》，《新少年》1936 年第 1 卷第 9 期。《新少年》雜誌譯名：The New Youth。1936 年 1 月在上海創刊，至 1936 年 6 月第 1 卷出版 12 期；1936 年 7 月出版第 2 卷，停刊於 1937 年 7 月的第 4 卷第 2 期。1945 年 7 月在重慶復刊，改名《開明少年》，至上海解放止，共出版 46 期。由葉聖陶、豐子愷、顧均正、宋易等編輯，開明書店發行，半月刊，屬於綜合性少年刊物。主要供稿人有傅彬然、宋易、文範、黃素封、顧均正、豐子愷、葉聖陶、茅盾、金仲華等。《新少年》以引導少年認識社會、欣賞文藝、瞭解自然為主旨。主要刊登時事述評、科學常識、社會風情，以及歷史、地理、美術、音樂和衛生等方面的知識、小實驗等。此

外，還刊載詩歌、散文、童話、小說、報告文學、文學譯作和名篇賞析，以及少年學生的一些雜感習作等。

葉聖陶對中學生講解《小河》，不僅包含了胡適對他韻律自由的描繪，更是細緻地闡發了這首詩背後的精神內涵。在這份以引導少年認識社會、欣賞文藝、瞭解自然為主旨的刊物中，他的闡釋依舊沿襲胡適的框架。他通過「精粹」與否，提出「所謂精粹，並不像有些詞章家所想的那樣，一定要選用一些華麗的或是生僻的字眼，構成一些工巧的或是拗強的句子」〔註74〕來提出「新」「舊」的分野：「舊體詩雖然用文言來寫，但是那樣的做法算不得精粹」，「周先生這首詩完全不是那樣，所以我們承認它是『最精粹的語言』」。繼而談到這首詩的「和諧」，他認為，「周先生這首詩的聲調和詩中情境相符合，所以我們說它和諧」。繼而談到這首詩的情境，他認為「聯想到人類社會方面去，更覺得這樣的情境差不多隨時隨地都有。一些人有意無意地給予人家一種壓迫，它的影響直接間接傳播開去，達到廣大的人群。被壓迫者的努力掙扎自是不可免的，間接受影響者的切心憂愁也是按不住的，因為大家要保自己的生命。繁複的人間糾紛就從這裡頭發生出來。不安和慘淡的景象正像築了兩道堰以後的小河邊。所以這首詩所捉住的情境是很普遍的。」從而將這首詩歌的詩歌價值從理論表述推向社會生活感受。葉聖陶引導學生通過具體情境想像這首詩歌的畫面、動機、效果，以及合理推演這首詩歌中「小河邊的不安和慘淡的景象到什麼時候才會改變呢」這一問題，從而使一首簡單的小詩在學生群體中獲得了莫大的生命力。最後，他還講到了一些詩歌技巧，如「重複」「聲調」等，為學生模仿學習提供了技術性指導。在這首詩歌闡釋的背後，事實上不斷向學生昭示的乃是文藝中的「新」精神。這種形式的講述背後，蘊含著對「五四」以來構建的一套價值觀念的宣揚。

與此同時，在大學課堂上，對這首詩歌的闡釋已經突破了這一框架。1932年，廢名被聘為北京大學國文系講師。1937年之前他一直講授散文習作，1935年秋，「後來添了一門現代文藝，所講的是新詩」，他留下的講義為學界矚目，裏面「總有他特別的東西，他的思索與觀察」〔註75〕。他的《〈小河〉及其他》成為大學課堂周作人講稿的代表性著作，茲錄於下：

〔註74〕聖陶：《文章展覽：周作人的〈小河〉》，《新少年》1936年第1卷第9期。
〔註75〕周作人：《知堂序》，參看廢名、朱英誕：《新詩講稿》，北京：北京大學出版社，2008年，第382頁。

今天我們講周作人先生的新詩。周先生的新詩，後來結成一個集子名為《過去的生命》，周先生在序裏說，「這裏所收集的三十多篇東西，是我所寫的詩的一切。」有名的一首《小河》長詩，原刊於民國八年二月初版的《新青年》第六卷第二號。當時大家異口同聲的（地）說這一首《小河》是新詩中的第一首傑作。最初的白話新詩都脫不了舊詩詞的氣息，大家原是自動的要求詩體的解放，何以還帶著一種解放不了的意味呢？我想這還是因為內容的問題。大家習於舊詩詞，大家的新詩的題材離舊詩詞不遠，舊詩詞的調子便本能似的和著新詩的盤子托出來了。胡適之先生纏足的比喻已經注定了命運，纏足的婦人就是纏足的婦人，雖然努力放腳，與天足的女子總不是一個自然了。到了《小河》這樣的新詩一出現，大家便好像開了一個眼界，於是覺得新詩可以是這樣的新法了。大家見了《小河》這首白話新詩這麼的新鮮，而當時別人的新詩，無論老的少的，那麼帶有舊詩詞的意味，於是就說別人的新詩是從舊式詩詞裏脫胎出來的，周先生的詩才合乎說話的自然，或者說周先生的語體走上歐化一路。其實這都是表面的理由，根本原因乃是因為周先生的新詩，其所表現的東西，完全在舊詩範圍以外了。中國這次新文學運動的成功，外國文學的援助力甚大，其對於中國新文〈運〉學運動理論上的聲援又不及對於新文學內容的影響。這次的新文學運動因為受了外國文學的影響，新文學乃能成功一種質地。新文學的質地起初是由外國文學開發的，後來又轉為「文藝復興」，即是由個性的發展而自覺到傳統的自由，於是發現中國文學史上的事情都要重新估定價值了，而這次的新文學乃又得了歷史上中國文藝的聲援，而且把古今新的文學一條路溝通了，遠至周秦，近迄現代，本來可以有一條自由的路。這個事實揭穿之後又是一個很平常的事實，正同別的有文學史的國度是一樣，一國的文學都有一國文學的傳統。只是中國的事情歪曲很多，大約與八股成比例，反動勢力永遠撥不開，為別人的國度裏所（沒）有的現象。周作人先生在新文學運動中，起初是他介紹外國文學，後來周先生又將中國文學史上的事情提出來了，雖然周先生是思想家，所說的又都是散文方面的話，然而在另一方面周先生卻有一個「奠定詩壇」的功勞。我這話好像是

說得好玩的，當然有點說笑話，然而笑話也要有事實的根據。現在的年青詩人都是很新的詩人了，對於當日的事情不生興趣，當日的事情對於他們也無關係，較為早些日子做新詩的人如果不是受了《嘗試集》的影響就是受了周作人先生的啟發。而且我想，白話新詩運動，如果不是隨著有周作人先生的新詩做一個先鋒，這回的詩革命恐怕同《人境廬詩草》的作者黃遵憲在三十年前所喊出的「我手寫我口，古豈能拘牽。即今流俗語，我若登簡編，五千年後人，驚為古斕斑」一樣的革不了舊詩的命了。黃遵憲所喊的口號，就是一首舊詩。我在本篇第五講裏引《新青年》一段補白，裏面引了寒山和尚一首詩，寒山和尚的宗旨也就等於黃遵憲的宗旨，都是要用白話作詩。他們用白話作詩，又正是作一首舊詩。我們這回的白話詩運動，算是進一步用白話作詩不作舊詩了，然而骨子裏還是舊詩，作出來的是白話長短調，是白話韻文。這樣的進一步更是倒楣，如果新詩僅以這個情勢連續下去，不但革不了舊詩的命，新詩自己且要抱頭而竄，因為自身反為一個不倫不類的東西，還不如人境廬白話詩可以舊詩的資格在詩壇上傲慢下去了。我這樣說話，並不是嘲笑當時的詩革命運動，我乃是苦心孤詣的幫助白話新詩說話。白話新詩要有白話新詩的內容，新詩所表現的東西與舊詩詞不一樣，然後新詩自然是白話新詩了。周作人先生的《小河》，其為新詩第一首傑作事小，其能令人眼目一新，詩原來可以寫這麼些東西，卻是關係白話新詩的成長甚大。青年們看了周先生所寫的新詩，大家不知不覺的忘了裹腳布，立地便是天足的女孩子們想試試手段了。從此新詩有離開舊詩的可能，因為少年人的詩國裏已經有一塊園地了。這時新詩的園地有點像幼稚園，大人們的理論都沒有用處，男孩子女孩子都在那裡跳來跳去的做詩了。周先生稍後又翻譯了國外的一些詩歌，成功所謂「小詩」空氣，都給少年們開發了一些材料。〔註76〕

廢名當然對其師周作人的新詩有極高的評價，「到了《小河》這樣的新詩一出現，大家便好像開了一個眼界，於是覺得新詩可以是這樣的新法了」〔註77〕。

〔註76〕廢名：《〈小河〉及其他》，王風編：《廢名集》第 4 卷，北京：北京大學出版社，2009 年，第 1687～1689 頁。

〔註77〕廢名：《〈小河〉及其他》，王風編：《廢名集》第 4 卷，第 1687 頁。

然而廢名和胡適對《小河》評論的思想立足點與葉聖陶及在此之前的相關評價相比照，能夠看出顯著的差異性，廢名在課堂講授中說明的「新」側重於藝術表現方法，與之前站在詩歌進化論邏輯中的胡適、葉聖陶等作為教學理念的詩歌分析並不相同。有論者認為「這是一個值得認真考辨而又被忽略的重大問題，關乎對新詩藝術發展歷史的理解。歷來研究主要關注胡適的這個評論並進而論述《小河》的新詩藝術發展史的意義，而對廢名這個評論關注不夠，因而也就沒有能夠細究廢名評論的意義並從這個角度來考察《小河》在新詩藝術發展史上的意義與價值」〔註78〕。

他所謂的《小河》啟示的「新法」是這樣的，「胡適之先生最初白話詩的提倡，實在是一個白話的提倡，與『詩』之一字可以說無關」〔註79〕，廢名認為正是有了周作人具體創作的這首《小河》，白話新詩才獲得了寫作意義上的確立，從而避免了流於口號的空洞，他甚至認為，表面性的「合乎自然」或者是跳出「舊體詩詞」的窠臼一類評價，都沒說到關鍵點上，他認為關鍵在乎「其所表現的東西，完全在舊詩範圍以外了」〔註80〕。事實上，廢名似乎從新詩藝術發展史的角度來論述《小河》的文學史地位和意義，確切來看他事實上探討的是新詩的容量，或者說，是新詩的表現範圍。廢名看來，正是周作人的這首《小河》，為新詩的「擴容」起到了關鍵性的作用，也這因為這首詩為新詩表達範疇進行擴容，將個人性的感受與訴求與社會性的觀察與思索熔於一爐。他提到，人們因這首詩，感受到「詩原來可以寫這麼些東西」〔註81〕，恰說明了這一點。他說明周作人的詩歌有一種「新鮮」〔註82〕氣息，這種新鮮氣息卻是與日常生活的遭遇密切相關，因此而顯得「很古」，這種「現代文明」和古已有之的日常生活一旦消弭界限，所謂新舊形式問題便不復存在，真正值得關注的，恰是詩歌精神是否誠摯了。

廢名是注重文本解說的，他的講義基本圍繞自己對新詩的特殊感覺。憑

〔註78〕參看高恒文：《南朝人物晚唐詩》，《漢語言文學研究》2013年第4卷第1期。
〔註79〕廢名：《〈周作人散文鈔〉序》，王風編：《廢名集》第3卷，北京：北京大學出版社，2009年，第1278頁。
〔註80〕廢名：《〈周作人散文鈔〉序》，王風編：《廢名集》第3卷，北京：北京大學出版社，2009年，第1687頁。
〔註81〕廢名：《〈周作人散文鈔〉序》，王風編：《廢名集》第3卷，北京：北京大學出版社，2009年，第1689頁。
〔註82〕廢名：《〈周作人散文鈔〉序》，王風編：《廢名集》第3卷，北京：北京大學出版社，2009年，第1687頁。

藉對周作人這首詩歌的「感覺」，他將新詩發生的歷史進行文學史層面的重構，獲得了新的表述方式。

從廢名的講授裏，我們還能夠發現，他不斷引導學生去從文學發展歷程（文學史）角度去重新審視《小河》，這一點，是面對中學生講授時未必一定要強調的。並且，他也有一個獨特的校園情境的描摹，他形容少年們在詩國裏有了一塊園地，強調周作人這首詩歌潛在的教育意義，說明這首詩歌開拓了學生群體的新詩創作觀念，這些講授，都是帶有研究性質的對歷史的追索和凸顯其複雜的思想史意義。

值得深思的是，這一時期葉聖陶、廢名的《小河》講述，其中異同，有種種深層的動因。葉聖陶的書面講授是面對中學生群體的，廢名的講課是在北京大學的課堂上完成的，這有一種差異；詩歌文本意義的闡釋和歷史觀的論述從方法上來看也各不相同，這是其次。

從闡釋方法上來看，廢名突破已有的以胡適、朱自清、葉聖陶等代表的闡釋格局，以歷史敘述的方式重談《小河》，其中深意值得繼續追求。廢名課堂的講授，強調了周作人創作中對西方文化的關係，這和朱自清認為：「自然音節和詩可無韻的說法，似乎也是外國『自由詩』的影響」，「周啟明氏簡直不太用韻。他們另走上歐化一路」，「這說的歐化，是在文法上」〔註83〕廢名認為：「周作人先生在新文學運動中，起初是他介紹外國文學，後來周先生又將中國文學史上的事情提出來了，雖然周先生是思想家，所說的又都是散文方面的話，然而在另一方面周先生卻有一個『奠定詩壇』的功勞。」〔註84〕

這個奠定詩壇的功勞，當然包括這首《小河》的獨特意義，這與葉聖陶的具有普遍性的中學講授並無二致。廢名作為周作人的弟子，對他在 30 年代以來的精神走向有十分的瞭解，他提出周作人「將中國文學史上的事情提出來」主要指的是周作人的晚明興趣。周作人曾經在文章中寫到，「明末這些散文，我們這裡稱之曰近代散文，雖然已是三百年前，其思想精神卻是新的，這就是李卓吾的一點非聖無法氣之遺留，說得簡單一點，不承認權威，疾虛妄，重情理，這也就是現代精神，現代新文學如無此精神也是不能生長的」〔註85〕。在這個

〔註83〕朱自清：《中國新文學大系·詩集·導言》，見《中國新文學大系·詩集》，上海：良友圖書印刷公司，1935 年。的評價，當然不是一回事。

〔註84〕廢名：《〈小河〉及其他》，王風編：《廢名集》第 4 卷，第 1688 頁。

〔註85〕周作人：《關於近代散文》，《周作人散文全集》第 9 卷，桂林：廣西師範大學出版社，2009 年，第 587～589 頁。

基礎上，廢名突破了葉聖陶意義上的「新舊」格局，轉而導向 30 年代周作人的「新舊」觀念。

　　周作人在 30 年代對「革命文學」的批評在廢名的授課中有顯著的影響，《小河》即為代表。廢名在《〈周作人散文鈔〉序》中說，「再想就二三年來所謂普羅文學運動說幾句」：「方中國的普羅文學運動鬧得像煞有介事的時候，一般人都彷彿一個新的東西來了，倉皇失措，豈明先生卻承認它是載道派，中國的載道派卻向來是表現著十足的八股精神」，暗合了周作人對革命文學的批評。其實作為國文課程的《小河》，有了由胡適、朱自清、葉聖陶等人構築的相對穩定的闡釋框架，藉此照搬講授，不是難事，畢竟連中學課堂上都有葉聖陶詳細周密的教案出現，然而作為學院知識分子的廢名，歷史地重構周作人新詩的講述方式，打破「新舊」框架，以詩歌講授說明他對「真理」與「知識」的態度，應對他不願介入的具有廣泛社會性質的革命文學洪流之中，堅守所謂「自由」之真諦。

　　廢名借著對周作人《小河》的評價及其對傳統詩歌尤其是李商隱，說明「新文學的質地起初是由外國文學開發的，後來又轉為『文藝復興』，即是由個性的發展而自覺到傳統的自由」，「一切文學都待成功為古典的時候乃見創造的價值」〔註 86〕，乃是個革命文學興起以後學院知識分子的內省精神在教育實踐中的體現。強調周作人《小河》非現實性的一面，通過對其歷史化的描述強調自己的文學感覺，以申明其文學立場和文化態度，可見這一課堂講述包含的豐富信息。廢名在談到魯迅先生的小說因目擊辛亥革命而對民族深有所感，不相信群眾，卻又被列為群眾一夥時說，「感情最能障蔽真理，而誠實又唯有知識」〔註 87〕。對「真理」「知識」的強調的文學態度，展現在新詩講授尤其是對《小河》的講述中，就體現為不受拘束的「自由表現」突破時空和表達的限度。

　　從一般性的普及講授，到專門性的帶有研究色彩的大學講述，新詩的課堂講述出現了歷時性解說式講授法和共時性歷史化講授法，這既是教育理念的不同。也滲透出 20 世紀 30 年代文壇的具體而複雜的情緒。不同的生命情調、不同的世界觀、不同的生存經驗使得課堂講述呈現出差異化的表達。從教者各異的人生現實處境和文化背景、思想觀念，深刻地影響著新詩的課堂

〔註 86〕王風編：《廢名集》第 4 卷，第 1714 頁。

〔註 87〕王風編：《廢名集》第 4 卷，第 1280 頁。

講述。不同的歷史時期，不同的課堂情境，不同的教員，深刻影響了新詩的歷史認知。這也是由新詩可供不斷闡釋說明，具有開放性闡釋空間的特徵決定的。

第二編　教育對新詩發展的促進

　　新文化運動以來由校園和文壇建構的既互相溝通，又相對獨立的詩歌對話系統，是值得注意的現象。本章研究教育情境中詩歌藝術與理論的發展。本文所謂教育情境，指的是由校園這一具體場所構建的由學生、教師、社團、刊物等構成的具有特殊意義的文化空間。20 世紀二三十年代中國新詩創作的繁榮與理論的發展，很大程度上依賴著教育情境所創設的文化空間。在今天的角度來看，教育情境中 20 世紀二三十年代的中國現代新詩的創作者與研究者都幾乎置身於交叉學科背景之下，由此催生出一批熟悉西方理論與創作、熟悉中國古典文化與詩藝的詩人、理論家。學生與教員、校園與文壇、詩歌寫作與學術研究之間，又構成一種相互影響的態勢。在這個基礎上，重審教育情境中詩歌藝術與理論的發展顯得尤為重要。中國現代新詩解詩學是新詩教育的必然發展，是中國現代新詩研究應教育機制內部要求而催生出的文學審美接受和文化價值傳遞的重要途徑。新詩史寫作誕生於特定的教學空間，正是教學的需求，催生了新詩史的誕生，新詩的歷史描述策略與教學的客觀性要求，使得新詩歷史邏輯以不同面目展開，不同的課程講述者那裡有不同的新詩歷史發展歷程。新詩創設之初，就設定了一套「新」「舊」對立的思維框架，這一框架是新文化運動的策略性選擇，其中包含的既是文學形式主張上「文言」與「白話」的分別，同時也是思想觀念中「傳統」與「現代」（西方）的交鋒。這種觀念營造的二元對立格局並非涇渭分明，其中有較大的模糊地帶，也基於這種思維框架，詩歌批評和學術研究也獲得評價範式的不斷拓展。在詩歌教育範疇中，無論是理論主張還是文學創作，始終有「新」「舊」之區隔，即便在衝突之中又有調和，相比起小說、戲曲、散文等其他體裁，「新」

「舊」詩歌與詩學的對立性和溝通性更使得這種話語模式具備相互交鋒和對話溝通的可能，故而在詩歌教育視野中，「新」與「舊」這種邏輯框架始終存在並成為需要解釋說明的基礎性視角。

第三章 教育情境與新詩創作和理論的發展

第一節 校園詩人群體的創作與新詩的進步

新文化運動以來，由校園引發的詩歌浪潮和文壇的詩學建構的既互相溝通，又相對獨立，在參差與協進中形成了一套有效的詩歌對話系統。湖畔詩派作為中國現代新詩發生發展以來第一個具有顯著的校園文化與代際特徵的詩派，被普遍認為是「五四」喚起的一代新人。他們醉心詩歌、獲得關注、引發爭議、相互論爭，構成了一個文學史的獨特風景。這一風景，需借由詩歌教育視角的引入重新勘察。1922 年 4 月，來自浙江一師和周邊的學子、職員，共同創辦了「湖畔詩派」。湖畔詩社是由校園文化與社會風尚合力催生的新詩社團，他們的創作充滿青春的氣息，為早期新詩偏重「說理」氛圍，吹進一股青春的抒情的風。他們的寫作大膽熱切，真摯純真，在「愛情」的言說中，蘊含著對心靈自由和思想解放的強烈追求，他們也是五四運動以後具有顯著代際特徵的第二代詩人的代表。

湖畔詩派主張純真與熱情的詩歌創作，善於寫抒情小詩，形成了自己獨特的藝術風格，是中國現代新詩最早的詩歌社團之一。這個多數由浙江省第一師範學校學生構成的詩人團體引發了現代中國詩歌發展的一次震盪。對於這一次震盪，應還原歷史語境，重新考察「教育」這一文化傳播最直接與有效的路徑，探究教育與詩歌發展的密切關係。

教育情境中，詩歌藝術與理論發展既體現了社會整體性精神追求中的文

化要求，又隨不同的校園中因師生主張不斷積澱起的文學氛圍和文化態勢而各有方向，在各異的教育情境中發展各自的詩學主張。教育情境，指的是由校園這一具體場所構建的由學生、教師、社團、刊物等構成的具有特殊意義的文化空間。20 世紀二三十年代中國新詩創作的繁榮與理論的發展，很大程度上依賴著教育情境所創設的文化空間。從今天的角度來看，教育情境中 20 世紀二三十年代的中國現代新詩的創作者與研究者都幾乎置身於交叉學科背景之下，由此催生出一批熟悉西方理論與創作、熟悉中國古典文化與詩藝的詩人、理論家。學生與教員、校園與文壇、詩歌寫作與學術研究之間，又構成一種相互影響的態勢。在這個基礎上，重新考察教育情境中詩歌藝術與理論的發展顯得尤為重要。湖畔詩社是由特殊的校園文化催生的新詩創作群體，他們的創作充滿青春的氣息，為早期新詩「說理」特徵過於濃厚吹進一股青春的感性的令人矚目的新風尚。

湖畔詩派主張純真與熱情的詩歌創作，善於寫抒情小詩，形成了自己獨特的藝術風格，這個 1922 年由應修人、潘漠華、馮雪峰、汪靜之在杭州發起成立的詩歌社團是中國現代新詩最早的社團之一。再出發重新理解文學史意義上的「湖畔詩社」的價值和意義，需將其重新放置到浙江一師的校園文化氛圍中審視，探討校園情境中經由代際詩人互動發展新詩的過程。從早期新詩發展的角度來看，以胡適和郭沫若為代表的留學歐美和日本的第一批新詩人和本土志同道合的具有新文化前瞻性的詩人共同構築了早期現代新詩的繁榮格局，然而在本土的教育情境中首先進入我們視野的，是以浙江一師學生為主體的「湖畔」四詩人。從源頭上來看，這一載入史冊的文學社團最初的形態，是浙江一師校園社團晨光社。

在湖畔詩社揚名之前，這個詩人群體是以學生社團的形式進行的初次集聚，這就是浙江一師的「晨光社」。「晨光」之名來源於汪靜之的新詩《晨光》。潘漠華最早發起晨光社，並與初到杭州便以寫詩為名的汪靜之以及其他愛好寫詩的趙平福（柔石）、魏金枝、張維祺等，成為詩友，1921 年秋天馮雪峰入校，進校後也因寫詩被潘漠華發現。在這個群體中，最早令人關注的是汪靜之，他在 1921 年 9 月就在《新潮》上發表詩歌，轟動校園。到 1921 年的 10 月 10 日，以潘漠華、汪靜之、魏金枝和趙平福為發起人，集合浙江一師、杭州蕙蘭中學、安定中學和女師的文學愛好者二十餘人的晨光社宣告成立，並辦有《晨光》週刊，朱自清、葉聖陶和劉延陵是他們的文學顧問。他們並邀

請「名人」來訪，俞平伯先生就曾在浙一師的課堂上講演。〔註 1〕作為《小說月報》主編的茅盾，一直關注全國各地新文學社團的消息，潘漠華在 1922 年 11 月 16 日向沈雁冰覆信，介紹晨光社，沈雁冰接信後，在《小說月報》第十三卷第十二號刊登了潘漠華來信和《晨光社簡章》。〔註 2〕

自此，一個新的詩派在校園中孕育。他們因興趣而走近，在新詩寫作中相互促進，最終形成了開一代詩風，引得胡適、周作人都為之喝彩的湖畔詩派。

湖畔派的汪靜之、潘漠華、馮雪峰，都是浙江一師的學生。這個「專心致志作情詩」的學生詩歌團體，誕生於有浙江新文化運動中心之稱的浙江一師。一般認為，江浙文人尤其是浙籍現代文人佔了中國新文學的半壁江山，從學緣結構來考察，浙籍學人多與浙江一師等院校有密切聯繫。

浙江一師在新文化運動史上有相當重要的位置，1919 年五四運動爆發前，浙江教育界就籠罩在新文化運動的浪潮之中，杭州學生能夠輕易讀到例如《新青年》《新潮》等思想啟蒙讀物。伴隨著五四運動的展開，浙江的學生創辦了幾十種自辦刊物。《吳興女學界》《學生自助會週刊》《浙江新潮》《浙江省立第一師範學校校友會十日刊》《浙人》《浙江十中》等刊物，皆以宣傳新思想、報導愛國學生運動、提倡「人」的生活、打破非「人」的思想，宣傳自由民主為標榜。浙江兩級師範學堂時期，即教師反對夏振武的「木瓜之役」時期，浙江一師就被渲染為「新」「舊」對立的學校。五四運動前後，經亨頤為校長的浙江一師提倡校內改革，學生自治，編輯國語課本，聘請了號稱新文化運動「四大金剛」的陳望道、夏丏尊、劉大白、李次九為教師，「第一師範四百八十多名學生中，每次銷售《新青年》《星期評論》和《湘江評論》就有四百多份」〔註 3〕，可見整個學校構成了一種新文化的氛圍。施存統的《非孝》引起的軒然大波催生出了一師風潮，成為浙江五四時期最具代表性的學生運動，在思想界和文化界產生了深遠影響。經亨頤提倡的「人格教育」，和「自動、自由、自治、自律」〔註 4〕的教育觀念成為這所學校最深刻的文化標誌。正是在這種「新潮流波蕩了好久，一時受著潮流影響的人們，也是層出不窮」〔註 5〕

〔註 1〕董校昌：《晨光社的成立及其活動》，《新文學史料》1985 年第 3 期。
〔註 2〕董校昌：《晨光社的成立及其活動》，《新文學史料》1985 年第 3 期。
〔註 3〕王艾存：《經亨頤與五四運動》，《廣東黨史》2001 年第 6 期。
〔註 4〕姜丹書：《我所知道的經亨頤》，《浙江文史資料選輯》第 4 輯，第 76 頁。
〔註 5〕《浙江一師書報販賣部改組宣言》，《民國日報・覺悟》1922 年第 12 卷第 7 期。

的文化氛圍中，1920 年汪靜之踏入了這所校園。直至 1922 年 4 月湖畔詩社宣告成立，三位學生汪靜之、潘漠華、馮雪峰和一位上海銀行職員應修人合著的詩集《湖畔》也於當月出版。詩集問世之後，仲密（周作人）、朱自清在《晨報副刊》和《時事新報》上的「介紹」與「評價」，為湖畔四詩人奠定了詩壇基礎。同年 8 月，上海亞東圖書館出版的汪靜之詩集《蕙的風》由四位新文化運動領袖作序出版，成為繼胡適的《嘗試集》和郭沫若的《女神》之後最有影響的詩集。文學史意義上的「湖畔詩社」的價值和意義，當重新放置到浙江一師的校園文化氛圍中重新審視。

當時浙江一師的國文教育情況，可以通過曹聚仁的講述看到。1920 年的浙江一師，國文教育中嘗試實行的是師生互動並以學生為主體的道爾頓制〔註6〕，國文課堂恰如社會問題研究課堂。俞平伯、朱自清、劉延陵等教師的到來，從創作和識見層面，打開了一師學生詩人群體的視野，換句話說，原本集中討論「問題」，缺乏文學素養的青年，在這幾位新文化運動親歷者的影響之下，尋找到了表達方式的可能，其中最顯而易見的就是新詩創作。例如汪靜之，他最早的作品刊發於《新潮》雜誌，就是「師生」關係構成的代際之間的互動的一種說明。

晨光社宣稱「本社以研究文學為宗旨」〔註7〕，從實績看來，他們的研究文學包括讀書、創作等文學活動。就現有的材料來看，晨光社的兩次「演講會」對後來湖畔詩人的詩歌創作，起到了影響。「據汪靜之回憶，他們曾請俞平伯先生在浙一師的課堂上講演過，蕙蘭中學、安定中學和杭州女師的社員都來聽講」〔註8〕。第一次是俞平伯的《從經驗上所得做「詩」的教訓》載1920 年 12 月 12 日《浙江第一師範十日刊》第 5 期，范堯深記；還有一次演講是劉延陵的《詩底用詞》，載 1921 年 1 月 10 日《浙江第一師範十日刊》第

〔註6〕曹聚仁：《我與我的世界‧浮過了生命海》，第 134 頁，曹聚仁說明：「『五四』的第二年，我們已經在教師中嘗試著道爾頓制的教學法，拋開先生講學生聽的老辦法，如舊制書院一樣，讓學生自由閱讀；教師只是我們的顧問。頂熱鬧的卻是開討論會，國文課變成了社會問題研究會。後來，上海新文化書局出版了社會問題討論集，婦女問題討論集，便是我們的國文講義。經過了那一年半的討論與研究，同學們既是淺陋得很，教師呢，也只知道一些皮毛；而教材不從語文本身去找；實在貧乏可憐，我們實在有點厭倦了……俞（平伯）、朱（自清）諸師（另有劉延陵、王祺──筆者），恰在那時到來了。」

〔註7〕《晨光社簡章》，《小說月報》「來件」欄目，第 13 卷第 12 號。

〔註8〕董校昌：《晨光社的成立及其活動》，《新文學史料》1985 年第 3 期。

7 期，范堯深記。范堯深當時是一師學生，後來為著名的兒童文學研究者，雖沒有證據表明他是否加入晨光社，但從他的記錄中可以看到，新詩的早期參與者、實踐者、探索者以教師身份介入了浙江一師詩人群體的文學活動並產生積極影響。在湖畔詩派揚名以後，這四位詩人還試圖與北京的陸鼎藩、胡思永、臺靜農、章洪熙、魯彥等組建「明天社」，他們宣稱，「大家該努力的是求真能破除境遇不同的人們相互的『盲目性』，真能瞭解『人性之真實』，建立一種真摯，博大，深刻的文學！」〔註9〕但最終，這個社團並沒有任何文學活動，這一宣言成了「空炮」〔註10〕，由此卻可以看到，學生團體模仿文學界整合力量，形成社團，發出宣言，進行文學活動，成為一種文學策略與文藝自覺。

浙江一師的師生群體，與五四新文化運動，有密切的聯繫，他們的教師曾走出一條由「一師」到「白馬湖」再到「立達學院」「開明書店」的文化脈絡，不斷自新，產生了巨大的文化影響。湖畔詩社是由「浙江一師」特殊的校園文化催生的新詩創作群體，他們的創作充滿青春的氣息，儘管沐浴著「五四」之風，飽受新文化的滋養，但他們沒有重複浙江一師及晨光社的諸多學生，詩歌藝術受俞平伯和劉延陵的兩次演講影響巨大。仔細考察這兩次演講內容與湖畔詩人們的詩歌抉擇，可以看到這一代際互動的實際意義。

俞平伯的演講並未留下，從標題和時間上看，這個演講的大致內容應該和刊載於 1920 年 12 月《新青年》八卷四號上的《作詩的一點經驗》一文內容大致相似。〔註11〕演講的主旨大約是「凡做詩底動機大都是一種情感（feeling）或是一種情緒（emotion），智慧思想似乎不重要」，「決不先想到什麼『寫實主義』、『象徵主義』、『藝術底藝術』、『人生底藝術』這類觀念」，「既不及管詩底『工拙』，更無所謂社會上底『毀譽』」，主要核心是「解放做詩底動機」〔註12〕。劉延陵宣稱，「怎樣才能夠成為理智的文字」胡適們已經講得很多了，他單要

〔註9〕《又發現了一個研究文學的團體》，《民國日報·覺悟》，1922 年 6 月 19 日。

〔註10〕汪靜之致程中原信，參看程中原：《關於「明天社」》，《新文學史料》1983 年第 6 期。

〔註11〕俞平伯在演講前後作詩論兩篇，分別是 1920 年 11 月 5 日寫畢的《作詩的一點經驗》和 1920 年 12 月 14 日寫完的《詩底自由和普遍》，《新潮》1921 年 10 月三卷一號。結合題目和內容來看，演講《從經驗上所得做「詩」的教訓》應與《作詩的一點經驗》相似。

〔註12〕俞平伯：《作詩的一點經驗》，《俞平伯全集》第 3 卷，石家莊：花山文藝出版社，1997 年，第 519 頁。

談一談「怎樣才能夠成為情感的文字」，他列舉了「西洋」的七種修辭的方法，Simile、Metaphor、Personal Metaphor、Personification、Metonymy、Fable（Symbol）、Refrain，（比喻、暗喻、個人隱喻、擬人化、轉喻、象徵、疊句）列舉包括胡適的初期白話詩在內的古今中外的詩歌修辭法為例，強調要懂得「這門技術」，因為「舊的格律與新的主義有時還受過分的擁護」，「文藝界的自由精神是一種普遍的時代精神」，「古舊的格律或新的主義都沒有死守的必要」〔註13〕，這篇演講說明是為「才開始萌芽」的「新文藝」「略供參考」。〔註14〕

　　從這兩篇演講來看，俞平伯從親歷實踐的角度婉轉批評了初期白話詩過分倚重觀念的問題，強調解放動機。劉延陵從寫作技巧的角度，強調的同樣是詩歌不要為主義所困囿。從一定程度上來看，這兩個人的基本觀念是相似的，區別在於俞平伯的史觀更接近古典傳統的「情動於中」，劉延陵則側重法國象徵主義與自由詩的理論。這些講授，是帶有對初期白話詩「反省」意味的，並且是以更開闊的視野和世界性的詩歌理念來進行對學生的詩歌啟蒙，從這個角度來理解湖畔詩人們與初期的白話詩人們的異同，則更為有效。

　　從晨光社時期包括後來湖畔詩社的創作來看，這兩者都為其提供了基本的思路框架，無論是汪靜之「冒犯了別人的指謫」或是潘漠華的「我心底深處，開著一朵罪惡的花」，皆以其極為個人化的特徵，抒發嚮往「自由」的情感。從浙江一師詩人群聽到的這兩次演講看，有一些既有的研究觀點就值得反思了，諸多湖畔派的研究者都將注意力集中到湖畔詩人與文學研究會的關係上，認為湖畔派的詩歌秉承的是「為人生」的理想，具有普遍意義的認識是，「詩是『湖畔』詩人用以認識世界，對抗人生當中的濁惡，評判乃至『改造』世界的工具和價值依據。『湖畔』詩人與文學研究會有著密切的聯繫，文學研究會的文學主張不可能不影響到湖畔社的文學觀念和創作走向。文學研究會『為人生』的文學主張，反映到『湖畔』詩人那裡，大概就是通過『詩』的方式來『為人生』，將『詩』當作人生，使『詩』與人生高度地統一起來」〔註15〕。然而從浙江一師詩人群體身處的整體性詩歌藝術的交流空間及其所

〔註13〕劉延陵：《詩底用詞》，葛乃福編：《劉延陵詩文集》，上海：復旦大學出版社，2002年，第166～70頁。

〔註14〕劉延陵：《詩底用詞》，葛乃福編：《劉延陵詩文集》，上海：復旦大學出版社，2002年，第166～70頁。

〔註15〕張大為：《「湖畔」的天籟，自然的歌吟——「湖畔社」詩人的詩藝探索》，《文藝報》2014年7月23日。

受的詩歌教育來看，這樣的觀點就是值得商榷的。

　　浙江一師的「第二代」新詩人們在這兩次演講中收穫的恰恰是對初期白話詩說理成分過重的批評性建議。俞平伯在演講題目中所用的「教訓」二字，可以看成是具自省意識的表達，而劉延陵引入的西方詩歌修辭技巧背後也滲透著對「新的主義」，也就是胡適等初期白話詩人提倡的詩歌創作理念的批評。從這個角度來看，這兩位為晨光社學生帶去的，恰恰是對初期白話詩人的批評性意見和更為新穎的文學創作視角。

　　大體來看，湖畔詩人的創作和文壇活躍的知識人與教師的演講更接近，而與初期白話詩創作就有區別。就《湖畔》和《蕙的風》出版後收到的評價來看，主要和集中的方面，與俞平伯和劉延陵強調的主張如出一轍。周作人說「他們是青年人的詩；許多事物映在他們的眼裏，往往結成新鮮的印象，我們過了三十歲的人所承受不到的新的感覺，在詩裏流露出來，這是我所時常注目的一點」〔註16〕；朱自清也強調了周作人看到的「代際」之間的差異，「這些作者都是二十上下的少年，都還剩著些爛漫的童心；他們住在世界裏，正如住在晨光來時的薄霧裏。他們究竟不曾和現實相肉搏，所以還不至十分頹唐，還能保留著多少清新的意趣」〔註17〕；胡適在《蕙的風》序言中說，「我覺得他的詩在解放一方面比我們做過舊詩的人更徹底的多」，汪靜之的創作「往往有『我們』自命『老氣』的人萬想不到的新鮮風味」〔註18〕，胡適還梳理了自由詩的歷史，以說明從初期白話詩向自由詩過渡的過程。可見，新文學運動以來的第一代詩歌實踐者和詩學探索者從校園中覓得了詩歌藝術發展的可能性，為自己新詩草創階段的「嘗試」得以推進做「代」的區隔，以發展詩歌藝術、推廣文化觀念。不光如此，詩集的發表和出版，前輩詩人在其中的推動也至關重要。從1917年前後新文化運動的思想火花乍現、新詩的嘗試逐步開始，到1922年浙江一師為代表的學生詩歌團體做出有推進性發展的創作，正是新文化運動發展之中「師」「生」的代際互動。

　　作為老師的劉延陵在為《湖畔》作的序言中說：「詩底真確的定義至今還未曾有。但是他底重要的元素都要不外情緒與美感兩件。從真摯的情緒之中

〔註16〕周作人：《介紹小詩集〈湖畔〉》，《晨報副刊》1922年5月18日。
〔註17〕朱自清：《讀〈湖畔〉詩集》，《時事新報・文學旬刊》第40期，1922年6月11日。
〔註18〕胡適：《〈蕙的風〉序》，汪靜之：《蕙的風》，上海：亞東圖書館，1922年。

出來的文章……都多少含著一點詩的性質」〔註19〕，這一評論看似稱讚，實際上也是一種期待，這種期待，一定程度上是超越了詩歌文體，是對新文學提出的整體性期待。這一校園演講與詩歌實踐，使教育情境與主流知識分子倡導的詩學互相溝通，同時又以差異性的認知，反促詩學新變，在參差與協進中形成了一套有效的詩歌對話系統。這一影響，可以從詩學發展的脈絡中得以呈現，正因此，新詩的抒情範式和敘述內容，都得以拓展。新月派、漢園三詩人、現代詩派等，都是佐證。

當然，湖畔詩派的創作，也遭遇了當時校園讀者的批評。《蕙的風》出版不久後就招致南京國立東南大學學生胡夢華「不道德」的批評，這篇發表於1922年10月24日《時事新報‧學燈》雜誌上的《讀了〈蕙的風〉以後》卻反而促成了湖畔詩人的揚名，魯迅、周作人、胡適、朱自清等與之激烈論爭，對汪靜之等年輕人的支持與肯定對其創作起到了很大的鼓勵作用。在這一論爭中，湖畔詩派反而獲得了更多的擁躉。作為湖畔詩派對立面的胡夢華，也是一貫反對新詩的南京高師與東南大學的學生，這裡的批評，既包含合理性，又體現了文化隔閡。在這以後，我們發現在胡適支持的上海、南京的安徽籍學生與文人辦的雜誌《微音》上，居然可以看到胡夢華的文章與汪靜之的詩作並置。再透視這一「激烈」爭論，可以看到新文化運動的創辦者胡適為學生群體的文學教育注入的良苦用心。這種教育，已然跨出了學校的門檻。正是在這種交鋒之中，觀念的激蕩、追求的各異、判斷的殊途，恰恰構成一種文化的民主。

十多年後，那些曾作為教師、學者的親歷者、旁觀者們回望這一代新的詩人時，他們的觀點經過沉澱，是這樣的，朱自清評價：「中國缺少情詩，有的只是『憶內』『寄內』，或曲喻隱指之作，坦率的告白戀愛者絕少，為愛情而歌詠愛情的更是沒有。這時期新詩做到了『告白』的一步。《嘗試集》的《應該》最有影響，可是一半的趣味怕在文字的繚繞上。康白情氏《窗外》卻好。但真正專心致志做情詩的，是『湖畔』的四個年輕人。他們那時候差不多可以說生活在詩裏。潘漠華氏最是凄苦，不勝掩抑之致；馮雪峰氏明快多了，笑中可也有淚；汪靜之氏一味天真的稚氣；應修人氏卻嫌味兒淡些」。〔註20〕廢名認為：「據我的意見，最初的新詩集，在《嘗試集》之後，康白情的《草

〔註19〕劉延陵：《〈蕙的風〉序》，汪靜之：《蕙的風》。
〔註20〕朱自清：《中國新文學大系‧詩集‧導言》，見《中國新文學大系‧詩集》。

兒》同湖畔詩社的一冊《湖畔》最有歷史的意義。首先我們要敬重那時他們做詩的『自由』。我說自由，是說他們做詩的態度，他們真是無所為而為的做詩了，他們又真是詩要怎麼做便怎麼做了。」〔註21〕

朱自清的「生活在詩裏」，並不指向對詩人詩歌中「本事」的解釋，而是說明新題材的真誠度超越了初期白話詩時期的「寫」和「作」的糾纏。這幾位創作者的自身境遇和文學表達之間的融洽與創作中的專注，成為他評說的尺度。廢名認為的「態度」的「自由」，和這個觀點近似，認為他們態度的自由和目的的自我，使他們的詩歌具有了歷史意義。這兩位幾乎都通過對這一代詩人與《嘗試集》的斷裂式的藝術差異，以說明新詩這一文體卸下了初期白話詩的負累，獲得了新的歷史意義。

20世紀20年代前半期，學生群體創作詩歌的數量很多，真正意義上有創造性的詩歌，只能說是冰心偶然發現的「小詩」和湖畔派專心致志作的情詩。茅盾所謂的「技術幼稚與太多空洞的議論」〔註22〕批評了大多數青年學生的模仿作品。在良莠不齊的格局之下，杭州一師的詩人群體以代際詩學自覺的發展做出了貢獻。

在今天對湖畔詩人的闡釋之中，集中注意了湖畔詩人詩歌的社會價值，往往關聯他們的詩歌寫作和社會生活之間有關「個性解放」「戀愛自由」等問題的互涉，並且通過潘漠華和馮雪峰後來的人生選擇，似乎能找到其中的必然性，然而站在教育視角來看，「師」「生」之間的文化互動，出發點是中國現代新詩發展的角度，落腳點是自我表達的「自由」與書寫內容的更新，湖畔詩人的創作被納入一種歷史運動、社會思潮的闡釋模式之中，以「新」「舊」「道德」和思想的問題構建闡釋框架，往往忽略了在師生互動中，初期白話詩人與新一代的校園詩人搭建起的新詩藝術的更新發展模式，今天看來，這種代際的溝通顯得彌足珍貴。一方面，教師群體將自己對文藝最具突破意味的新穎思考帶給學生，使學生群體的創作在新的路徑上刷新了既有的認知，體現出新鮮的感受；另一方面，因為教學的必要，對新詩的參與者，研究者也必須融匯更多同情性理解，參入更豐富的個性化思考，方能為學生奉獻最有效的獨特詩歌知識與個人理解，在這個層面上，可以說學生群體促進了詩

〔註21〕廢名、朱英誕：《新詩講稿》，陳均編訂，北京：北京大學出版社，2008年，第100頁。

〔註22〕茅盾：《論初期白話詩》，《文學》第8卷第1號，1937年1月1日。

歌藝術的批評和理論探索。

　　從校園走出的詩人群體，構成了中國現代新詩不斷出新的一個基本面貌。無論是湖畔詩人，還是「漢園三詩人」「中國新詩派」等，都從代際之間的溝通之中獲取了整體性發展新詩藝術高度的可能。從 21 世紀的今天看來，這種歷史情形已經一去不復返了。

第二節　教育需求與現代解詩學的發生

　　從現代詩歌發展的角度來看，一般我們認為西方詩歌的寫作和理論方式直接影響了中國現代新詩。浪漫主義、寫實主義、象徵主義、意象派等觀念技巧，也直接影響了我們對經典詩人的定位，提到郭沫若的《女神》，就稱之為浪漫主義，提到李金髮的創作，就稱之為象徵主義，說起戴望舒，就冠以現代主義，這是一種簡便的對詩人創作特點的劃分，同時也是早期新詩在探索自身合法性和言說空間時的一種掛靠式的表達。「我們現在講文學批評，無非是把西洋的學說搬過來，向民眾宣傳。但是專一從理論方面宣傳文學批評論，尚嫌蹈空，常識不備的中國群眾，未必要聽；還得從實際方面下手，多取近代作品來批評」〔註23〕。20 世紀 20 年代左翼思潮興起以後，用術語和觀念的方式討論社會生活問題和文學問題的風氣蔚然成風。郭沫若曾在他的《學生時代》中說到，受攻擊的蔣光慈為自己創作中的「浪漫」辯解時說：「我自己便是浪漫派，凡是革命家也都是浪漫派，不浪漫誰個來革命呢？……有理想，有熱情，不滿足現狀而企圖創造出些更好的什麼的，這種情況便是浪漫主義。具有這種精神的便是浪漫派。」〔註 24〕這種為概念加以個人化色彩解釋的表述模式，基本可以看作 20 世紀 20 年代非學院化批評的範例。

　　從教育角度來看，這種以觀念為框架的作品流佈，為新詩傳播建設搭建了平臺。從教育角度來看，由教學情境構成的文化空間，不僅為新詩在內的新文學創作發展和批評建構搭建了平臺，更重要的是，「教育」這一概念極具包容性地為新文學的教學、批評和學術研究輸送了很多專門性的人才，借助他們各自的優勢特點，為理解新文學運動以來的創作、思潮、流派、作家、作品的文學特點、文化意義起到了重要作用，不僅如此，由教育空間創設的

〔註23〕茅盾：《文學批評　管見一》，《茅盾全集》第 18 卷，北京：人民文學出版社，1989 年，第 254 頁。

〔註24〕郭沫若：《學生時代》，北京：人民文學出版社，1979 年，第 244 頁。

學院化批評機制，也不斷反哺新文學創作，也為新文學創作的持續探索發揮了積極作用。文學概念本身無法代替對文學作品的具體研究，橫亙在教師與學生之間的，仍舊是如何把觀念轉換為具體可感的表達。

　　正是因此，「解詩學」悄然出現。本文提出的解詩學，是孫玉石教授總結的 20 世紀 30 年代以後教育情境中出現的一種以教授學生讀懂新詩為要旨的學問，孫先生認為，「縮短現代詩的創造者和接受者之間的審美距離，是新詩批評走向現代化的必然思考」〔註 25〕，在這個觀點下，他對 20 世紀三四十年代包括朱自清、聞一多、廢名等詩論家的解詩學探索進行了描述和分析。本文認為，中國現代新詩解詩學是新詩教育的必然發展，是中國現代新詩研究在教育機制內部要求下催生出的文學審美接受和文化價值傳遞的重要途徑。

　　中學詩歌教育情境中的解詩學可以通過梁實秋那場著名的「看不懂的新文藝」論爭來細細考究。在新詩發展過程中，梁實秋始終扮演著一個溫和的對立者的角色。清華求學時期形成的所謂「新人文主義」思想，造就了他與吳宓被冠之以「古典主義」名目的批評方法。他批評早期白話新詩的低劣時，援引的皆是舊體詩歌，詩只有好壞，並無新舊的觀念非常明確；在自由體詩蓬勃發展之時，他強調「音韻」的建設〔註 26〕，在小詩體風靡之時他卻說「冰心女士是一位冰冷到零度下的女作家」〔註 27〕，以強調主觀情緒；他還在 1936 年 3 月 20 日以靈雨為化名，在他自己的雜誌《自由評論》週刊上發表過一篇讀者來信，他「隨便」列舉 1936 年 3 月 15 日《大公報・文藝副刊》上刊登的林徽因的情詩《別丟掉》，說「我不得不老實地承認，我看不懂。前兩行我懂，由第三行至第八行一整句，我就不明白了」〔註 28〕。1937 年 6 月 13 日梁實秋又化名「絮如」在《獨立評論》中模仿「中學教員」的口吻發表了一篇《看不懂的新文藝》，批評卞之琳、何其芳等的創作，認為這些「所謂作家」走入了「魔道」。〔註 29〕梁實秋的這兩篇文章引來的胡梁二人與所謂京派文人周作人、林徽因、朱自清、朱光潛、梁宗岱、沈從文等人之間的文藝觀念和其他方面的觀念分歧和人際糾葛按下不斷，單單是梁實秋選擇的這個文化身

〔註 25〕　孫玉石：《中國現代解詩學的理論與實踐》，北京：北京大學出版社，2007 年，
　　　　　第 15 頁。
〔註 26〕　梁實秋：《詩的音韻》，《清華文藝增刊》第 5 期，1923 年 1 月 12 日。
〔註 27〕　梁實秋：《〈繁星〉和〈春水〉》，《創造》週報 1923 年第 12 號。
〔註 28〕　靈雨：《詩的意境與文字》，《自由評論》1936 年 3 月 20 日。
〔註 29〕　絮如：《看不懂的新文藝》，《獨立評論》第 238 號，1937 年 6 月 13 日。

份就值得注意。他所謂的「看不懂」的新文藝，主要聚焦的還是新詩創作。在這種文學話語爭奪過程中，他選擇的這一身份給梁實秋本人帶來的必定是很有底氣的正當性的想像。可見這是這一時期中學教育對新詩的較有代表性的一種認識。

在這個問題的基礎上就誕生另外一個新問題，在新詩本身發展過程中，如此論爭和相互攻擊，有其自身邏輯，這一點，詩論者接受的不同教育、不同的個人經歷和審美和表達能力之間的差異，使新詩在論爭中發展。然而梁實秋引入了「中學教員」這一身份，就將這個話題擴大到了學校教育需求這一本屬另一領域的問題上了。這個問題從今天的角度來看當然顯而易見，就我們普遍對新詩的認識而言，顯然梁實秋的文學判斷是帶有個人化色彩的，動機不在於懂與不懂，這背後體現的「教育」和「創作」之間缺乏的溝通，也是的確存在的。這就將本屬於文學創作領域的問題延展向了教育需求的問題。這就導致了現代「解詩學」的發生。朱自清作為較早意識到「解詩」問題的學院派知識分子，對待這一問題顯然認真得多，他在 1937 年 1 月第 8 卷第 1 號《文學》雜誌上發文，逐句解讀林徽因的詩歌，標題為《解讀》〔註30〕，作為回應，可見對這個問題的關切。我們通讀朱自清的這篇解讀文字，一方面可以看到他渴望溝通詩歌創作與教育之間的隔膜，另一方面也可以看作他為解詩作出的垯本。其中體現的是他長久以來關注詩論和批評方法的學術經驗，這也是學院知識分子對「中學教員」的回應。

從事中學教育的工作者是否有解詩學意義上的實踐的能力，同樣是一個問題，從葉聖陶及其解詩學實踐中可以看到中學情境的解詩學實踐中的典範。

〔註30〕朱自清：《解讀》，《文學》1937 年 1 月第 8 卷第 1 號。內容為「這是一首理想的愛情詩，託為當事人的一造向另一造的說話。說你別丟掉『過往的熱情』，那熱情現在雖然『渺茫』了，可是，『你仍要保存著那真』。三行至七行是一個顯喻，以『流水』的輕輕『歎息』，比熱情的『渺茫』；但詩裏『渺茫』似乎是形容詞。下文說『月明（明月）』『隔山燈火』『滿天的星』，和往日兩人同在時還是一樣，只是你卻不在了；這月、這些燈火、這些星，只『夢似的掛起』而已。你當時說過『我愛你』這一句話，雖沒第三人聽見，卻有『黑夜』聽見；你想『要回那一句話』，你可以『問黑夜要回那一句話』。但是，『黑夜』肯了，『山谷中留著有那回音』，你的話還是要不回的。總而言之，我還戀著你。『黑夜』可以聽話，是一個隱喻。第一二行和第八行，本來是一句話的兩種說法，只因『流水』那個長比喻，又帶著轉了個彎兒，便容易把讀者繞住了。『夢似的掛起』，本來指明月燈火和星，卻插了只有『人』不見一語，也容易教讀者看錯了主詞。但這一點技巧的運用，作者是應該有權利的。」

　　夏丏尊在《文藝學 ABC》中談到，「中等學校以上的文科科目中，都有『文學概論』、『文學史』等類的科目，而卻不聞有直接研讀文藝作品的時間與科目」〔註 31〕。這種基本觀點，在他和葉聖陶不斷為新文學教育編撰的教科書中就能看到，他們這種「研讀」文藝作品主張的目的，是在教育的實現。

　　葉聖陶的文化身份中，最為重要的就是教育家。文學研究會曾於 1921年在上海成立了「讀書會」，分設「小說組」「詩歌組」「戲劇組」「批評文學組」，葉聖陶即為詩歌組成員。在此之前，葉聖陶還在《新潮》雜誌上發表多首詩歌。浙江一師時期，他也是晨光文學社文學活動的指導教師，並與同事劉延陵、朱自清、俞平伯合辦《詩》月刊，這是現代文學史上的第一份詩歌刊物。他在代為編輯《小說月報》時，因發表戴望舒的《雨巷》，使戴望舒名噪一時。他的詩歌教育主張體現在選詩和解詩上。他認為，「文學這東西，尤其是詩歌，不但要分析地研究，還得要綜合地感受。……閱讀詩歌的最大受用在此。通常說詩歌足以陶冶性情，就因為深美玄妙的詩歌能使讀者與詩人同其懷抱」〔註 32〕。

　　他編訂的教科書較有代表性的有《新學制初中國語教科書》《國文百八課》《開明新編國文選讀》等，皆注重文學作品和讓學生「讀懂」，他的編選標準是「以具有真見解、真感情及真藝術者，不違反現代精神者為限，不規於前人成例」，他還在所選作品後附屬說明，「本書於各篇作者均附撰略述，列入注文，俾讀者略明白時代、環境與文學之關係」〔註 33〕。這皆為教育傳播之便利。

　　上文引述過他發表於《新少年》雜誌的《小河》的教案，除了推崇《小河》，葉聖陶對劉延陵的《水手》也是推崇備至。儘管劉延陵 20 世紀 30 年代就移居海外，但他的這首詩歌，卻因葉聖陶的選擇，在詩歌史和教育史上留名。在教科書《新學制初中國語教科書》和《國文百八課》裏，葉聖陶都選擇了這首詩歌，並加以解說，在《新少年》雜誌中，葉聖陶刊登了《水手》一詩的講授方法，擇要摘錄如下：

〔註 31〕夏丏尊：《文藝論 ABC》，上海：世界書局，1928 年，第 46 頁。
〔註 32〕葉聖陶：《葉聖陶語文教育論集》下冊，北京：教育科學出版社，1980 年，第 29 頁。
〔註 33〕《編輯大意》，《新學制初中國語教科書》，上海：商務印書館，1923 年。

水手

一

月在天上，

船在海上，

他兩隻手捧住面孔，

躲在擺舵的黑暗地方。

二

他怕見月兒眨眼

海兒掀浪

引他看水天接處的故鄉。

但他卻想到了

石榴花開得鮮明的井旁，

那人兒正架竹子，

曬她的青布衣裳。

……

如果僅僅告訴人家說，一個水手在海船上想念他的女人，算不算一首詩呢？這只是一句普通的敘述的話罷了，算不得一首詩。……現在先說什麼叫做情境。情指情感、情緒、情操等，……境就是境界……我們內面的情不會憑空發生，須由外面的境給與我們觸動，情才會發生。……做詩的人往往捉住情和境發生關係的那個當兒的一切，作為他的詩的材料。不但做詩，就是畫家畫畫，雕刻家作雕刻，也是這樣。

我們看這首詩裏，天上的月，船四圍的海，水天接處的遠方，石榴花開著的井旁，架起竹子曬衣裳的姿態，是境；怕見月亮，怕見大海，可是還想念著那人兒，是情。……和那人兒距離既遠，會面又遙遙無期，還是不要想念她吧，還是不要望著故鄉吧。但是想念她的情到底遏止不住，眼睛雖然不看什麼，從前的一幅圖畫卻鮮明地映在腦裏了。……井旁邊，石榴花開得很盛，她剛洗罷衣服……這幅圖畫時時在腦裏顯現，永遠和當時一樣鮮明……以上說的是情和境的複雜的關係。作者捉住了這些關係發生的那個當兒的一切，詩的材料就不嫌貧乏了。

　　讀者或許要問：這首詩裏的情是作者自己的嗎？這首詩裏的境是作者親歷的嗎？作者沒有當過水手，詩中情境當然從想像得來的。作詩作文都一樣，不妨從想中去找材料。最要緊的是雖屬想像，而不違背真實。……

　　再說什麼叫做藝術手段。……做詩也一樣，有了一種情境，隨隨便便寫出來，算不得藝術手段。通常說，「詩是最精粹的語言」。意思就是詩中所用的詞兒和語句比較普通語言尤其不可馬虎，必得精心選擇，把那些足以傳達出情境來的詞和語句用進去，此外就得一概剔除。試看這首詩的第一節，只用四行文字，已經把主人公和他的環境畫出來了。……以上說的都是顯出藝術手段的地方。可以說的當然還有，我預備留給讀者自己去揣摩。

　　詩歌教育與中國現代新詩的發展第二編教育對新詩發展的促進末了得說一說韻。這首詩用的是「ang」韻，韻腳是「上」「上」「方」「浪」「鄉」「旁」「裳」七個字。詩要念起來覺得和諧有節奏除了用韻以外，還得在句中各處講究聲調。有的詩不用韻，但聲調還是要講究。這也是所謂「最精粹的語言」的一個條件。〔註34〕

　　葉聖陶解讀劉延陵的這首《水手》，可以看作是中學教育中新詩闡釋的垯本，這個教學案例為我們展現了葉聖陶對新詩閱讀的指導，這符合他一貫的對於文學以及詩歌「閱讀問題」的思考〔註35〕。葉聖陶的解釋既包含審美性，又富含知識細節，這種詩歌教育的垯本建設了中學意義的解詩學。

　　朱自清、蘇雪林、廢名為代表的解詩學方向開拓者則展開了大學教育中的解詩學。朱自清不僅是新文學教師，還是古典文學教師，他的詩歌教育體

〔註34〕 聖陶：《文章展覽：劉延陵的〈水手〉》，《新少年》1936 年第 1 卷，號不詳，另載葉聖陶：《文章例話》，瀋陽：遼寧教育出版社，2005 年，第 135～139 頁。

〔註35〕 之所以如此強調閱讀，是因為葉聖陶認為：「現在一說到學生國文程度，其意等於說學生寫作程度。至於與寫作程度同等重要的閱讀程度往往是忽視了的。因此，學生閱讀程度提高了或是降低了的話也是沒有聽人提起過。這不是沒有道理的，寫作程度有跡象可尋，而閱讀程度比較難捉摸，有跡象可尋的被注意了，比較難捉摸的被忽視了，原是很自然的事情。然而閱讀是吸收，寫作是傾吐，傾吐能否合於法度，顯然與吸收有密切的關係。單說寫作程度如何如何是沒有根的，要有根，就得追問那比較那捉摸的閱讀程度。」參看葉聖陶：《國文教學的兩個基本觀點》，《葉聖陶語文教育論集》下冊，北京：教育科學出版社，1980 年，第 58 頁。

現了與中西文化資源的融合。朱自清的《詩多義舉例》《古詩十九首釋》《〈唐詩三百篇〉指導大概》一系列著作，可以看作是他在清華大學教學之中的附帶產品，這些著作「對於詩歌意旨『多義』性的闡釋，都與他接受瑞恰慈、燕卜蓀的理論與方法影響，有著某種直接的關係」〔註 36〕，也多和清華大學外文系主任葉公超交流學術思考有關。他自覺地將西方新批評的理論資源、批評方法和術語表達結合到文本解讀中。朱自清曾談過他開設「陶淵明研究」課程的教育原因，「陶詩余最用力，而學生不甚起勁，大概不熟之故，嗣後當先將本文弄清楚，再弄批評。」〔註 37〕可見，即便是古典文學的講授，也因為現代教育的需求，而催生出不斷更新的可能。

　　在 20 世紀 30 年代的清華校園，葉公超和曹葆華被我們視作引入「新批評」詩歌闡釋觀念的先行者。曹葆華在清華學習期間，翻譯了大量瑞恰慈、艾略特、瓦雷利等西方詩歌理論家的著作。葉公超「一方面大力在學生中鼓吹艾略特和瑞恰慈的思想，在清華研究生和本科生中形成這種思潮；一方面親自上陣，為艾略特和瑞恰慈吶喊。在這裡，葉公超起到了中國現代詩學轉向的精神領袖的作用」〔註 38〕。這一發端與校園的詩歌理論探索和新詩闡釋方式的轉變極大地影響了 30 年代如卞之琳，40 年代如九葉詩派的詩歌創作。一般看來，這種詩歌理論的發展，被視作中西詩學交流溝通的典範。然而葉公超們的理論翻譯和建構的根本動力還是在於對文學理論教學如何引導學生閱讀和批評文學作品、詩歌作品的思考。葉公超認為，文學批評的教學活動中，引用幾條中西文論的經典原理，「定下幾條概括的公式，幾條永久適用的法則」〔註 39〕來進行文學作品的閱讀和批評，不僅誤會了古人，也耽誤了今天，「前人的論見自有當時的根據，無須以近代的作品來證明它原有的真實，而我們對於以往的理論也應當先從它所根據的作品裏去瞭解它，不應當輕易用來作我們實際批評的標準」〔註 40〕。這種「實際批評」的觀念誕生於教學

〔註 36〕 參看孫玉石：《中國現代解詩學的理論與實踐》，第 65～73 頁。

〔註 37〕 參見朱自清 1933 年 10 月 5 日日記，《朱自清全集》第 9 卷，南京：江蘇教育出版社，1997 年，第 254 頁。

〔註 38〕 曹萬生：《1930 年代清華新詩學家的新批評引入與實踐》，《西南師範大學學報（人文社會科學版）》2005 年第 6 期。

〔註 39〕 葉公超：《從印象到批評》，原載《學文》，1934 年，轉引自葉公超著，陳子善編：《葉公超批評文集》，珠海：珠海出版社，1998 年版，第 15～22 頁。

〔註 40〕 葉公超：《從印象到批評》，原載《學文》，1934 年，轉引自葉公超著，陳子善編：《葉公超批評文集》，珠海：珠海出版社，1998 年版，第 15～22 頁。

實踐情境：「現在各大學裏的文學批評史似乎正在培養這種謬誤的觀念。學生所用的課本多半是理論的選集，只知道理論，而不研究各個理論所根據的作品與時代，這樣的知識，有了還不如沒有。合理的步驟是先讀作品，再讀批評，所以每門文學的課程都應該有附帶的批評」〔註 41〕。葉公超的理念與解讀實踐，融會中西詩學，建立了以「文本為中心，形式為重心」〔註 42〕的細讀批評模式，也堪稱是現代解詩學的一種學院化的理論建構方式。這一由「解詩」而生發教學思考引發的中西詩學的交融，從思想方式上影響了中國新詩的創作和批評實踐。可見，教育情境中的解詩學的發生和發展，對於新詩的創作、研究提供了理論資源，也為 20 世紀中國新詩不斷出現的創作高峰提供了可能。

第三節　教學意義中的新詩史寫作

在早期新詩的自我歷史描述過程中，以胡適為代表的理論建構者出於捍衛新詩合法性、推廣新文化運動的角度，在一個長時間的歷史跨度中，強調「新詩」文體產生的合理性與必然性，所謂「進化論」的觀念在新詩史建構之中就是這個層面的意義。新詩教育不僅通過課堂催生出了中國現代解詩學，「新詩教育對新詩的傳播以及新詩經典的確立和新詩史的建構都起著不可忽視的作用」〔註 43〕。

胡適在《五十年來中國之文學》中以「詩界革命的一種宣言」〔註 44〕來評說黃遵憲的著名詩句，將自己的文學主張納入歷史邏輯中，他的「失敗」之說，直接影響了文學課堂的講授。陳子展則將「詩界革命」納入《中國近代文學之變遷》課程，在 1928 年的南國藝術學院進行講授。他肯定了其「革新的精神」和「向詩國冒險的精神」，說明這一詩界革命「為後來胡（適）、陳（獨秀）、錢（玄同）、周（作人）一班人提倡白話文學的先導」〔註 45〕，以中正客觀的姿態進行解說。此後，上海大學的盧冀野在講授近代中國文學

〔註 41〕葉公超：《從印象到批評》，原載《學文》，1934 年，轉引自葉公超著，陳子善編：《葉公超批評文集》，珠海：珠海出版社，1998 年版，第 15～22 頁。

〔註 42〕曹萬生：《1930 年代清華新詩學家的新批評引入與實踐》，《西南師範大學學報（人文社會科學版）》2005 年第 6 期。

〔註 43〕黃曉東：《「民國」以來的新詩教育研究》，《當代作家評論》2014 年第 5 期。

〔註 44〕胡適：《五十年來中國之文學》，上海：申報館，1924 年，第 34～35 頁。

〔註 45〕陳子展：《中國近代文學之變遷》，上海：中華書局，1929 年，第 10～27 頁。

課程時，第一講也以其作為主題，名曰「詩歌革命之先聲」〔註46〕，他對胡適的「失敗」一說並不苟同，認為胡適的詩歌主張不過是黃遵憲觀念的延續。在結合胡適、徐志摩、聞一多等詩人詩歌創作中的「西化」傾向進行批評之後，他反而認為黃遵憲的詩歌更有打通古今的特殊價值，這和「江南才子」個人的學術生涯與文學興趣密切相關。盧冀野所作近乎舊體詞曲的「新詩」的藝術取向，和個人的學術研究特點，決定了他對新詩藝術的理解和追求，同時影響了他的課程講授。

這些相異的描述背後體現的是參與歷史的姿態的差異。初期新詩史的建構是在對中國古典文學和近代文學總結的基礎上開始的，誠如胡適、陳子展、盧冀野的文學史和詩歌史，皆是超越白話新詩講述範圍的更宏闊的歷史化講授，這與這一班學者的知識背景、個人旨趣密切相關，但也不能忽視其中為了教育需要做出的調整。這種歷史展開的方式有點近似於今天的中國當代文學史課程。與現實文學生產機制的關係和與作家群體的密切程度直接決定了教師對某些文學問題的歷史描述。

中國現代新詩的歷史描述幾乎與現代新詩發展同步，新詩史建構的同時也是話語爭奪的過程。比如較早專門寫作「新詩」歷史的專著，署名草川未雨的《中國新詩壇的昨日今日和明日》，就明顯是一部有個人目的的詩歌史。這部看似總結新詩「昨日今日明日」的新詩史的寫作意圖在這一段話：「昨日的詩是已經流行過去了的，今日的詩還正在盛行著，明日的詩則是超於現時而向著將走去的方向的，現在要特別提出來說的，一是謝采江的《不快意之歌》，二是張秀中的《動的宇宙》」〔註47〕。張秀中就是化名草川未雨的作者，謝采江是他在保定育德中學的老師，他們同為「海音社」的成員。作為這一校園文學社團的新詩史認知方式，他以「萌芽」「草創」「發展」和「未來」對新詩史進行分期。這部新詩史創作的目的，顯然是為推崇本社成員的創作。當然，這並不是說張秀中就不能創作這樣一部新詩史，但足見新詩的歷史敘述之中，往往蘊含著諸多主觀動機，這一主觀動機，有時候是非學術性的，是帶有強烈的個人現實利益的訴求的。

然而從教育的角度去看，新詩史倘若要真正意義上成為一種可供傳播的

〔註46〕盧冀野講義為《近代中國文學講話》，上海：會文堂新記書局，1930年。
〔註47〕草川未雨：《中國新詩壇的昨日今日和明日》，北平：海音書局，1929年，第260頁。

知識進入文化生產機制在大學課堂定型，其主觀動機則必須與客觀歷史事實結合得更為融洽。整體而言，新文學史進入大學課堂，是 20 世紀 30 年代前後的事。進入高等學府象徵了其歷史價值的確證。和詩歌教育情境中的不斷與創作和批評對話的詩歌活動不同，新詩史的建構幾乎是一種更為獨立和富有學術性的文化活動。

　　吳組緗回憶朱自清上課時說，「他講的大多援引別人的意見，或是詳細地敘述一個新作家的思想與風格。他極少說他自己的意見；偶而說及，也是囁囁嚅嚅的，顯得要再三斟酌詞句，惟恐說溜了一個字。但說不上幾句，他就好像覺得已經越出了範圍，極不妥當，趕快打住」〔註 48〕。其中固然有教師獨特的個性因素，但更為重要的是，我們可以看到朱自清為使新文學進入高校教學體制內，努力建構其「客觀性」、學術性的特點。

　　文學史課程建構的艱難性在於，它不能再是散漫的點評式的零敲碎打，而必須是高度專業化、學術化的系統「知識」。早期新文學課程是這樣的，蕭乾這樣回憶自己的「現代文學」課程：「楊（振聲）先生從來不是照本宣科，而總象（像）是帶領我們在文學花園裏漫步，同我們一道欣賞一朵朵鮮花，他時而指指點點，時而又似在沉吟思索」，「他給了我一幅當代的文藝地圖，並且激發起我去涉獵更多作品的願望」〔註 49〕。這種教學的便利性在於不必系統性的結構知識，只需碎片式地展示才華。換言之，這樣的評點和漫步式的講授是一種展現教師個人文學修養的授課方式，一定程度上是一種審美教育而非文學歷史的教育。這種教育模式對教師本人的文學修養和理論識見提出了很高的要求，也不具有複製性。

　　而胡適、陳子展、盧冀野的課程則是在他們各自搭建的文學史平臺中展現新詩的位置，這種方式可以看作是新詩史建構的學術化探索。以歷史的脈絡處理「詩界革命」或「新詩」，將其視作與傳統文學發展相關的過程性存在，通過敘述中國傳統文學，使「詩界革命」與「新詩」重獲滿含歷史意義的價值定位，並參照具有現實性意義的具體文化處境進行重新結構，這種歷史敘述方式顯然已經具備了在學術體制內傳播的可行性。儘管如此，將新詩作為一門獨立的學科進行講授，其中相關的創作、理論和有關史料都在進行時態，

〔註 48〕 吳組緗：《佩弦先生》，郭良夫編：《完美人格——朱自清的治學和為人》，北京：清華大學出版社，2003 年，第 144 頁。
〔註 49〕 蕭乾：《我的啟蒙老師楊振聲（代序）》，《楊振聲選集》，北京：人民文學出版社，1987 年，第 2 頁。

變動不已，可想其難度。

沈從文 1929 年由胡適推薦進入中國公學擔任新文學教員，中國公學當時擬開設現代中國文學課程與新文藝試作課程，沈從文作為新文學的親歷者，一個已經揚名的作家，依據想像應該很容易進入角色。可他沒有楊振聲的瀟灑自如，即便準備充分，可依舊是講不好。他講授大學一年級的課程，編寫了講義《新文學研究——新詩發展》〔註 50〕，這部講義資料中，他羅列了中國新詩集目錄，並擬定了七份參考資料，囊括從 1917～1929 年的重要新詩和新詩集，另外還有專章講授的專題，專題包括論汪靜之的《蕙的風》，論徐志摩的詩，論聞一多的《死水》，論焦菊隱的《夜哭》，論劉半農的《揚鞭集》，論朱湘的詩。沈從文對他這部講義顯得非常自信，極力推銷自己的這部講義，並且換校工作時，將這部講義作為自己的特色加以推薦。我們可以注意的是，他在以專題形式構建中國現代新詩史時，選擇的切入點並非是從胡適、郭沫若開始，而是從汪靜之開始。可見他的歷史邏輯框架並未建立在初期白話詩人自我構建的基礎上。他的判斷標準建立在有特色的「傑作」基礎上。可見所謂的「客觀性」「學術化」的努力過程，難免同時也為複雜的個人審美經驗和情感方式所影響和改變。

蘇雪林 1931 年到武漢大學任教，接手了新文學研究課程。她的第一感受是困難，耗費了比她熟悉的古典文學課程多一倍的精力，她從四方面說明了編撰文學史的難度，強調其艱難性〔註 51〕。她有關新詩的研究皆與備課相關，可以說，蘇雪林並不是一個嚴格意義上的新詩研究者，她可以說是古典文學研究者，對於現代文學而言，她是一位教員，發表的研究文章，皆服務於授課。她的備課內容幾乎全部發表，散見於武漢大學的《珞珈月刊》、上海的《現代》雜誌、《文學》雜誌以及《人間世》等。蘇雪林在臺灣出版的《中國二三十年代作家》基本呈現了她教學時代的新詩史體認，她將新詩史分十三章，

〔註50〕《沈從文全集》第 16 卷，太原：北嶽文藝出版社，2002 年，目錄頁。
〔註51〕蘇雪林：「第一、民國廿一年距離五四運動不過十二三年，一切有關新文學的史料很貧乏，而且不成系統。第二、所有作家都在世，說不上什麼『蓋棺定論』。又每人作品正在層出不窮，你想替他們立個『著作表』都難措手。第三、那時候雖有中國文學研究會、創造社、左翼聯盟、語絲派、新月派各種不同的文學團體及各種派別的作家，可是時代變動得厲害，作家的思想未有定型，寫作趨向也常有改變，捕捉他們的正確面影，正如想攝取飄風中翻滾的黃葉，極不容易。」蘇雪林：《我的教書生活》，《蘇雪林文集》第 2 卷，合肥：安徽文藝出版社，1996 年，第 89 頁。

分別介紹了胡適、冰心、郭沫若、徐志摩、聞一多、朱湘、白采、邵洵美、李金髮、戴望舒的詩歌，體現了較為全面的詩歌史視角。她呈現的中國現代新詩的發展軌轍更符合我們今天的認知，並且在詩歌藝術批評方面，博採古今詩論，體現出個人較高的詩學旨趣。這部著作可以看成是具有普範意義的新詩史專著。蘇雪林建構的新詩史，一定程度上建立在一個更宏闊的歷史格局中。由於她本人對舊體詩詞和古典文學的青睞，她的歷史態度和基本邏輯相較於朱自清、胡適等親歷者，相對超然。

有論者認為，沈從文瞭解「五四」詩壇的優弊，發揚了傳統的印象式批評；蘇雪林在宏大的學術背景中融進文學史觀，評論詩人、詩觀及詩作，更貼近當代學術規範。〔註52〕這是有道理的，值得深思的是，1930年代廢名的課堂講授，卻成為極具獨特性的存在。上文通過廢名講授周作人的《小河》，說明了他學院知識分子的獨特姿態，通過歷史地重構周作人詩歌的講述方式，以「真理」與「知識」的講述者自居，應對他不願也不能介入的具有廣泛社會性的革命文學洪流，堅守所謂「自由」之真諦，體現革命文學興起以後學院知識分子的內省精神及其在教育實踐中的體現。這說明在對象幾乎同一的情形之下，知識分子對時局的姿態，也對新詩史的講述起到了關鍵的作用。

值得注意的是，20世紀30年代學生論文中，也出現了以新詩史作為描述對象的學術研究。其中典型的包括余冠英的《談新詩》（1930年清華大學論文），徐芳〔註53〕的《中國新詩史》（1935年北京大學論文），後者選擇新詩史作為畢業論文的寫作內容，論文指導老師為文學院院長胡適。徐芳自述寫完新詩史後，「訂成一本書，送呈胡先生閱覽，他好高興，在稿上用紅筆批改了多處，真是為我文章也費盡了心」〔註54〕。她的論文基本是胡適觀點的集中整理，胡適也為其論文修改提出建議，大到作家作品發表時序、小到某些詩歌篇目名稱的寫法。這篇論文是教學互動過程中新詩史寫作的範例。徐芳論文中最大的特點是真誠，她隔閡於林庚、何其芳、廢名的詩歌創作，認為都很難懂，

〔註52〕陳衛、陳茜：《第一代學院新詩批評者：沈從文與蘇雪林比較》，《武漢大學學報（人文科學版）》2014年第1期。

〔註53〕徐芳生於1912年，江蘇無錫人，女師大附中畢業，1932年考入北京大學文學院中國文學系，因為胡適擔任院長兼中文系主任，產生了對新詩的強烈興趣。徐芳寫愛情詩歌較多，曾加入過沈從文主編的《大公報文藝》「詩刊」的作者隊伍，1949年以後移居臺灣，1950年後便不再寫詩。新世紀以後，徐芳在臺北出版了她的詩文集與新詩史，引發了大陸學術界的關注。

〔註54〕徐芳：《中國新詩史·自序》，臺北：秀威信息科技，2006年，第i頁。

充滿「困惑」參看〔註55〕，在寫作的基本觀點上，也謹遵他的老師胡適的判斷，屬於資料摘錄式的寫作，羅列觀點，自己絕少表明立場。在這個方向上看，這篇論文能夠為我們審視 30 年代高校文科學生的閱讀能力提供抽樣對象。

全面來看，當新詩史寫作誕生於特定的教學空間時，它本身蘊含從教者的個人化認知遠遠小於每位編寫者心中的「客觀」意識。並且這種寫作體例本身，基本服務於教學工作，在寫史過程中不斷出現個人化的侷限和客觀性的追求的調和折衷的特點。當然，除卻校園詩人的詩歌創作、從教者的課堂講述、相關學者的學術探索等為新詩藝術發展的各方面注入活力之外，教育情境中的詩歌活動還帶動了周邊學科的發展。比如周作人、劉半農對民歌俗曲的收集整理，新詩作品被譜曲傳唱，不僅開拓了文學研究包括詩歌藝術探索向中國民間文化資源開掘的途徑，也對民俗、音樂等學科的發展起到了作用。可見，圍繞詩歌教育情境的動態有機文化空間的複合型和深廣性，值得進一步探索。

〔註55〕龍揚志：《新詩史的書寫與差異》，《海南大學學報（人文社科版）》2012 年第1 期。

第四章　詩歌教育意義上的「新」與「舊」

第一節　因時而變體:「前見」的瓦解與觀念的重構

　　新詩創設之初,就設定了一套「新」「舊」對立的思維框架,這一框架是新文化運動的策略性選擇,其中包含的既是文學形式主張「文言」與「白話」的分別,同時也是思想觀念中「傳統」與「現代」(西方)的交鋒。這種觀念營造的二元對立格局並非涇渭分明,其中有較大的模糊地帶,誠如周作人所謂「新舊這名詞,本來很不妥當……思想道理,只有是非,並無新舊」〔註 1〕,然而對於新詩教育而言,「新」「舊」格局是持續存在的,這種思維框架的不斷重構,是其特點,也正是在這種框架之中,新詩獲得不斷增多詩體、更新創作的可能,也基於這種思維框架,詩歌批評和學術研究也獲得評價範式的不斷拓展。在詩歌教育範疇中,無論是理論主張還是文學創作,始終有「新」「舊」之區隔,即便在衝突之中又有調和。相比起小說、戲曲、散文等其他體裁,「新」「舊」詩歌與詩學的對立性和溝通性更使得這種話語模式具備相互交鋒和對話溝通的可能,故而在詩歌教育視野中,「新」與「舊」這種邏輯框架始終存在並成為需要解釋說明的基礎性視角。

　　到了 20 世紀 30 年代下半葉,對於新詩的討論實質上已經逐步擺脫了「新」「舊」對峙的基本狀態,從「新」「舊」對立,逐步邁向新詩本身的藝術發展探討。然而在教育領域內,「新」和「舊」仍舊是持續存在的話題。描述

〔註 1〕周作人:《人的文學》,《中國新文學大系・建設理論集》,上海:上海文藝出版社 2003 年影印版,第 193 頁。

新詩的歷史、提倡新文化運動以來的精神追求、在課堂講述和學術研究中尋找新舊座標，仍然是詩歌教育領域至關重要的話題。即便是在清華校園提倡「新批評」解讀方式的葉公超，在 1937 年仍舊為詩歌的新舊問題中的格律話題探索不已，「在這將近二十年中，多半討論新詩的人都有一種牢不可破的觀念，就是，新詩是從舊詩的鐐銬裏解放出來的……以格律為桎梏，以舊詩壞在有格律，以新詩新在無格律，這都是因為對於格律的意義根本沒有認識」〔註 2〕。

　　新詩進入教育並成為一種具有社會和文學影響力的文學體裁和思想方式，不是一帆風順的。首先遭遇到的詰難，就是來自舊體詩陣營的。在 20 世紀中國文學的範疇中，「舊體詩」之所以成為一個「問題」，引得眾說紛紜，乃因它是多重問題的集合。現當代文學時期的「舊體詩」在一個被貶斥、被爭論、被創作、被否定、被再評價的邏輯鎖鏈中滌蕩，從文本形式層面的「古典」與「現代」的屬性區分，到作家寫作心態與精神結構的分析，再到對這一文學現象背後的文化邏輯的探索，在「入史」與否、價值幾何的分歧與爭議之中，對這一文學現象的分析也逐步深入。從創作數量上講，晚清民國時至當下的舊體詩寫作絕對可稱得上無比浩瀚，但量的沉積從不是評議價值的根據。歷史地來看，舊體詩這一看似「尷尬」的文體，伴隨著「新文化」的推廣和新詩創作的發展，起到了新文學的「對照組」與「注腳」的功能，凸顯了新文學的獨特價值，成為歷史與文學敘述的特殊材料。這一學術理路之下，舊體詩、舊體詩寫作者在相互串聯中完成一次圓融的敘述，極大豐富了扁平化的歷史、文學敘述，以立體的形態還原了文學的生產機制及複雜的作家心態與歷史情態。在「現代」與「傳統」的二元話語結構中，舊體詩顯然充當了一種饒有意味的象徵性存在，為了突出現代文學之為「現代」、新文學之「新」的價值，以「拒斥」的態度面向舊體詩，成為一種正當而且必要的姿態。與此同時，舊體詩的辯護者為古典形態的現代舊體詩創作做出了「現代性」的辯證，形成了一種悖謬性結構，也凸顯了其中的複雜性。

　　我們需要指出的是，既然新詩與「古典資源」之間有密不可分的聯繫已成為一種共識，那麼舊體詩是否也因某些「現代資源」而煥發了「新」的活力了呢？或許教育的視角，能給我們更多的啟發。

〔註 2〕葉公超：《論新詩》，原載《文學雜誌》1937 年 5 月創刊號，轉引自葉公超著，
　　　陳子善編：《葉公超批評文集》，第 49～65 頁。

對於新詩教育而言，胡適和廢名都體現出對「新」「舊」觀念的敏感。然而二者之間存在的差異，體現了「前見」的持續瓦解與觀念的重構。

總的來說，胡適將新詩的創生歸結為「八年來的一件大事」，是他對白話文運動以來以自己為代表的詩歌「實踐」者的一次集體巡禮。他設定的「新」「舊」觀念，展開於進化論邏輯鏈條，服務於新文化運動之推廣，在這一過程中，胡適消解的「前見」是中國舊體詩文的古老傳統。胡適的理念深刻地影響了新詩的教育，這種「新」「舊」的對峙成為一種文體與精神的雙重說明。

初期白話詩階段的「嘗試」說，為新詩的發展，觀念的滌蕩更新留下了巨大的自由空間。今天看來，胡適在詩歌創作中的態度是審慎的，一方面他大多詩歌未脫舊詩形態，另一方面也在不斷刪改中給人一種「尚未定型」的感覺。他雖宣揚作新詩，卻以「舊詩」中富有啟發性的創作方式來否定並激活同時代人的創作：「有許多人曾問我做新詩的方法，我說，做新詩的方法根本上就是做一切詩的方法；新詩除了「新體的解放」一項之外，別無他種特別的做法。這話說得太籠統了。聽的人自然又問，那麼做一切詩的方法究竟是怎樣呢？……『枯藤老樹昏鴉，小橋流水人家，古道西風瘦馬，夕陽西下，──斷腸人在天涯！』這首小曲裏有十個影像連成一串，並作一片蕭瑟的空氣，這是何等具體的寫法」〔註 3〕。胡適又回過頭去從古典詩文中找「具體的寫法」的例證，足見其「新」和「舊」，是一種因時而變的策略化解說。

1936 年廢名在北京大學講授新詩，自胡適的《嘗試集》開始，至《沫若詩集》中斷。〔註 4〕他講述過初識「新詩」的一幕。〔註 5〕廢名提到，初次遭

〔註 3〕胡適：《論新詩──八年來一件大事》，《星期評論》紀念號，1919 年 10 月 10 日。

〔註 4〕陳均編訂，廢名、朱英誕著：《新詩講稿·編訂說明》，北京：北京大學出版社，2008 年，第 1 頁。

〔註 5〕廢名：「大約是民國六七年的時候，我在武昌第一師範學校裏念書，有一天我們新來了一位國文教師，我們只知道他是北京大學畢業回來的，又知道他是黃季剛的弟子，別的什麼都不知道，至於什麼叫做新文學什麼叫做舊文學，那時北京大學已經有了新文學這麼一回事，更是不知道了，這位新來的教師第一次上課堂，我們眼巴巴的望著他，他卻以一個咄咄怪事的神氣，拿了粉筆首先向黑板上寫『兩個黃蝴蝶，雙雙飛上天……』給我們看，意若曰，『你們看，這是什麼話！現在居然有大學教員做這樣的詩！提倡新文學！』他接著又向黑板上寫著『胡適』兩個字，告訴我們《蝴蝶》便是這個人做的。我記得當時只感受到這位教師一個『不屑於』的神氣，別的沒有什麼感覺，對於『兩個黃蝴蝶，雙雙飛上天』，沒有好感亦沒有惡感，不覺得這件事好玩，亦不覺得可笑，倒

遇胡適與新詩時是通過教師貶低接觸的，多年以後，卻醞釀成了別樣情感。儘管教師以戲謔的方式講述新詩，但一開始廢名並沒有什麼感覺，從這裡可以看到無論對新文化運動持何種態度，誰都無法忽略這一聲勢浩蕩的文學潮流，並不經意地成為它的傳播者，廢名講述過程中的中學教師就是一例。雖然因思想的慣性與傳播的限度，新文化運動也一定有其無法覆蓋的盲區，但凡稍有耳聞，無論在聞者心中或正面或反面，「新詩」這一新鮮事物都會成為被思考的對象，也就不可避免地被知識群體談論，同時也有可能進入以學校為代表的教育傳播過程中。廢名的中學記憶就說明了這一點。

廢名在關涉這首詩的課堂記憶背後，蘊藏了他不易被發現的情感變化。他的中學老師，那位「黃季剛」的學生，固然帶有其文化趣味的傾向性，但也是胡適自謂的「人們要用你結的果子來評判你」〔註6〕，他對胡適的詩歌進行了一番嘲弄。不可否認，《蝴蝶》（原題《朋友》）一詩初讀時給人以粗糙淺陋之感，廢名的「沒有好感亦沒有惡感，不覺得這件事好玩，亦不覺得可笑」，似乎是對未知領域的隔膜與無感。但至少通過這一途徑，他知道了胡適，「倒是覺得『胡適』這個名字起得很新鮮」。廢名之無感，是他先天性的冷漠，還是對這一歷史潮流的無知，不得而知。

通過自己就讀時中學課堂「知道」的內容，隨著自己文學生涯的演進，廢名形成了一套自己的觀念邏輯，通過這套邏輯反觀胡適的瓦解前見的策略，他便顯得與眾不同。

「新舊」詩歌的區別聯繫，在廢名的世界觀中形成了更為深入縝密的思考。教育這一場域不是單向度的傳播與接受，它包含了更深刻辯證的複雜性與自由度。作為學生的廢名和作為教師的廢名固然不同，在講稿中，廢名說，

> 是覺得『胡適』這個名字起得很新鮮罷了。這位老師慢慢又在黑板上寫一點『舊文學』給我們看……『枯藤老樹昏鴉……』……當時我對這個『枯藤老樹昏鴉』很覺得喜歡，而且把它念熟了，無事時便哼唱起來。……我現在的意見是同那一位教師剛剛相反，我覺得那首《蝴蝶》並不壞，而『枯藤老樹昏鴉』未必怎麼好。更顯明的說一句，《蝴蝶》算得一首新詩，而『枯藤老樹』是舊詩的濫調而已。我以為新詩與舊詩的分別上不在乎白話與不白話，雖然新詩所用的文字應該標明是白話。舊詩有近乎白話的，然而不能因此就把這些舊詩引為新詩的同調。好比上面所引的那首元人小令，正同一般國畫家的山水畫一樣，是模仿的，沒有作者的個性，除了調子而外，我確實看不出好處來。」參看陳均編訂，廢名、朱英誕著：《新詩講稿》，第25頁。

〔註6〕胡適：《中國新文學運動小史》，原載《中國新文學大系·建設理論集》。轉引自《胡適文集》（1），第106頁。

「《嘗試集》初版裏的詩，當時幾乎沒有一首我背不出來的，此刻我再來打開《嘗試集》，其滿懷的情意，恐怕不能講給諸位聽的了」〔註7〕。從做學生時期的隔膜與無感，到做教師時無法訴說的滿腔「情意」，其中蘊含著多少複雜情緒！廢名真正與胡適及其詩歌理念發生關聯，並在潛意識中與之對話，有其特定過程。廢名「覺得《蝴蝶》這首詩好，也是後來的事，我讀著，很感受這詩裏的內容，同作者別的詩不一樣，我也說不出所以然來，為什麼這好像很飄忽的句子一點也不令我覺得飄忽，彷彿這裡頭有一個很大的情感，這個情感又很質直。」閱讀了胡適《四十自述》中「關於《蝴蝶》有一段紀事，原來這首《蝴蝶》乃是文學革命這個大運動頭上的一隻小蟲，難怪詩裏有一種寂寞。」廢名從毫無感覺到滿懷深情，是有過程的，這個「後來的事」，他從「飄忽的句子」中理解到了「質直」，也就是從朦朧中感受到了確切，從模糊中捕捉到了具體。這裡可以看到，新文化運動以來建立的一套歷史闡釋機制，產生了具體的作用，廢名把「文學革命這個大運動」看作是龐然大物，「頭上的一隻小蟲」是這首小小的詩歌，在這樣的張力性表達中，他捕捉到了個人意義上的「寂寞」，從而通過這首詩，對新文化運動以來的「新詩」有了更為具體切實的感受。正是胡適《四十自述》與《談新詩》中不斷回溯新文化運動以來白話文學尤其是詩歌的「嘗試」而展開的歷史畫卷中迷人的「個人」色彩，逐步地吸引了青年讀者的注意，成為一種更廣泛意義上的人格教育。那兩隻姿態不美，方向不對，言語不精妙，停頓不美好的胡適的「蝴蝶」，向我們展示的，是開始的簡陋，嘗試的蹣跚。但我們恰恰在其中感受到了向下的力量。個人經驗未必高妙，但真切。同路人的攜手未必長久，但溫暖。胡適從一個停頓、幾處重複、一些韻腳裏做文章，醞釀反者道的風暴，他的「蝴蝶」飛出中國古老悠久的詩歌文化外，向下飛，感染了一代又一代中國詩文化的創新者和傳播者，催逼出 20 世紀嶄新的詩歌美學。

廢名的論述帶有課堂講授的特點，不十分具有理論言說的邏輯嚴密性，並且也是經歷自己文學趣味的不斷發展、詩壇情形不斷變化後的觀念，這裡暫不展開。我們著重可以觀察，廢名對胡適的《蝴蝶》一詩認識的發展，是因為胡適搭建了闡釋的框架。廢名認為胡適《四十自述》中的「紀事」，「幫助」他說明了「什麼樣才是新詩」，〔註8〕也正是以這種詩與史的結合來講授

〔註7〕陳均編訂，廢名、朱英誕著：《新詩講稿・編訂說明》，第 24 頁。
〔註8〕廢名認為，「舊詩的內容是散文的，其詩的價值正因為它是散文的。新詩的內

新詩的意義和價值，正是在史的軌跡上，這首詩的意義才得以彰顯。廢名因《四十自述》理解到的「作者因了蝴蝶飛，把他的詩的情緒已自己完成，這樣便是所謂詩的內容，新詩所裝得下的正是這個內容」正是契合了胡適《談新詩》中所謂的「有什麼題目，做什麼詩；詩該怎麼做，就怎麼做」的「詩體大解放」〔註 9〕觀念。

然而廢名講述中的「我以為新詩與舊詩的分別上不在乎白話與不白話」〔註 10〕。的論述則展現了廢名「新」「舊」觀念的更新。伽達默爾宣稱：「一切理解都必然包含某種前見。」〔註 11〕這裡的「前見」是在觀念流轉過程中對已發生概念的重新評價，「『前見』（Vourteil）其實並不意味著一種錯誤的判斷。它的概念包含它可以具有肯定和否定的價值」〔註 12〕。與此同時，「前見構成了某個現在的視域」〔註 13〕，「前見」是理解的基礎和前提。白話詩初創階段，面臨著古典傳統的巨大壓力，換句話說，這一「前見」是包含著輝煌傳統的古典詩歌與詩論。《談新詩》理解的本質就是「視域融合」，也就是「解釋者現在的視域與對象所包含的過去的或者傳統的視域融合在一起，從而為解釋者產生一個新的視域，即解釋者將獲得一個包含自己的前見在內的新的觀念」〔註 14〕，胡適的《談新詩》，正是為新詩編選者、教育的傳播者、接受者，提供了一個絕佳的

容則要是詩的，若同舊詩一樣是散文的內容，徒徒用白話來寫，名之曰新詩，反不成其為詩。什麼叫做詩的內容，什麼叫做散文的內容，我想以後隨處發揮，現在就《蝴蝶》這一首新詩來做例證。這詩裏所含的情感，便不是舊詩裏頭所有的，作者因了蝴蝶飛，把他的詩的情緒已自己完成，這樣便是所謂詩的內容，新詩所裝得下的正是這個內容。若舊詩則不然，舊詩不但裝不下這個詩的內容，昔日的詩人也很少有人有這個詩的內容，他們做詩我想同我們寫散文一樣，是情生文，文生情的，他們寫詩自然也有所觸發，單把所觸發的一點寫出來未必能成為一首詩，他們的詩要寫出來以後才成其為詩，所以舊詩的內容我稱之為散文的內容」。參看廢名、朱英誕著：《新詩講稿》，陳均編訂，第 26～27 頁。

〔註 9〕 胡適：《談新詩——八年來一件大事》，《星期評論》紀念號，1919 年 10 月 10日。

〔註 10〕 陳均編訂，廢名、朱英誕著：《新詩講稿》，第 25 頁

〔註 11〕 〔德〕伽達默爾：《真理與方法》（上卷），洪漢鼎譯，上海：上海譯文出版社，1999 年，第 347 頁。

〔註 12〕 〔德〕伽達默爾：《真理與方法》（上卷），洪漢鼎譯，上海：上海譯文出版社，1999 年，第 347 頁。

〔註 13〕 〔德〕伽達默爾：《真理與方法》（上卷），洪漢鼎譯，上海：上海譯文出版社，1999 年，第 392 頁。

〔註 14〕 〔德〕伽達默爾：《真理與方法》（上卷），洪漢鼎譯，上海：上海譯文出版社，1999 年，第 393 頁。

消解「前見」的可能。而廢名的《新詩講稿》則意識到並通過對話形式克服了胡適詩歌觀念構成的「前見」，構築了新的「新舊觀」。

然而這兩位在不同層面為新詩教育帶來影響的詩歌理論家，在所謂消解「前見」過程中，都表示出了建設性的姿態，即前見在消解過程中並未被消滅，而是重新劃定了其嶄新的格局和空間。首先，胡適將「進化論」觀念引入中國詩歌史，即為白話詩寫作掙扎出了一份獨特的空間，借這一觀念重新理解中國古典詩歌的發展過程，編織一套嶄新的言說邏輯予以呈現，不僅為新詩出場賦予歷史的合法性，並將其置於詩歌史轉折的角度，為教師講述、學生理解提供了相對穩定的心理基礎。在《天演論》「物競天擇，適者生存」的生物進化觀念漸已為人熟知的歷史情境之下，胡適巧妙地將這一觀念移植到文學領域，不能不說這是教育傳播視域下的精巧構思。在歷史進化論的理論支持下，胡適創造性地發明了中國詩歌發展的「四次解放」說，即從《三百篇》到楚辭漢賦為「第一次解放」，從楚辭漢賦到五七言格律詩為「第二次解放」，從五七言到詞曲為「第三次解放」，從詞曲到「不拘格律，不拘平仄，不拘長短；詩該怎麼做，就怎麼做」的自由體白話新詩為「第四次解放」，每一次解放，都是「文的形式」的進化，都是「詩體的大解放」，都為詩歌「新內容和新精神」的表現提供了新的藝術空間。而最近的這一次「詩體大解放」，更是具有極為深遠的文學意味，「因為有了這一層詩體的解放，所以豐富的材料，精密的觀察，複雜的感情，方才能跑到詩裏去」〔註 15〕。通過建構詩體「解放」的歷史神話，胡適將白話新詩塑造成中國詩歌不斷發展的歷史鏈條上必然的一環，新詩的合法性身份和地位就此確立。有了這種歷史合法性作保障，在教學過程中呈現這一嶄新的文學作品，便不顯得突兀與怪異。這一步充分保障了新詩的開放性與合法性，為其進入教育邁出堅實的一步。從普泛意義上的傳播來看，這一步也是極為精巧的。

其二，我們尋章摘句地再讀《談新詩》，可以看到他為教育情境構築了一個極具操作性的可能。這一操作性，體現在他設定的評價體系上。

我們可以通過這些判斷句式來查看胡適的評價體系設定方法：「這首詩的意思神情都是舊體詩所達不出的」〔註16〕；「這個意思，若用舊詩體，一定不

〔註 15〕 胡適：《談新詩——八年來一件大事》，《星期評論》紀念號，1919 年 10 月 10 日。
〔註 16〕 胡適：《談新詩——八年來一件大事》，《星期評論》紀念號，1919 年 10 月 10 日。

能說得如此細膩」〔註 17〕；「若不用有標點符號的新體，決做不到這種完全寫實的地步」〔註 18〕；「這種樸素真實的寫景詩乃是詩體解放後最足使人樂觀的一種現象」〔註 19〕；「這種曲折的神氣，決不是五七言詩能寫得出的」〔註 20〕；「這種曲折的神氣，決不是五七言詩能寫得出的」〔註 21〕；「這一段便是純粹新詩體」〔註 22〕。這些言語強調了舊體詩表情功能不足，從而生發出白話詩出現的歷史必然性和審美特殊性的閱讀期待，這是強調區別的。這就是對「前見」的否決，通過古典詩詞的不完美，卸下了沉重的歷史包袱。

「沈尹默君初作的新詩是從古樂府化出來的」「我自己的新詩，詞調很多，這是不用諱飾的」；「就是今年做詩，也還有帶著詞調的」；「懂得詞的人，一定可以看出這四長句用的是四種詞調裏的句法」；「也都是從詞曲裏變化出來的，故他們初作的新詩都帶著詞或曲的意味音節」；「這首詩很可表示這一半詞一半曲的過渡時代了」，「這種音節方法，是舊詩音節的精彩，能夠容納在新詩裏，固然也是好事」。這些論述又強調了初期白話詩的不完美，這不完美中蘊含的知識，是可以從「前見」中獲得的，一方面包含了對「前見」的再觀察，一方面又委婉地陳述了初期白話詩的現實狀態，這為新詩的發展留下自由的空間。

尤其值得注意的是胡適「容忍」的詩歌觀，對他筆下提到的初期白話詩作幾乎都從正面加以肯定和表揚，溢美之詞俯拾即是。如推舉周作人的《小河》是「新詩中的第一首傑作」，認為這首詩「那樣細密的觀察，那樣曲折的理想，絕不是舊式的詩體詞調所能達得出的」，稱讚傅斯年的《深秋永定門晚景》寫出了舊詩寫不出的「複雜細密」，贊許俞平伯《春水船》「這種樸素真實的寫景詩乃是詩體解放後最足使人樂觀的一種現象」，誇獎沈尹默的《三弦》

〔註 17〕 胡適：《談新詩——八年來一件大事》，《星期評論》紀念號，1919 年 10 月 10 日。

〔註 18〕 胡適：《談新詩——八年來一件大事》，《星期評論》紀念號，1919 年 10 月 10 日。

〔註 19〕 胡適：《談新詩——八年來一件大事》，《星期評論》紀念號，1919 年 10 月 10 日。

〔註 20〕 胡適：《談新詩——八年來一件大事》，《星期評論》紀念號，1919 年 10 月 10 日。

〔註 21〕 胡適：《談新詩——八年來一件大事》，《星期評論》紀念號，1919 年 10 月 10 日。

〔註 22〕 胡適：《談新詩——八年來一件大事》，《星期評論》紀念號，1919 年 10 月 10 日。

是「新詩中一首最完全的詩」，等等。在今天看來，無論是周作人的《小河》、傅斯年的《深秋永定門晚景》，還是俞平伯《春水船》、沈尹默的《三弦》，其實都不能算是寫得較成熟和成功的新詩作品，但胡適當年品評它們時，不惜以「第一首傑作」「最使人樂觀」「最完全」等頌讚性詞語作結語，毫無疑問是站在「容忍」「寬待」和「賞識」的基本立場上，本著保護新詩這株尚顯弱小的幼苗的宗旨而發言的。

儘管他強調了今人白話詩寫出了古人沒法表達的情感，又婉轉地批評了今人詩作中受古法的拘泥，但他迅速從中超脫出來，在說明好詩標準時，他列舉了一系列古代詩歌，並反覆強調「這是何等的好詩」，「是何等具體的寫法！」以「李義山」、鄭板橋、馬致遠以及「《詩經》的《伐檀》」等說明「凡是抽象的材料，格外應該用具體的寫法」，以杜甫的《石壕吏》、白居易的《新樂府》為例，說明「社會不平等是一個抽象的題目，你看他卻用如此具體的寫法」〔註 23〕。從深層次說，他的寫作策略完全兼顧了思想理念的表達與教育傳播的實際情況。

廢名對詩歌語言「新」「舊」的滿不在乎，說明他已經越過了以詩歌語言和形式層面的「新」「舊」來昭示思想新舊的階段。換言之，廢名亦通過解說胡適的新舊觀念，超越了胡適的新舊觀念。而廢名同樣在消解胡適的新詩建設框架的「前見」的同時，為胡適的新詩及詩歌觀念找到了準確的座標。廢名的識見與胡適《談新詩》中「新文學的語言是白話的，新文學的文體是自由的，是不拘格律的」觀念的顯著差異，並不能消解胡適自初期白話詩以來的詩歌觀念，反而在否定中肯定了被否定者的價值和意義。新與舊在廢名那裡被廢除了其中包含的新詩合法性問題，取而代之的是以之形容不同文化資源間的交互影響。這是「新」與「舊」意義更迭，因時而變的一種表徵。在 30 年代中國新詩「智性」化創作的傾向中，新舊問題超越了語言的選擇、格律的假設，成為一種文化資源的自然選擇的形容詞。

從教育的角度來看，新詩搭建的這種不斷瓦解前見，重新打造視域的融合，「因時而變體」的自我更新框架，使得新詩始終以一種不穩定的形態出現，卻又不斷地為嶄新藝術品格的新詩的出現創設了空間。這同樣是新詩闡釋框架、寫作理論框架設計過程中極具特點的環節。

〔註 23〕胡適：《談新詩——八年來一件大事》，《星期評論》紀念號，1919 年 10 月 10 日。

第二節　新舊之對峙：從文化理念到教育觀念

在 20 世紀二三十年代的中國校園內，新舊體詩歌在學生群體中分享了對詩歌的追求。在江蘇江陰南菁中學，從 20 年代後期到三十年代初期，同學們都普遍試作小詩，然而在 1934 年，署名啟田的同學在他的論文《談新詩》中，卻借舊詩「鄙視」新詩人的創作〔註 24〕。通過檢視這一時期中學生創作和批評實踐，可以發現，對於新舊體詩歌的不同體認，是中學生群體不同審美心理的呈現。

梁啟超於 19 世紀末宣稱：「非有詩界革命，則詩運殆將絕」〔註 25〕，期望以保留形式、更新精神的方式為詩歌注入新鮮的詞彙與思想，並期以「文學救國」。初期白話詩則是在否定「舊體詩」的「濫調」的同時進行詩體的重建。為順利傳達白話文學這種「趨新」的文學觀念中裏挾的宏大的「智國」「智民」的「啟蒙」理想，包括黃遵憲《日本雜事詩》的「我手寫我口」在內，在一般性的詩歌敘述中，白話文運動被視作是初期白話詩乃至新文學運動的先聲。然而在胡適及諸多學者眼中，這詩歌革新運動是「失敗」〔註 26〕的。

胡適、陳獨秀等在系統梳理古典文學進化的發展過程中，突出了唐代以後「白話」的「正宗」，在接續精心編織的這一種「傳統」中，20 世紀初的舊體詩文的實踐者們被胡適視作「腐敗極矣」，在白話文運動運行的嶄新秩序中，舊體詩文的寫作者們扮演了對立面的角色，以致「日後文學史研究者」對於當時文學創作的敘述「很大部分來自五四先驅的批判性評估」〔註 27〕。胡適批評道：「其下焉者，能押韻而已矣」〔註 28〕。這是這種評估的典型代表。如

〔註 24〕啟田：《談新詩》，《南菁學生》1934 年第 10 期。

〔註 25〕梁啟超：《夏威夷遊記》，《梁啟超全集》，北京：北京出版社，1999 年，第 1219 頁。

〔註 26〕不僅如此，梁啟超《飲冰室詩話》在讚揚黃遵憲的同時，也曾批評「當時所謂新詩者，頗喜搏扯新名詞以表自異」，「苟非當時同學者，斷無從所解」；錢鍾書在《談藝錄》中也表示，「差能說西洋制度名物，捭摭聲光電話諸學，以為點綴，而於西人風雅之妙，性理之微，實少解會，故其詩有新事物，而無新理致」。

〔註 27〕劉納：《嬗變──辛亥革命時期至五四時期的中國文學》，北京：中國社會科學出版社，1998 年，第 232 頁。

〔註 28〕胡適：《通信·寄陳獨秀》，《新青年》第 2 卷第 2 號。在談及「南社諸人」時，他認為他們「誇而無實，濫而不精，浮誇淫瑣，幾無足稱者」。他如此批評南社詩人：「視南社為高矣，然其詩皆規摹古人，以能神似某人某人為至高目的，極其所至，亦不過為文學界添幾件贗鼎耳，文學云乎哉！」胡適把文學的「墮落之因」，總括為「文勝質」，「文勝質者，有形式而無精神，貌似而神虧之謂也」。

此，「今人舊詩」因沉湎形式而「無精神」成了胡適們強調白話詩的重要理由。胡適、劉半農、錢玄同等在《新青年》中刊文強調了「舊體詩」的「虛偽」〔註29〕。葉聖陶則對《國立東南大學、南京高師日刊》「詩學研究號」中的文章進行批評，稱之「迷戀」「骸骨」，引發一場論戰，被視為與「學衡派」論爭的起點〔註30〕。吳文祺對舊體詩寫作者「戀馬戀棧」心態進行批評，提出「我們要研究他（指舊體詩——筆者），參考他，未始不可。但絕不該把自己的作品，套上一個枯死而濫調的形式……失了作者的個性」〔註31〕，這是比較典型的針對舊體詩寫作者的論點。

當我們把視線再轉回到薛鴻猷那篇看似標題驚悚、火藥味十足的論爭文章《一條瘋狗！》時，可以發現，儘管其中怒氣十足，有不少謾罵的詞語，但終究還是把問題限定在了學術層面，文章提出作詩「不可不模仿」〔註32〕，認為思想的新舊決定了詩的新舊，無關形式，創造需從模仿入手，充滿了真誠的學術討論意味。東南大學—南京高師這一文化群體基本抱持這樣的觀點，胡先驌批評胡適的《嘗試集》，也強調了模仿與創造的關係。

詩學主張背後表現了學衡群體與新文化運動的隔膜所在，歷史地來看，學衡派的文化觀念及其舊體詩創作這一相對於新文學與新詩的對立性存在，在五四以來建立的新文學價值觀的映襯下，其「創作都沒有從根本上走出傳統文學的大格局」，「傳統的輝煌事實上大大地降低了『學衡派』諸人的創作分量」〔註33〕。儘管近世學人不斷嘗試尋找學衡舊詩的價值和意義，但吳宓所謂的「借古人之色澤」「用新來之俊思」「成古體之佳篇」也終成理論層面的想像。〔註34〕

〔註29〕劉半農：《詩與小說精神上之革新》，《新青年》1917 年第 3 卷第 5 號；錢玄同：《新文學與今韻問題》，《新青年》1918 年第 4 卷 1 號。

〔註30〕前後發表葉聖陶（署名斯提）的《骸骨之迷戀》，《時事新報·文學旬刊》1921 年第 19 號；葉聖陶（署名斯提）的《對鸚鵡的箴言》、薛鴻猷的《通訊》（致西諦的信），《時事新報·文學旬刊》1921 年第 20 號，本期雜誌中「編輯附記」：「……《一條瘋狗》全篇皆意氣用事之辭……不便刊登……新舊詩的問題，現在還在爭論之中……我們很想趁此機會很詳細的討論一番。所以決定下期把薛君的大稿登出，附以我們的批評。」薛鴻猷的《一條瘋狗》、守廷的《對於〈一條瘋狗〉的答辯》、卜向的《詩壇底逆流》等，《時事新報·文學旬刊》1921 年第 21 號等。另可參看：沈衛威：《我所界定的「學衡派」》，《文藝爭鳴》2007 年第 5 期。

〔註31〕吳文祺：《對於舊體詩的我見》，《時事新報·文學旬刊》1921 年第 23 期，第 2 頁。

〔註32〕薛鴻猷：《一條瘋狗》，《時事新報·文學旬刊》1921 年第 21 號。

〔註33〕李怡：《論「學衡派」與五四新文學運動》，《中國社會科學》1998 年第 6 期。

〔註34〕吳宓：《論詩之創作——答方瑋德君》，《大公報·文學副刊》1932 年 1 月 18 日。

　　從新體詩、新派詩等發展到白話詩的嘗試階段，中國詩歌完成了一次詩學主張的跨越，隨著白話文學進入教育範疇、新詩的大量發表與結集出版，「舊體詩」主導的詩學話語系統逐步讓位於摸索與建構中的新詩詩學。誠如 30 年代初胡雲翼在其《新著中國文學史》的「舊的時代是死了」一節中轉引趙翼的《詩論》所謂：「李杜詩篇萬口傳，至今已覺不新鮮」。〔註 35〕在這一理念博弈時期，新文化諸君對「南社」「學衡」的評價當然是超越一般意義上的「詩歌審美理論」，而轉為一種文化立場的批判，新與舊之爭的核心不在於對「古典」的批判，而是對於「今人」的批判，誠如批判「桐城謬種，選學妖孽」，旨在通過對文學教育、文學消費的群體的爭奪，起到超越文學意義的社會性影響，這遠比「審美」與「學術」的取向更加深刻。這當然是五四以來，「個性主義」啟蒙理想主張的主導。從現象上看，新「精神」「個性」的提倡策動出了「新／舊」文學爭鳴，豐富的詩歌現象並置，多樣的文化抉擇共存的豐富圖景，產生出獨特的文化意義。

　　當我們重審以「骸骨」為主題的新舊體詩論爭時，其中更豐富的細節給予我們更多的啟發。這一論爭事實上關涉兩份刊物：一份是文學研究會同人為主導的《文學旬刊》，文學研究會的成員多在上海、蘇州、海寧、北京，以中小學教師和商務印書館的編輯、商務印書館國文函授社的教師為主；另一份刊物是《國立東南大學、南京高師日刊》。南京高師—東南大學都是在校學生，這兩方實力懸殊。有理由相信，這一場文學研究會與學衡派辯論的先聲的交鋒，是有預先的準備的，是新文化運動同人從文化理念向教育理念的一次有預謀的衝擊。

　　1921 年 10 月 26 日的《國立東南大學、南京高師日刊》「詩學研究號」出版之後，新文化同人有極強的敏感，鄭振鐸看到後就立即致信周作人，表達了他的擔憂。他在 11 月 3 日給周作人的信中寫到了這一現象，並呼籲要對這種思想陳舊進行「痛罵」，以「促其反省」〔註 36〕。這個想法策劃完畢，便有

〔註 35〕胡雲翼：《新著中國文學史》，上海：北新書局印行，民國三十六年五月（1947年 5 月）新一版。1930 年初版。

〔註 36〕鄭振鐸：「南高師日刊近出一號『詩學研究號』，所登的都是舊詩，且也有幾個做新詩的人，如吳江冷等，也在裏面大做其詩話和七言絕。想不到復古的陳人在現在還有如此之多，而青年之絕無宗旨，時新時舊，尤足令人浩歎，聖陶、雁冰同我幾個人正想在《文學旬刊》上大罵他們一頓，以代表東南文明之大學，而思想如此陳舊，不可不大呼以促其反省也。寫至此，覺得國內尚遍地皆敵，新文學之前途絕難樂觀，不可不加倍奮鬥也。」《鄭振鐸致周作人》，《中國現代文藝資料叢刊》第五輯，上海文藝出版社 1980 年版，第 353、353 頁。

了新文化同人與東南大學學生之間的「新舊」罵戰，這也為新文化運動派與學衡派日後曠日持久的「罵戰」拉開了序幕。

鄭振鐸在為《中國新文學大系》編選《文學論爭集》寫的導言中舊事重提，並加以「復古派」的說辭，令其載入史冊。〔註37〕這一論爭本身，體現了地域意義上新文化教育的差異，更深刻地展現了 20 世紀新文化推行過程中的重重阻力。

這一罵戰隨後轉向對東南大學《學衡》的批評。這也被看作是「北京大學」與「東南大學」的文化矛盾。〔註38〕中央大學畢業生錢谷融在《我的老師伍叔儻先生》一文中特別指出：「中央大學中文系一向是比較守舊的，只講古典文學，不講新文學。新文學和新文學作家，是很難進入這座學府的講堂的。」〔註39〕這就是胡先驌所說的「學衡派」的「流風遺韻」，其保守主義的稱謂逐步形成，他們不斷強調自己的文學教育觀念。學衡同人、留日知識分子曹慕管曾擔任上海澄衷中學校長，他認為，「曾凡學校出身，自初多攻散文，少讀詩句，學作對聯，更係外行。人情於其所不慣者，興味自為之銳減。韻文少讀，律詩少做，偶而覷面，遂覺難識，亦事之常。因而『豔詩豔詞』，意象縱極深厚，比興縱極允當，而凡為學校出身者，未能洞悉個中之深味。謹願者藏拙，倔強者鳴鼓，趨時之士相與盲從而附和之，天下則紛紛矣。此白話詩之所由來也」〔註40〕。新詩提倡者擔憂學衡諸君在教學中屏蔽新文學，學衡派教育者同時也對新文學發展而使學生讀不懂舊體詩有著擔憂。

〔註37〕參看沈衛威：《新發現〈國立東南大學南京高師日刊〉·〈詩學研究號一〉》，《中國現代文學研究叢刊》2013 年第 3 期。

〔註38〕沈衛威教授認為：茅盾 1916 年畢業於北京大學預科。葉聖陶 1919 年加入北京大學的「新潮社」，1922 年在北京大學預科短期出任講師。鄭振鐸在北京讀書時參加了 1919 年北京大學學生發起的五四學生運動；組織批評「詩學研究號」之前，又專門向北京大學教授周作人做了書信彙報。臺靜農為北京大學的旁聽生。因此，圍繞「詩學研究號」的批評與反批評，可被視為南京高師——東南大學與北京大學的對立。「詩學研究號」只出版一期，「本刊啟事」中所說的「另刊專號」也沒能實現。且由於反新文化／新文學的《學衡》的高調登場，他們堅守古體詩詞的姿態，鮮明地出現在「學衡派」的刊物《學衡》《國風》《大公報·文學副刊》上。極端的對立所顯示出的另一個現象是，「學衡派」的刊物上絕不允許白話新詩出現。東南大學——中央大學也不允許新文學進入課堂。參看沈衛威：《新發現〈國立東南大學南京高師日刊〉·〈詩學研究號一〉》，《中國現代文學研究叢刊》2013 年第 3 期。

〔註39〕錢谷融：《閒齋憶舊》，上海：上海人民出版社，2008 年，第 144 頁。

〔註40〕曹慕管：《論文學無新舊之異》，《學衡》1924 年 8 月第 32 期。

　　余英時曾經說，「20 世紀初葉中國『傳統』的解體首先發生在『硬體』方面，最明顯的如兩千多年皇帝制度的廢除。其他如社會、經濟制度方面也有不少顯而易見的變化。但價值系統是『傳統』的『軟體』部分，雖然『視而不見』、『聽而不聞』、『搏之不得』，但確實是存在的，而且直接規範著人的思想和行為。1911 年以後，『傳統』的『硬體』是崩潰了，但是作為價值系統的『軟體』則進入了一種『死而不亡』的狀態。……到了『五四』，這個系統的本身可以說已經『死』了。但『傳統』中的個別價值和觀念（包括正面的和負面的）從『傳統』的系統中游離出來之後，並沒有也不可能很快地消失。這便是所謂『死而不亡』」〔註 41〕。這種或生或死的描述，是他對中國 20 世紀歷史和文化的整體性把握。當然，這裡並不意味著舊體詩代表傳統文化，理應消亡，而是在這一動態描述中，我們可以看到，憑藉舊體詩承載的某些價值觀念，是如何影響中國知識分子堅守其中，同時也可以看到，新文化怎樣在與舊傳統在互博之中，將思想觀念的諸多問題逐步理清。

　　值得深思的是，新文化運動看似激烈的批判，事實上隱含著弱小文化對抗專制文化，爭取自身合法性的努力。通常意義上來看，學衡派為主導的南京高師—東南大學在教學和學術層面主張古典文學、堅守古體詩詞，本無可厚非，但「由於『學衡』諸人並不熟悉新文學的創作實際，對於新文學發展的狀況、承受的壓力和實際的突破都缺少真切的感受，所以他們在與『五四新文化派』論爭過程中所堅持的一系列文學思想就成了與現實錯位的『空洞的立論』」〔註 42〕，並且無意識地站到了文化專制的一邊。通過這一介入教育過程的論爭，文學研究會諸位同人以一種極端的姿態介入南京高師—東南大學的文學教育活動中，為反抗因為隔膜帶來的文化層面的專斷，做出了自己的努力。

　　我們不能無視吳宓、柳詒徵、胡先驌、吳芳吉等學衡諸君的舊體詩寫作，也不斷有論著為其藝術的價值做辨析，這都是有益的，因為這其中包含的歷史和文化信息、凝聚的學人為傳承學術傳統做出的努力，不容忽視。然而「看了《學衡》也是望而卻步，裏面滿紙文言」〔註 43〕也是不爭的事實。所以學

〔註 41〕余英時：《方以智晚節考（增訂版）·總序》，北京：生活·讀書·新知三聯書店，2004 年，第 9 頁。

〔註 42〕李怡：《論「學衡派」與五四新文學運動》，《中國社會科學》1998 年第 6 期。

〔註 43〕梁實秋：《關於白璧德先生及其思想》，《梁實秋文集》第 1 卷，廈門：鷺江出版社，2002 年，第 547 頁。

衡所謂的「融化新知」中包含的對「現代生活」的感受尚且停留在「詞語」的層面。值得追問的是，層出不窮的現當代古體詩寫作，究竟和新文化運動之間有什麼關係呢？本文認為，正是新詩以突破的勇氣挑戰古詩的文化壟斷性地位，使新文化運動以來的思想觀念不斷擴大其影響力，才促成了中國現當代舊體詩自身的解放。

從創作實績上來看，20 世紀 30 年代以後魯迅、周作人、郭沫若、郁達夫等「新文學家」的舊體詩寫作，以各種發表方式出現在了讀者面前，如刊載於 1931 年 8 月 10 日《文藝新聞》雜誌未署名的轉錄魯迅舊體詩的《魯迅氏的悲憤：以舊詩寄懷》，登載魯迅舊詩三首，介紹道：「聞寓滬日人，時有向魯迅求討墨蹟以做紀念者，氏因情難推卻，多寫現成詩句酬之以了事。茲從日人方面，尋得氏所作三首如下……」這種「轉載」「介紹」「摘錄」的方式，使得未必主張「發表」的新文學作者的舊詩得以走進讀者視野，包括周作人的「五十自壽詩」事件，也是如此。「新文學家」的身份，與舊體詩的文學形態，一新一舊發生關聯，吸引了很多人的興趣，感慨萬端的有之，當成新聞的有之，批評研究的有之，唱和回應的更是大有人在，甚至非文學的雜誌，也視其為一種「時髦」〔註44〕。隨著舊體詩這一文學現象的豐富，以「引文」的形式對舊體詩加以介紹的文字也越來越多。抗戰時期迎來了舊體詩詞的另一個高峰，錢理群總結舊體詩的三次高潮，認為包括辛亥革命、抗戰、文革等「特定的歷史環境」為舊體詩創作提供了一種可能〔註45〕。在不同的學者那裡對當代舊體詩有不同的估價和認定，但有一個起碼的認識是能夠達成共識的，現當代文學的舊體詩詞，無論是新文學作家的舊體詩詞創作，還是令人矚目的當代所謂「潛在寫作」的包括啟功、聶紺弩、胡風、吳宓、邵燕祥等詩人，他們在舊體詩的寫作方面體現的獨特「價值」，恐怕也不是「審美古

〔註44〕非詩人：《新文學家之舊詩集》《新文學家之舊詩》，《天津商報畫刊》，1933年第 7 卷第 49 期、1933 年第 10 卷第 3 期。1933 年，署名「非詩人」的作者在《天津商報畫刊上》連續發表了多篇關於新詩人寫作舊體詩的短文，尤其是《新詩人之舊詩集》與《新文學家之舊詩集》，他認為舊體詩出現的原因是「物極必反」，新詩創作「汗牛充棟，絕少可觀」，新文學家所做的舊體詩「雖未必即能遠擬唐宋，然以較滿紙肉麻之新體詩，固大有間矣。」這位「非詩人」列舉了胡適、羅家倫等的舊體詩，說道「回想新詩初起之際，新文學家多醜詆舊詩，迨亦所謂彼一時此一時耶。」除此還有鳴人：《新文學家的舊詩》，《現象（上海）》，1936 年第 2 卷第 3 期等。

〔註45〕可參考錢理群：《論現代新詩與現代舊體詩的關係》，《詩探索》1999 年第 2期。

典性」意義上的。這種情形下面的舊體詩寫作，又成為一種嶄新的對抗文化專制的形態，事實上和初期白話詩爭取其合法地位，又是同構的。

「新詩」和「舊體詩」的論爭，成為綿延一個世紀的文學景觀，我想除了所謂「古典文化」植根靈魂深處的一般性解釋，也無法離開自五四以來逐步消解的文化專制主義，正是有了新舊體詩及其背後主導的文化觀念之交鋒、借鑒、促進，才會使整體意義上的新舊體詩乃至新舊文學觀念的發展和研究的進步存在可能，其中也包含了中國現代新詩與舊體詩對峙的格局，從宏闊的歷史視角來看，這事實上是一種詩體的民主，從而也使得新文化派和所謂的保守派更加注重對學生群體的爭奪，在爭奪之中，強化各自的文化主張，發展各自的教育理想。

第三節　對立與溝通：教育情境中的新舊融合

五四新文化運動時期詩歌的「新／舊」之爭使舊體詩不再佔據詩歌寫作形式的壟斷地位，這種新舊對立的基本思想框架策動的文學觀念的割裂和對立，卻在一些詩歌教育者那裡獲得了完美的融合。舊體詩作家顧隨儘管依舊選擇舊體詩的形式，但宣稱「用新精神作舊詩」〔註46〕，「在相當大的程度上真正做到了新舊的相互融合和生發」〔註47〕。

新月派則從「格律」這一具有古典內涵的詩學追求出發，重新審視新詩的創作，在關聯詩歌「古典」和「現代」的關係中悄然宣告「新／舊」激烈對峙的消歇，徐志摩、聞一多、梁實秋在內的諸多詩人，均與舊詩美學有著複雜的關係。在這樣的背景下，在「新詩」創作中不斷隱現的「古典」美學旨趣。在詩歌教育領域，以中正客觀的評價方式溝通古典詩學理論和現代新詩創作，也在朱自清、蘇雪林等教師那裡，成為較為明顯的特徵。葉公超取法新批評，批評實踐的對象卻是柳宗元古典詩歌；聞一多、郭沫若、孫作雲等，兼及新詩創作與古典學術研究者，他們的學術工作中，不能不說也投射了新詩及其理論言說方式為代表的現代精神資源。

學衡派詩人吳宓曾經為顧隨的《味辛詞》與《無病詞》讚歎不已，並以此指出新舊兩派得失。顧隨反而以為，「今後詞壇已屆強弩之末，靜庵先生則

〔註46〕顧隨：《致盧季韶》（一九二一年六月二十日），《顧隨全集》（4），石家莊：河北教育出版社，2000年。
〔註47〕季劍青：《顧隨與新文學的離合》，《泰山學院學報》2010年第1期。

回光之返照也。極盛難繼，途窮則變，證之古今中外，莫不皆然。至於隨之好此而不疲者，故步自封，了不長進而已。余生先生所評云云，不獨使下走愧汗不止，亦且內疚於心而已」〔註48〕。他對於自己舊體詩文創作的清醒程度令人驚訝，他不僅認為吳宓「頭腦之不清楚」，還從創作實踐中總結道，「白話所表現的思想感情有古文表達不出來的。今日用舊體裁，已非表現思想感情之利器」〔註49〕。在這樣的論述中，我們似乎能感受到這位古典文學教育家別具一格的思想形態。

通過葉嘉瑩等整理的《顧隨詩詞講記》《中國古典詩詞感發》《中國古典文心》等顧隨課堂授課記錄可以看到，顧隨理解古典文學的途徑是現代的，體驗式的，在其中不斷張揚的，是其不斷追求個人化理解。有學者認為，顧隨的這種認識基於新文學為塑造的「現代精神」〔註50〕是有道理的。由於歷史的巨大審美慣性，舊體詩在表達共通性情感上有其獨特的功能，聲韻格律、遣詞造句，皆凝聚了悠久的文化傳統，但事實情況是，民國以來獨特的個人化的日常生活經驗、現代社會紛繁複雜的政治生活經驗、中西交流日益密切的文化經驗，使舊體詩已然成為相對陳舊的表達方式，並且是一種刻意製造交流阻滯的文體，帶有極強的象徵意味。顧隨是在沈兼士、魯迅、周作人等新文化實踐者的教育下成長起來的舊體文學創作者，固然能體會得更深切，他的選擇舊體文學創作，本身也是一種象徵性存在。

顧隨聞名於世的是他對古典詩詞、古典文學的精妙講授，這其中包含的新文化資源就極多，他用「西洋唯美派」和「蘭博」的詩歌來解釋李賀，把福樓拜和莫泊桑的文學理念融入詩歌分析，胡適、魯迅、周作人等文學家的思想更是不斷閃現，更重要的是，1926 年，顧隨即在課堂上講授魯迅的文學作品，不可謂不「超前」與敏銳。〔註51〕儘管講授中國古典詩詞，顧隨不僅有自己對傳統文化的熟稔，對文壇動態也是信手拈來。

然而他一開始對新文學尤其是新詩的態度是複雜的：「我對於胡適之的新詩，固然歡喜，也不免懷疑。他那些長腿、曳腳的白話詩，是否可以說是詩的正體？至於近來自命不凡的小新詩人的作品，我更不耐看。詩是音節自

〔註48〕 顧隨：《顧隨君來函》，《大公報‧文學副刊》，1929 年 6 月 17 日。

〔註49〕 葉嘉瑩、顧之京編：《顧隨詩詞講記》，北京：中國人民大學出版社，2006 年，第 62 頁。

〔註50〕 季劍青：《顧隨與新文學的離合》，《泰山學院學報》，2010 年第 1 期。

〔註51〕 劉玉凱：《魯迅與顧隨》，《魯迅研究月刊》2010 年第 7 期。

然的文學作品，他們那些作品，信口開河，散亂無章，絕對不能叫作詩。」
〔註52〕這裡的音節「自然」觀念，顯然與新詩創作者們的自然觀不同，任叔
永給胡適的信中曾談到，「今人倡新詩體的，動以『自然』二字為護身符」〔註
53〕，影響他們之間溝通的往往是對詩歌名詞的差異化理解。吳芳吉也曾提
到過「自然」，他的立場卻是政治化的，「自然的文學，是任人自家去做的，
是承認人類有絕對之自由的。是不裝腔作勢，定要立個門面的」〔註54〕，他
把白話詩理解為馬克思的國家社會主義，把國粹守舊理解為復辟，就是他的
自然觀。綜合考量，這裡的「自然」蘊含著顧隨個人化的音樂美追求，可以
看作這位詩人獨特的詩學追求。作為教師的他在課堂上談及新文學時，認為
「一切文學皆有音樂性、音樂美」，「現代白話詩完全離開了音樂，故少音樂
美」〔註55〕，甚至因此一度擱置熱愛的詩歌藝術，轉向小說創作。雖然持續
進行詞的創作，但顧隨對詞的表達限度和詞在現代的前途一直有著清醒的認
識，在《留春詞・自敘》中就說：「以此形式寫我胸臆，而我所欲言又或非
此形式所能表現，所能限制」，並表示「後此即再有作，亦斷斷乎不為小詞
矣」〔註56〕。

　　不僅自己的創作上，在上課過程中，他也向學生們宣揚：「白話所表現的
思想感情有古文表達不出來的。今日用舊體裁，已非表現思想感情之利器。」
他甚至「覺得教青年人填詞是傷天害理的事情，稍有人心者，當不出此」，他
對學生談到，「青年人應該創造新的東西，不應該在舊屍骸中討生活」〔註57〕。
在這種描述之中，我們可以看到顧隨充滿對白話文的深刻同情性理解，也帶
有對自己熟悉的文學創作領域的深刻質疑。這種對古典形態詩歌創作的質疑
並未影響他持續的創作和教學、學術的持續開墾，然而他的古典詩詞課程，
融匯了中西詩學的多種資源。甚至在古典詩詞課程的課堂講述中，有時為說
明西方文學藝術觀念，信手拈來古典詩文作對照。這種「舊」中出「新」的
文化理路，也為中國文化的整體性發展，做出了獨特的貢獻。套用顧隨課堂

〔註52〕顧隨：《致盧季韶（一九二一年六月二十日）》，《顧隨全集》（8），第382頁。
〔註53〕載1918年8月15日《新青年》第5卷第2號。
〔註54〕吳芳吉：《提倡詩的自然文學》，《新群》1920年第1卷第4號。
〔註55〕顧隨講，葉嘉瑩等編：《顧隨詩詞講記》，北京：中國人民大學出版社，2010
　　　　年，第15頁。
〔註56〕顧隨：《顧隨全集》（1），石家莊：河北教育出版社，2000年，第87頁。
〔註57〕顧隨講，葉嘉瑩等編：《顧隨詩詞講記》，第62頁。

上的一句話來描繪他的文化態度,「余希望同學看佛學禪宗書,不是希望同學明心見性,是希望同學取其勇猛精進的精神」〔註 58〕。這種精神,難道不正是五四新文化運動以來最具價值的那種積極投入對自我和世界的探索的最佳寫照麼?

　　儘管顧隨在日記中略有失落地記載,「魯迅的《華蓋集續編》二二六頁有幾句話:教書和寫東西是勢不兩立的,或者死心塌地地教書,或者發狂變死地寫東西,一個人走不了方向不同的兩條路。這幾句話,早已看到了。直到今日,才感到是千真萬確。自己教了八個整年的書了,倘若這八年裏面,拼命地去讀書作文,雖然不敢說有多麼大的成績,然而無論如何,那結果是不會比現在還壞」〔註 59〕。他內心感受到教學與創作之間有一種矛盾,他因教學而耗費的精力使其認為文學創作無法精進。若從教育的角度來看,他卻以一種可以和文學創作比肩的教育行為,詮釋了現代精神。顧隨的「勇猛精進」是「進取、努力」的「近代人生觀」最好的寫照。他主張文學依賴於內心的真誠,並在詩歌創作與文學教育實踐中主張以「動的姿態」和「力的表現」擁抱人生,表現人生。以顧隨的標準衡量古今中國文人,他設定的目標是陶淵明、杜甫等為數不多的幾位古代詩人,當代的則唯有魯迅。他對魯迅的推崇和仰慕到達了極點,他最佩服的,也還是魯迅的思想與人生態度,這裡最能說明顧隨的精神結構之中新文化的薰染是極為深刻的。顧隨認為,宋詩「不能與生活融會貫通,故不及唐人詩之深厚」,提倡了文學與生活的交融,他還提出,「要在詩中表現生的色彩。中國自六朝以後,詩人此色彩多淡薄」,並說明江西派「技巧好而沒有內容,缺少人情味」等〔註 60〕,說明其對現實人生的熱切關注。他均是從「近代人生觀」的角度思考古典詩詞的高下品格,這才是具有現實性的傳統詩文的文學批評和文學教育,這種表達方式,早已逾越出了中國古典詩話詞話的解說框架,從「新」「舊」對立之中找出了溝通之道。這種「現代精神在很大程度上乃是由新文學塑造的」,有論者稱之為「貌離神合」〔註 61〕,即使將其視為五四新文化和新文學傳統的傳人,恐怕亦不為過。在現代學術史上,顧隨實是一位似舊實新、舊中有新的大師,他在相

〔註 58〕顧隨講,葉嘉瑩筆記:《中國古典詩詞感發》,北京:北京大學出版社,2012年,第 45 頁。
〔註 59〕顧隨 1927 年 9 月 5 日日記,《顧隨全集》(4),第 554 頁。
〔註 60〕顧隨講,葉嘉瑩等編:《顧隨詩詞講記》,第 22,36～37,44 頁。
〔註 61〕季劍青:《顧隨與新文學的離合》,《泰山學院學報》2010 年第 1 期。

當大的程度上真正做到了新舊的相互融合和生發。通過對其教育資料的整理，考察其新舊文學之中的承傳與擇取，則是我們更深入認知詩歌教育中所謂傳統與現代思想如何融匯的門徑。

從學生角度來看，南開高中生穆旦的國文教育對他新詩創作的啟發性意義，和顧隨作為教育者體現的新舊融合，有某種同構性的色彩。

作為南開高中生的穆旦，最早的文學研究經驗，是在國文課堂上展開的。穆旦的校友韋君宜曾回憶過他們的國文課程，強調了他們的國文教師宣傳的「疑古」精神〔註62〕。穆旦當然也受到了這方面的薰陶，他在《南開中學生》上發表過一篇長文，《詩經六十篇之文學評鑒》〔註63〕，這顯然是這門課程布置的作業，這也是 17 歲的穆旦第一次作如此大篇幅的文章。儘管愛好文學，經常創作，但這種專門性的文章，遠比模仿社會一般流行觀點結構一篇文章要難度大得多。這篇「論文」中，少年穆旦的一些基本的詩歌觀念，已建立了雛形。他認為「文學的要素還不止於情感而已，思想也是很重要的部分」，就給人以遐想的空間。這只是完成作業任務時偶然性的表達，卻也表明少年文學愛好者通過古典文學的學習主動思考了文學的問題。

不光如此，穆旦還在一篇名為《談「讀書」》〔註64〕的文章中寫道：

今天是「五四」紀念日，我誠懇地希望同學們都默默地想一想：「五四」時候，中國是什麼情形？列強對中國是採取什麼手段？學生運動是什麼情形？那時政府當局對付學生運動是抱著什麼樣的態度？然後再拿目前的各方面的情形來比較一下。「讀書不忘救國」，我們極力贊同。「讀書就是救國」，我們則至死反對。

穆旦自小被培養起的現實關懷精神，與南開中學這位孟老師在國文課堂

〔註62〕韋君宜回憶說「以講中國詩史為線索，從詩經楚辭直講到宋詞，每一單元都選名作品來講」，「孟先生用王實甫《西廂記》中的句子，來為詩經作注腳」，「用『下工夫把頭顱掙』來形容『手如柔荑，膚如凝脂……』一章」。「他讓我們去讀顧頡剛先生在《古史辨》裏發表的文章，力闢毛詩大序小序和朱注的荒唐，告訴我們關雎、靜女……以至山鬼、湘君、湘夫人，其實都是情詩。這些，從又一方面打開了我的眼界」，「讀書的習慣，使用文字的基本功，可以說全是六年來南開教給我的」。韋君宜：《南開教我學文學》，可參看《解放前南開中學的教育》，天津：天津教育出版社，1989 年，第 107～108 頁。

〔註63〕李方編：《穆旦詩文集2》，北京：人民文學出版社，2007 年，第 29～41 頁。原載《南開高中生》，1935 年，未見。

〔註64〕李方編：《穆旦詩文集2》，第 43～48 頁。

上培養起的「疑古」精神，以及通過閱讀訓練鍛鍊學生的表達能力和思考能力，一起完成了他最初的文學啟蒙，然而真正使穆旦成為詩人的，還是 20 世紀的戰爭、遷徙、運動和死亡，以及在這其中的堅守、反思、批判和愛的光芒。

　　正是這種相互的交錯，才使得民國以來的詩歌教育促使了整體性的學術與文化的發展。在對立與溝通中，我們發現諸多先賢在追尋屬於自己的詩歌表述方式時，有了各異的選擇，也正因此，中國現代詩歌才如此精彩紛呈。

第三編　個案研究與詩歌教育研究視角的延展

　　20 世紀上半葉，從事新文學及新詩的教育工作的知識分子，普遍擁有超越教育本身的豐富精彩的文學生涯，大多數從事詩歌教育的中國知識分子也幾乎都擁有多重身份。在這多重身份的交織之中，在具體的社會生活的擠壓之下，在不同歷史境遇的搖擺中，他們所做出的文化判斷、文學決定和秉承的文學理念、擇取的文化觀念，都因為個體經驗的發展變化而不斷自新。我們從個案角度去觀察這些詩歌教育工作者，嘗試理解 20 世紀上半葉的文學教育在具體的教學實踐中的調試、轉向和發展。在這組側面的集中展示中，可以從詩歌教育工作者的個體文化經驗中獲取 20 世紀詩歌教育發展的內在性因素，同時為新詩發展的理論和歷史敘述邏輯形成和具體的認識方式，找到更為豐富的描述空間。同時，時空中交錯的複雜有具體歷史文化，也可以「教育」視角來重審，以拓寬詩歌教育的研究視角的多層面和多維度。

第五章　個人、地域與時間：詩歌教育案例三則

第一節　孫俍工的詩歌教育與個人職業生涯的轉向

作為民國早期的文學教育家，孫俍工[註1]由於編寫了大量教材而為讀者

〔註1〕孫俍工（1894～1962），作家、翻譯家、教育家，又見筆名俍工、良工。湖南邵陽人。1916 年在湖南讀完中學考入北京高等師範學校國文部，並參加五四運動，1920 年畢業到福建漳州第二師範及長沙第一師範任國文教員，1922 年赴上海中國公學中學部及東大附中任教，1923 年加入文學研究會。1924 年冬到 1928 年自費留學日本東京上智大學，1928 年夏歸國住西湖廣化寺認識了西湖藝術院王梅痕，後與之結為夫妻。回國後任復旦大學教授，1929 年受上海復旦大學及江灣勞動大學兩校聘任文學教授，主授中國小說史、勞動文藝。1930 年任復旦大學中文系主任，兼任暨南大學及吳淞中國公學教授。1931 年請假攜妻子王梅痕東渡日本，住西京法然院前，因「九一八事變」，當年 10 月回國，1932 年 3 月應國民政府教育部編審處處長、同鄉老友辛樹幟之招，受聘教育部，任國立編譯館人文組編譯，兩年後辭職專事寫作。1936 年入川，任華西大學文學教授，抗戰爆發後於成都受聘中央軍校，任政治主任教官，1940 年於重慶被聘為監察院參事，兼任湘輝學院及四川教育學院教授，編撰《抗日史料叢書》，1944 年被解職。1949 年以後，先後在四川教育學院、湖南大學、湖南師範學校等校任教，1951 年 3 月被聘為湖南省文學藝術工作者聯合會籌委會委員並於當年冬參與湖南土改運動，1956 年被聘為中國科學院語言研究所研究員。1962 年因心臟病逝世。作品多發表於《民國日報·覺悟》《小說月報》《東方雜誌》。短篇小說《前途》《隔絕的世界》《家風》被茅盾選入《中國新文學大系·小說一集》；戲劇創作多部，包括《續一個青年底夢》，編著《近代戲劇集》（與熊佛西等合編）；翻譯文學理論多種，還著有多種文學講義、教材、詩劇等。參看孫俍工：《孫俍工自傳》，《讀書雜志》1933 年第 3 卷第 1 期，第698～701 頁；《中國現代文學辭典》，張芬、高長春、羅鳳婷等主編，長春：吉林教育出版社，1990 年，第 99 頁；《隆回縣志》，北京：中國城市出版社，1994 年，第 630 頁。

熟知，尤其在詩歌創作和理論研究方面有大量著譯，本節以孫俍工為個案，以一位新文學的詩歌教育工作者整個職業生涯的文學活動為中心展開考察，這或許將為我們理解現代新文學教育工作者完整的職業生涯及其中教育觀念的嬗變提供一個範例。

孫俍工《新詩做法講義》（《初級中學國語文讀本》與「做法講義」系列教材之一種），及翻譯的日本學術著作《詩底原理》《中國文學概論講話》等，在新文學教育、學術研究、文化交流等領域均發揮了相當的作用。

1935 年趙景深在復旦大學教材《復旦大學中國詩歌原理講義》第三節中羅致了「詩歌原理書目」，列出了他認為「比較重要的」「三十八種」詩歌研究著作，其中孫俍工的著作與著譯就佔了三種，分別是「《新詩做法講義》（一九二五）（商務）」「《詩底原理》（一九三三）（中華）（荻原朔太郎原著）（此書另有程鼎鑫譯本）」「《中國古代文藝論史》（一九二八）（北新）」〔註 2〕，足見對他的認同。

孫俍工的上述著譯引發了關注，值得注意的是其中一個翻譯錯誤也延續了數十年，即趙景深援引的孫俍工翻譯的《詩底原理》的原作者日本詩人理論家「荻原朔太郎」這個名字。孫俍工自述，他「因在復旦擔任『詩歌原理』一課」的講授工作，在「日籍」中找到了「關於這一類的論著」多種，其中包括「荻原朔太郎」的《詩底原理》、外山卯三郎的《詩學概論》、日夏耿之介的《詩歌鑑賞序論》、川路虹柳的《作詩論》、三好十郎的《普羅列塔利亞詩底內容》等著作，由於這一類「有系統的」論著，在「目下的中國底詩論界」「不易看見」，他便籌劃「次第譯出」，「介紹於國人」。〔註 3〕其中的《詩底原理》（《詩の原理》）應是日本大正時期象徵主義詩人萩原朔太郎思考近十年才寫出來的詩歌理論著作，於 1928 年完成，孫俍工於 1931 年在上海江灣復旦大學時將其譯出，譯出後又攜夫人東渡日本，「九一八事變」後旋即回國。由於孫俍工誤將「萩原」一姓識別為漢字字形相仿的另一姓氏「荻原」，使諸多研究者將錯就錯，也在研究過程中延續了這一錯誤〔註 4〕。早在 1930～1932

〔註 2〕趙景深講編：《復旦大學中國詩歌原理講義》，上海：復旦大學 1935 年手稿油印本（民國「廿四年春季」學期教材），藏美國哈佛大學哈佛燕京圖書館，第 93～97 頁。

〔註 3〕〔日〕荻原朔太郎（應為「萩原朔太郎」——筆者）著，孫俍工譯：《詩底原理》，中華書局，1933 年，「譯者序」，第 1～2 頁。

〔註 4〕如韓曉平：《室生犀星與荻原朔太郎的詩歌藝術》，《藝術廣角》2009 年第 9 期第 89～90 頁；馮新華：《孫俍工對外國文學的譯介與借鑒》，《蘇州科技學院學

年，孫俍工於《現代文學》《現代文學評論》《前鋒月刊》《青年界》等雜誌相繼發表譯稿節選，均是誤用的「荻原朔太郎」。除了孫俍工的這一全譯本，另一翻譯者程鼎聲也節譯了萩原朔太郎的這部論著，他譯述為《詩的原理》〔註5〕，他在翻譯作者姓名時，誤稱其為「萩原朔」，這一錯誤也影響了一些研究者。〔註6〕總的來看，孫俍工的翻譯和程鼎聲的譯述，除了在「萩原朔太郎」這個名字上犯了錯誤，在譯文中尚未發現明顯錯誤，孫的譯本較忠實於原文，屬於「直譯」，程的譯本則如他自己所說，屬於「譯述」。描述這一錯誤，並不僅為了更正訛誤，而為藉此說明在這個訛誤背後可窺探到孫俍工詩歌理論著作譯介背後體現的文化傾向，藉此探討他文學教育生涯的轉型。

　　包括《詩底原理》在內，孫俍工翻譯、節譯過多部日本學術專著和文章，20 世紀 20 年代中期到 30 年代中期，「中國文壇大規模譯介了日本文論」，有學者統計，從 20 世紀初到 1949 年，中國文壇「翻譯出版外國文學理論有關論集、專著約 110 種」，其中日本文論「約 41 種」，約占歐美、俄蘇、日本文論總數的「40%」〔註7〕。統觀 20 世紀二三十年代中國文壇對日本文學理論的引入，時期相近的日本大正時代（1912～1925）及其以後的著作翻譯的規模較之前明治時代的文藝理論要大得多，儘管對於 20 世紀二三十年代中國文壇而言，明治時期日本的文藝理論經過了一定程度的積澱，其學術價值和經典性意味更為突出。這種「不求經典」，但求「新近、時興、實用、通俗」〔註8〕的譯介取向性正可

報》2010 年第 4 期，第 60 頁；王天紅：《中國現代新詩理論與外來影響》，吉林大學 2011 年博士學位論文，第 159 頁；劉戀：《中國現代文學理論建構三十年》，博士學位論文，揚州大學，2014 年，第 119 頁；饒希玲：《20 世紀初期中日象徵主義詩歌比較研究》，碩士學位論文，西南大學，2012 年，第 10 頁；張媚：《1927 年到 1937 年中國翻譯論文論研究》，蘭州大學碩士學位論文，第 19 頁，等等，均使用孫俍工誤譯的「荻原朔太郎」，而非「萩原朔太郎」。

〔註5〕〔日〕萩原朔太郎：《詩的原理》，程鼎聲譯述，上海行知書店，1933 年。

〔註6〕如謝應光：《中國現代浪漫主義詩學的發生及其命運》，《社會科學研究》2006 年第 5 期，第 177 頁，直接用了程鼎聲的譯名「萩原朔」。另有研究者誤以為此書有 1924 年的初版本，這可能誤將 1925 年商務印書館出版的林孖譯美國作家愛倫·坡的《詩的原理》當成了是程鼎聲譯述本的初版本（王天紅：《中國現代新詩理論與外來影響》，博士學位論文，吉林大學，2011 年，第 158 頁），林書第 2 頁明顯標注了 1924 字樣，實為 1925 年出版。

〔註7〕參看王向遠：《中國現代文藝理論和日本文藝理論》，《北京師範大學學報（社會科學版）》1998 年第 4 期。

〔註8〕參看王向遠：《中國現代文藝理論和日本文藝理論》，《北京師範大學學報（社會科學版）》1998 年第 4 期。

以說明為何孫俍工與程鼎聲都將「萩原朔太郎」的名字誤譯：在這種情況下，如孫俍工這樣的翻譯家或並不渴望通過翻譯來完成對異域文化的整體性觀照，也不渴望在譯介中獲得對他者的深刻理解，而在不斷尋找並捕獲滿足自身需要的某些理論資源、學術資源抑或是話語資源。換言之，對於孫俍工等譯者而言，萩原朔太郎的著作之於日本文化、文學史、詩歌史的意義並不「關鍵」，重要的乃是這些著作如何置換為一種他們自身所需的資源，從而對中國文學乃至中國社會的相關問題進行觀照。站在這個角度來看，孫俍工的翻譯工作背後支撐他的核心性力量為何值得我們去探索。

孫俍工在日本留學期間開始了他大規模的翻譯工作，在赴日留學（1924年）之前，主要從事的是文學創作和文學教育工作，其中值得關注的是教材的編撰。他編寫的《初級中學國語文讀本》於1923年3月初版〔註9〕，編撰於1922年在上海吳淞中學任教時期，選的大多是新文學的理論與創作的實績，包括了魯迅、胡適、周作人等的文學創作與文論，這一教材也再版多次。除此，更為引人注意的是他陸續寫作了一系列「做法講義」，包括留學前的《中國語法講義》（亞東圖書館1921年）、《記敘文做法講義》（民智書局1923年）、《小說做法講義》（民智書局1923年）、《論說文做法講義》（商務印書館1924年）、《戲劇做法講義》（上海亞東圖書館 1925 年）以及留學期間的《新詩做法講義》（商務印書館1925年）。另外，他還與沈從文聯合撰寫了《中國小說史》（上海：暨南大學出版社 1930 年版）〔註10〕。我們可以從最初選編《初級中學國語文讀本》時他將有限的新文化運動以來的文學「實績」納入了教育的體系之中的努力中看到，作為文學研究會成員的孫俍工，不僅積極投身文學創作〔註11〕，還渴望通過教育為「新文學」的普及作自己的努力。

編寫一系列的「做法講義」的動機，據孫俍工說，是對新文學教材「完善的選本底缺乏」的失望，並在這種「悲觀失望」的「態度」中獲得動力，「反

〔註9〕 孫俍工、沈仲九編輯：《初級中學國語文讀本》（6冊），上海：民智書局，1923年3月初版，多次再版。

〔註10〕 全書包括緒論、第一講：神話傳說、第二講：漢代的小說、第三講：魏晉南北朝的小說、第四講：唐代的小說、第五講：宋代的小說、第六講：元代的小說、第七講：明代的小說、第八講：清代的小說。其中，緒論與第一講：神話傳說為沈從文著，第二講至第八講為孫俍工著。

〔註11〕 1921始孫俍工在《小說月報》上發表多部短篇小說，1924年結集出版了短篇小說集《海的渴慕者》，三篇小說被茅盾選入《中國新文學大系第三集·小說一集》，另有劇本《續一個青年底夢》。

過來繼續地用在我們所願意做而又應當做的事業上來」〔註12〕，除此以外，他還積極地探索嶄新的教育方式，在《新文藝評論》（孫俍工編著，民智書局1923 年版）中，他不僅收錄了三十餘篇「近代文學家評論新文藝」的文章，還收錄了自己的論文《文藝在中等教育中的位置與道爾頓制》〔註13〕與《新文藝建設的發端》，探討教學方式方法的問題，強調以學生為中心的核心觀念，在《戲劇做法講義》中，更是附上了他的長文《初級中學國文教授大綱底說明》以探討中學教育的方式方法〔註14〕。從根本上說，他希望通過完善教材來介入教育的活動中，來推動新文學在龐大的青年學生群體中發生啟蒙的作用，培育新文學的青年作家與讀者。在這幾部講義的編撰過程中，他通過對文本的選擇來闡明「為人生」的文學理想，並在講義中不斷突出受教育者應如何如實反映自己的生活，也通過教學活動逐步形成了自己的教育實踐方法。在引述日本學者的研究時，他關注的主要是他們提供的理論資源。伴隨著明治維新時期「現代國家制度的基本成型和伴隨著徵兵和教育等一系列現代制度的確立以及『言文一致』運動的展開而迎來了國民時代學術文化的大發展」，以教育為目的的學術著作包括教科書在內大量出現，「有關日本文學史的著作大量湧現」〔註15〕，其中就包括芳賀矢一等學者的著作，這些著作為孫俍工等編寫著作提供了相當的便利，在《文藝在中等教育中的位置與道爾頓制》中，他就引用了芳賀矢一和衫谷虎藏合編的《作文講話及文範》（東京：富山房，1912 年 3 月）對文學的分類〔註16〕。在這一時期，孫俍工對日本學術的使用是實用性、技術性的，是他以專業的角度，對來自日本的文化資源加以利用。

　　孫俍工的一系列教材編撰工作就是對新文化運動和國語運動中教育理念的呼應與落實。儘管 1920 到 1921 年有兩百餘冊國語教材的審定，但他還是

〔註12〕孫俍工：《小說做法講義・序言》，上海：民智書局，1923 年，第 2 頁。
〔註13〕孫俍工：《文藝在中等教育中的位置與道爾頓制》，《教育雜誌》1922 年第 14 卷第 12 號，又見孫俍工編著：《新文藝評論》，民智書局，1923 年。道爾頓制又稱「契約式教育」，由美國海倫・帕克赫斯特女士創設，強調學生的主體作用，1922 年在上海公學創設中國第一個道爾頓制實驗班。
〔註14〕孫俍工：《戲劇做法講義・代序》，上海：亞東圖書館，1925 年。
〔註15〕趙京華：《魯迅與鹽谷溫——兼及國民文學時代的中國文學史編撰體制之創建》，《魯迅研究月刊》2014 年第 2 期。
〔註16〕孫俍工：《文藝在中等教育中的位置與道爾頓制》，原載《教育雜誌》第 14 卷第 12 號。轉引自孫俍工編著：《新文藝評論》，上海：民智書局，1923 年。

表達了不滿意,從而引發他自行編寫教材和講義的願望,從編撰實績來看,不可謂不豐富。1923 年孫俍工在「南京東大南高附屬中學」時期編寫了《記敘文做法講義》,儘管作者沒有說明,但可以看到這背後有「胡梁之爭」影響的餘波。梁啟超 1922 年夏天在東南大學曾發表過演講,其中談到近人白話文中,「敘事文太少,有價值的殆絕無」〔註17〕,孫俍工顯然並不認同,無論是從教學設計還是從教材編撰方面,他堅持白話文對中學生群體的重要性,白話文亦可作「記敘文」。儘管以「做法」為書名,這部書還是以賞析的形式談「做法」,以「寫景」「敘事」「遊記」為主題,進行創作分析,包含了古典文學、翻譯文學和新文學運動以來的文學創作,其中篇幅最大的是他摘錄了周作人的《日本雜感》與《訪日本新村記》兩篇文章。在這部書中,他參考了留日學者、友人陳望道的《作文法講義》(開明書店 1922 年版),也參考了佐佐政一、芳賀矢一、杉谷代水等日本學者「作文法」的著作中文體分類的部分,包括在解說「遊記」時對周作人文章的摘編。正是在編選講義這一教育實踐活動中,孫俍工對他五四新文化運動以來積澱起的「感受性」文化知識進行了落實,以實用性、技術性的教育過程中具體的「做法」回應了他「五四」以來的思考。

之所以在自編的教材《記敘文做法講義》中大篇幅摘錄周作人的《日本雜感》與《訪日本新村記》兩篇文章,事實上其「真意」在「講義」之外。在北京高等師範學校時期,孫俍工與五四運動的主力匡互生、張石樵為友,私交甚篤。孫俍工「投身文壇,是從五四運動那年起的」,1920 年前後,他與「同學徐名鴻、張石樵、周予同、董魯庵等」創辦了《平民教育》和《工學月刊》〔註18〕,他倡導「工學主義」,提倡創辦「『工學主義』的學校」,探討「『工學主義』與『新村』」的關係,〔註19〕尤其是「新村」理想,使孫俍工徹底沉浸其中,成為武者小路實篤的忠實「信從者」(巴金語,詳見下文)。武者小路實篤的新村實踐與周作人的「新村」見聞成了他在北京高等師範學

〔註17〕梁啟超:《中學國文教材不宜採用小說》,《中華讀書報》2002 年 8 月 7 日刊載的發掘史料,同期載有陳平原的評論「胡梁之爭」的文章:《八十年前的中學國文教育之爭——關於新發現的梁啟超文稿》。

〔註18〕孫俍工:《孫俍工自傳》,《讀書雜志》1933 年第 3 卷第 1 期,第 698～701 頁。

〔註19〕見俍工:《唯理論與經驗論:「工學主義」在哲學上的根據》,《工學月刊》(北京)1919 年第 1 卷第 2 期;俍工:《「工學主義」的學校》,《工學月刊》(北京)1920 年第 1 卷第 3 期;俍工:《「工學主義」與「新村」》,《工學月刊》(北京)1920 年第 1 卷第 4 期。

校參與五四運動後，最熱切的社會實踐的理想。在學校尚能辦刊以鼓吹理想，一旦離開學校，「工學主義」及「新村」的實踐漸漸失去了理想主義的土壤，這一群踐行者紛紛尋找更切合實際的實現理想的途徑，從事「教育」則成了最佳的選擇。

　　包括孫俍工、張石樵、周予同等在內的多位「五四之子」，紛紛選擇編撰教材、探討教育機制、躬身教育實踐來將他們自五四新文化運動以來所受到的啟蒙思想傳播開去，從事平民教育、師範教育，探討教育理念與方法成了他們的職業方向。比如張石樵編著了《開明實用文講義》、周予同編寫了《本國史》《國文教科書》《中國現代教育史》等，並且都積極參與教育實踐，持續不斷地播散各自的教育理念。孫俍工可謂是其中最為「努力多產」〔註 20〕的一位。

　　從這個角度看，孫俍工開始「有意識地」開掘日本學術的相關資源，甚至包括選擇留學日本，均源自他的教育理想。在《小說做法講義》中，他摘錄了南庶熙翻譯的日本心理學家福來友吉的《心理學審義》中的《藝術的心理》一文以說明「創作」「全是作者心理上一種表現的要求」，「心理底研究在做法裏實在占很重要的位置」〔註 21〕。在這樣一部面向中學生群體介紹「小說做法」的著作中以一篇心理學著作為序，似乎顯得有些隨意，亦表現出孫俍工編寫時大量閱讀，通過編書沉澱自己的學術思考的過程。亦可見他在博覽日本學術著作過程中那種急欲表達的衝動。在東京留學過程中孫俍工編寫《新詩做法講義》，其中參考了「生田春月底《詩之做法》，生田長江底《詩與其做法》，水谷底《少女詩之做法》，橫山有策底《文學概論》等」，如此廣泛地徵引日本詩歌理論著作，他還自謙「參考不多，例示不廣，還是要望教學這講義的諸君原諒的」〔註 22〕，可見這些詩歌創作理論資源不斷躍入他的眼簾，豐富、完善他具體的教育思想體系。他提出了自己的「教授底目的」〔註 23〕。孫俍工提倡「迅速」以追求教育效率，提倡「鑑賞」以要求審美能力和提倡「自由明確」以對應表達權力。不僅如此，孫俍工還在講義中時刻以「啟

〔註 20〕　孫俍工：《孫俍工自傳》，《讀書雜志》1933 年第 3 卷第 1 期，第 698～701 頁。
〔註 21〕　孫俍工：《小說做法講義・序言》，第 3 頁。
〔註 22〕　孫俍工：《新詩做法講義・序言》，第 3 頁。
〔註 23〕　目的包括：「（1）人人都有迅速閱看國語書報的能力，以啟發思想，並瞭解現代思潮底大概。（2）人人有精密鑑賞國語文藝的能力，以培養美的情感，並且瞭解彼底變遷和性質。（3）人人能用國語自由地明確地敏捷地發表情思，記敘事物。」孫俍工：《戲劇做法講義・代序》，第 3 頁。

蒙」為己任，在《論說文做法講義》中，他附上了練習題，其中題目包括「青年底責任」「改造社會的方法」「女子應享承受遺產的權利」「提倡孔教底我見」「我為什麼贊成平民革命？」等，這些新鮮的「作文」話題，與五四新文化運動以後形成的文化氛圍與教育傳統是一脈相承。今天看來，以孫俍工為代表的一系列針對中學生的教育實踐，和五四新文化運動以來的文學成就，與青年學生群體一道創造了一個頗有活力的社會文化空間，「全國的青年皆活躍起來了，不只是大學生，縱是中學生也居然要辦些小型報刊來發表意見」〔註24〕。儘管皆以「做法」為名目，但孫俍工強調的還是「閱讀」和「理解」，最後才是如何「表達」。正如《新詩做法講義》中，他大量列舉朱自清、冰心、劉大白、徐玉諾、郭沫若、俞平伯、汪靜之、周作人等人的詩歌，名曰「做法」，實為「讀法」。這部「做法」幾乎成了對初期白話詩的一次整體性檢閱。培養合格的讀者及表達者是這一時期孫俍工主要的教育理想，這也是他看重道爾頓制的重要原因。孫俍工還於 1930 年在《國立勞動大學月刊》上發表了翻譯日本山田清三郎的《日本無產階級藝術團體底運動方針》及其他有關「勞動階級文藝」的文章〔註 25〕，我們都可以看到這種階級觀念並不從屬於政治理想，仍舊屬於其五四以來「工讀」教育理想的自然延伸。總而言之，「五四之子」的教育理想在孫俍工的職業生涯中扮演了極為重要的角色，充當教學資料的各種文化資源也主要是服務於他的教育理想。

在編選《中國語法講義》的例句和《初級中學國語文讀本》時，孫俍工將魯迅譯的日本作家武者小路實篤的劇本《一個青年的夢》作為例句，並把武者小路實篤的《與支那未知的友人》作為閱讀篇目，全文刊載，在《記敘文做法講義》中收錄了周作人兩篇訪「新村」的文章，列為「遊記」的典範，表現出了對「新村」理想的神往。在 1931 年，孫俍工因「九‧一八」中斷了攜妻子東渡日本的旅程回國，創作了一部名為《續一個青年底夢》的劇本。在這部劇本中，他直言「我對於武者小路先生底這部著作不但以前是盡過了相當的宣傳責任，而且以後將要盡著我能盡的力儘量宣傳的」，「我底學生只要是真心聽過我底講授的，對於武者小路先生這一部著作總多少有點影像。」

〔註24〕 胡適：《從文學革命到文藝復興》，《胡適口述自傳‧第八章》，引自《胡適文集》第 1 卷，北京：北京大學出版社，1998 年，第 322 頁。

〔註25〕 包括山田清三郎著，孫俍工譯，《日本無產階級藝術團體底運動方針》，《國立勞動大學月刊》1930 第 1 卷第 8 期，第 1～10 頁；《唐代底勞動文藝》《勞動階級底詩歌》，連載於《國立勞動大學月刊》第 1 卷第 2、4、5、8 期。

因為「九月十八瀋陽城頭流血」，使他「悵惘」並「頻頻地憶起了武者小路先生《一個青年底夢》」。他感喟道，「一個青年底夢，終竟成為一個夢麼？世界人類竟沒有一個人認識和平女神的美的麼？」〔註 26〕他用武者小路實篤的文字，來質疑戰爭，用接續武者小路實篤的創作，來延續反戰的精神。在這種狀態下，日本文化本身不再是拿來作教育的材料，而是成了自我思想表述的一種參照系，在對照過程中不斷地追求具有主體意識的自我。不僅如此，這本書也流傳到了日本，在巴金的《給日本友人》一文中提到：「一九三五年元旦後一天在你（指武田君——筆者），你的一個年輕友人從東京拿了孫俍工著的《續一個青年的夢》來」，「孫君把書寄給武者小路氏，因為他還尊敬《一個青年的夢》的著者」，「這個非戰論者辜負了異國信從者對他的信任」。〔註 27〕通過巴金的敘述，我們能夠看到，通過這部文學作品，孫俍工為一部分日本讀者所知，巴金也理解到了孫俍工被「辜負」的感受。

　　因時局動盪，日本侵略，他的精神偶像坍塌，帶來巨大的精神創傷，青年時期選擇教育事業的根基部分地動搖，這或與他辭去教職，轉投他行不無關係。1932 年 3 月 17 日，孫俍工被南京政府教育部聘任，辭去復旦大學教職，聘為教育部編審處編審。〔註 28〕他又加入了與十九路軍過從甚密的「神州國光社」的「神州函授學會」，神州函授學會是「神州與青年讀者建立聯繫的組織形式」，孫俍工是其中「教授」群體的一員。「神州」「分量最大」「發行時期也較長」〔註 29〕的《讀書雜志》中刊載的孫俍工以第三人稱創作的《孫俍工自傳》說明了他內心的變化：

　　　　九一八事件以後，繼之以上海一‧二八事件。他（孫俍工——
　　　　筆者）激於義憤，又成《續一個青年底夢》、《世界底污點》、《血彈》
　　　　三劇。據他底愛人王梅痕在《血彈》底序中說「我俍師義憤之餘，
　　　　既成《續一個青年底夢》以暴露日本人之野心與陰謀，又作《世界
　　　　底污點》，以悲憫日本新青年思想底狼狽，今更作《血彈》一劇以表

〔註 26〕孫俍工：《續一個青年底夢》，中華書局，1933 年，第 1～3 頁。

〔註 27〕巴金：《給日本友人》，最初發表於 1937 年 11 月 7 日、21 日《烽火》第 10、
　　　　12 期，轉引自《巴金全集》第 12 卷，北京：人民文學出版社，1990 年，第
　　　　575 頁。

〔註 28〕《教育部公報》1932 年第 4 卷，第 9～10 期，第 24 頁。

〔註 29〕陳銘樞：《「神州國光社」後半部史略》，摘自《文史資料選輯‧第八十七輯》，
　　　　北京：中國文史出版社，1999 年，第 176 頁。

揚我第十九路軍將士抗拒強敵之勇敢。三劇底精神是一貫的，即是
以人道主義為立場，以公理與正義為依據。」〔註30〕

　　從以教育出發的啟蒙主義，轉而成為弱國公民的自強心理，由「義憤」
激發出「正義」，孫俍工的文學教育工作因侵略戰爭的發生而轉變。留學期間
與歸國後，孫俍工集中翻譯了鈴木虎雄的《中國古代文藝論史》（《支那詩論
史》選譯），鹽谷溫的《中國文學概論講話》，田中湖月的《文藝鑒賞論》（選
譯），兒島獻吉郎的《中國文學通論》，本田成之的《中國經學史》，以及上文
中提及的萩原朔太郎的《詩底原理》這幾部較為系統的日本學者關於中國古
典文學和基礎文藝理論的著述〔註31〕，還參考日本作家多惠文雄編的《世界
二百文豪》編著了《世界文學家列傳》〔註32〕。儘管看似是教育理想在學術
工作中的自然延伸，但其根本動因在逐漸發生變化。

　　留日時期翻譯鈴木虎雄的《中國古代文藝論史》時，孫俍工說明了他的
意圖，他「並不是如現在的時流所唱的保存國粹整理國故」，而是反駁這種
「『古已有之』的就是好的」「對的」的泥古思潮。他認為之所以整理國故的
口號顯得「空洞」，是因為沒有「切切實實去研究」。倘若切實研究，便會得
到「不過如此」的看法。他認為「日本與中國，因為文字相同的緣故，所以
日本對於中國雖然在近代有許多誤解的地方，但對於中國古代底崇拜我敢說
日本人絕不後於中國人自己。但是崇拜是崇拜，批評是批評」，「日本人絕不
似中國人那樣拘束，那樣用感情」，翻譯這部著作，「對於現代的熱心整理國
故的人們，多少該有點貢獻吧！」他說「口口聲聲高唱著整理國故保存國粹
的口號，但數年的時間過去了，成績究在什麼地方呢？怕只有慚愧可告人吧」，
「現在這種工作卻要借力於別家人，這哪能不使我臨筆而增加了無限的慚愧
呢」。這一著作翻譯於東京留學時期，在目睹日本學界諸多「對於中國文學
研究的著作」，深感「整理國故」口號下的「盲目的崇拜古人」而「頭腦空
洞」，比喻國人在面對古典文化時猶如荒廢先人留下的土地，任讓他人耕耨，

〔註30〕孫俍工：《孫俍工自傳》，《讀書雜志》1933年第3卷第1期，第698～701頁。
〔註31〕〔日〕鈴木虎雄：《中國古代文藝論史》，孫俍工譯，上海：北新書局，1928
　　　　年；〔日〕鹽谷溫：《中國文學概論講話》，開明書店，1929年；〔日〕田中湖
　　　　月：《文藝鑒賞論》，中華書局，1930年；〔日〕萩原朔太郎：《詩底原理》，中
　　　　華書局，1933年；〔日〕本田成之：《中國經學史》，中華書局，1935年；〔日〕
　　　　兒島獻吉郎：《中國文學通論》，商務印書館，1935年。
〔註32〕孫俍工編：《世界文學家列傳》，上海：中華書局，1926年。

使他感到「慚愧」。〔註33〕從晚清到民國，「整理國故」中暗藏的在差異性文化中如何確立自身文化的主體性並參與世界文化潮流的討論層出不窮，「泥古、疑古、釋古的分野，是不同知識分子在文化轉型期對待國故的自然選擇」〔註34〕，不同的文化策略和學術方法層出不窮，在這一背景下，孫俍工選擇面向古典文化的方式來翻譯日本學術著作，藉此表達對「整理國故」問題的認知。

在翻譯鹽谷溫的《中國文學概論講話》時〔註35〕，孫俍工又提及前文中打的「耕耨」的比方和「羞愧」的心理。〔註36〕他選擇翻譯田中湖月的《文藝鑒賞論》、萩原朔太郎的《詩底原理》，兒島獻吉郎的《中國文學通論》，也都能體現這一特徵。他在翻譯《文藝鑒賞論》時特地說到，這部書「系統自然詳明，方法亦甚切實，關於鑒賞底過程與應注意之點，說得非常精細周到，在文藝萌芽如雨後春筍的中國現代底文藝界」這一類書當然會「被需要」。〔註37〕認定這部著作將會「被需要」，當然是出於對這一類「知識」價值的肯定。他所謂的需要，是平實的「被需要」，用以「鑒賞」文學，而並未說明其他的目的，主要還是強調其在文學範疇內的作用，這是他注重文學「知識性」的一個重要表徵，也是其教育理想的延續。

這裡談到的「慚愧」「羞愧」，以及翻譯過程中對「整理國故」等觀念的

〔註33〕〔日〕鈴木虎雄：《中國古代文藝論史》（《支那詩論史》），孫俍工譯，上海：北新書局，1928 年，第 2～5 頁。

〔註34〕秦弓：《「整理國故」的歷史意義及其當代啟示》，《文學評論》2001 年 06 期。

〔註35〕這部書的出版發行，關係到一樁文壇公案。即魯迅的《中國小說史略》是否涉嫌抄襲鹽谷溫的《中國文學概論講話》。有學者認為「當年與《語絲》派交惡的陳源教授僅憑道聽途說而對魯迅的誣陷，早在 1927 年 6 月君左譯出鹽谷《支那文學概論講話》中的小說部分並刊載於《小說月報》第 17 卷號外『中國文學研究』中以及孫俍工的全譯本於 1929 年出版之後，已經不攻自破。」（趙京華：《魯迅與鹽谷溫——兼及國民文學時代的中國文學史編撰體制之創建》，《魯迅研究月刊》2014 年第 2 期。）孫俍工此時的翻譯，已引起了作者鹽谷溫本人的關注。這部譯著中的「內田新序」提到「頃者孫俍工君譯述此書，求序於余，余受而讀之。以周密的用意逐語翻譯，雖片言隻字亦不忽略，行文亦頗平易而舒暢。」（〔日〕鹽谷溫：《中國文學概論講話·內田新序》，孫俍工譯，開明書店，1929 年，第 8 頁。）內田泉之助是鹽谷溫的學生，他通讀全書後，給出了比較高的評價，鹽谷溫也曾在他翻譯過程中「指正過」（譯者自序）。

〔註36〕〔日〕鹽谷溫：《中國文學概論講話·譯者自序》，孫俍工譯，上海：開明書店，1929 年，第 11 頁。

〔註37〕〔日〕田中湖月：《文藝鑒賞論》，孫俍工譯，「序言」，第 1 頁。

觀照，就本質而言，還是渴望通過譯介日本學術給中國現代文藝與學術以借鏡的文化資源的層面，還是學術性的工作。侵略戰爭的爆發帶來的心態上的變化，則讓孫俍工逐步突破了教育層面的文化主張，戰爭的消息不僅改變了孫俍工夫婦的學習計劃、生活計劃、工作計劃，還打破了孫俍工不斷深耕的「日本」資源的正義性，迫使他重新操持創作的那支筆以劇本創作調整心態，將文學創作與學術工作上升到了一種關涉「民族」前途的立場上來。

　　孫俍工的詩歌教育活動，是站在「學以致用」，提供理論武器的角度上的，〔註38〕在《詩底原理》中，他通過譯介萩原朔太郎，說明了詩的「形式與內容」「主觀與客觀」的關係，並強調「這種評論的方法系統底特別」。他提到，書中「資產階級底論調」「似有不合時代思潮之處」，並「挑選式」引述了萩原朔太郎的原文藉此闡明自己的觀點：「民眾所悅的是詩的精神」「民眾所讀的必定常是有詩的精神的文學」「所謂普羅列塔利亞文藝運動，雖是稚態與笨劣，然在本質上正導日本底文壇，有一種純潔的 Humanity」，他認為，「這書中實含有一種前進的，建設的，創造的精神哩！」〔註39〕這就是孫俍工認為的這部書中應該取其所長的部分，〔註40〕並在文藝的「主客觀」問題上找到了與萩原朔太郎共同的理論基點〔註41〕。但這部書背後洋溢的是譯者和著者各自生活的環境中共同的那熱烈的普羅文學關於「文藝大眾化」潮流的空氣，就孫俍工而言，將這部早已分章節發表的譯稿整理出版，同樣投射了他個人解決社會問題的目的。所以上文所述的作者名字的誤譯，是並不重要的，因為這部書的譯出，是非詩歌意義的，核心的關鍵詞是借對「民眾」與「普羅列塔文藝」的推崇表達一種積極昂揚的文化姿態。然而並不能因為孫俍工借用了「民眾」「普羅列塔」「資產階級論調」等語彙介入現實，就輕易妄斷其文化、黨派的立場，因為他也在不斷調試自己的狀態，從新文化「啟蒙」思想主導的文學教育者轉向國家危難之際的「救亡」知識分子。

〔註38〕正如有論者提出：「二十世紀 30 年代的『文學大眾化』運動，使得更多的人，特別是年輕人開始關心文藝理論問題了。激烈的文學論爭，需要新的理論武器，進一步強化了對新文學理論、對普及性、通俗性的理論著作的期待和需要。」王向遠：《中國現代文藝理論和日本文藝理論》，《北京師範大學學報（社會科學版）》1998 年第 4 期。

〔註39〕〔日〕萩原朔太郎：《詩底原理》，孫俍工譯，「譯者序」，第 1～3 頁。

〔註40〕〔日〕萩原朔太郎：《詩底原理》，孫俍工譯，「譯者序」，第 1～3 頁。

〔註41〕孫俍工在《文藝在中等教育中的位置與道爾頓制》中以圖表的形式表達過對詩歌主客觀問題的觀點。

在受聘入南京國立編譯館人文組做專職編輯後，孫俍工攜其弟孫怒潮編撰了一系列選集，包括《中華詩選》（版權信息不詳）、《中華詞選》（中華書局 1933 年出版）、《中華戲曲選》（版權信息不詳）、《中華學術思想文選》（中華書局 1933 年出版），冠以「中華」名號，選擇古典名篇，亦可視作是轉向的標誌。如果說，孫俍工介入新詩教育工作，本身就是他啟蒙工作的一部分，那麼同樣可以理解，他的轉向意味著由「啟蒙」向「救亡」的轉變。這一轉變本身蘊含著歷史的與個人的複雜因素。

更典型的標誌就是受聘的孫俍工重拾文藝創作，供稿《前途》雜誌，他發表了《告 J 國底小朋友》（《前途》，1934 年第 2 卷 1、2、3 期），借中國小朋友之口，告訴日本小朋友侵略的實質，駁斥了《告日本國民書》的謊言。他還寫了多部劇本（包括《索夫團》《索夫團續》《暗殺》《審判》《復仇》），突出展現了日本對中國和韓國的侵略戰爭與殖民統治，襃揚大韓民國流亡政府的「暗殺」行動，突出強調日本侵略的罪惡，體現其家國情懷。他選擇重拾文藝創作，仍然是教育者口吻，寫給所謂的「小朋友」。

誠如在 1931 年初，他在演講中還頗為抽象、藝術性地描述文藝的目的，「文藝的目的，總括起來是生的向上力，這力是生之創造，這生之創造便是文藝的最高目的。生之創造是靈的覺醒」〔註 42〕。到了 1933 年他在《前途》上發表《中國文藝底前途》一文時，認為「中國文藝底前途」在於「題材不違背時代背景，社會思想」「作者是革命家，工人，實行者，或奮鬥者」，「讀者是以全民眾為對象」，「無論是普羅文藝，是民族主義的文藝，抑是兩者之外的任何主義任何派，我敢說這種文藝在文藝史上必定要留下永久的榮耀的光輝的」〔註 43〕。從重視文學教育活動，期望通過著譯來傳播知識、培養人格，到重視學術譯介以交流與借鑒，參與學術研究之中，再到因為戰爭生發出「救亡」的思想，呼籲文藝救國，從關注個體到關注國家，從傳播知識到傳播觀念，從教育理想的動搖與幻滅，到重塑自己的事業方向，這既是孫俍工的人生轉折，亦是思想觀念的轉向。

孫俍工在《前途》上發表的《中國文藝底前途》所表現的文藝觀招致了有敵意的攻擊，署名「使君」的作者在《紅葉》雜誌上發表了一篇《孫俍工的〈中國文藝的前途〉》的文章，以馬克思的「階級鬥爭」學說駁斥孫俍工的

〔註 42〕孫俍工講，巴諦筆記，《文藝的目的》，《珠江期刊》1931 年第 1 期，第 40 頁。
〔註 43〕孫俍工：《中國文藝底前途》，《前途》1933 年第 1 卷第 1 期，第 1～6 頁。

觀點，痛陳其為「統治階級服務」，咒罵他是「好一隻忠實而無恥的走狗！」
〔註 44〕在這裡，文藝觀顯然不是孫俍工招致謾罵的唯一原因。連續發文刊載
於由力行社主導的《前途》雜誌，就免不了招來攻擊。《前途》雜誌是力行社
宣傳法西斯主義的「最為重要出版物之一」〔註45〕，孫俍工於 1933 年到 1937
年在這上面發表了多篇創作與文論。除了上述文章，還有《民族文藝論——
從民族主義的實質來考察民族文藝》《民族文藝底題材》《中國民族文藝史觀》
（《前途》，1937 年第 5 卷第 3、4、6、7 期），這幾篇文章，均站在國家主義
立場鼓吹民族文藝觀。

　　沒有材料能確證孫俍工為力行社成員，但他在《前途》雜誌上刊載文章
的行為，也基本說明了他的文學立場，即國家主義的文學立場。還能佐證的
是，上文所提的「中華」詩、詞、戲曲、文選。在 1933 年編輯《中華學術思
想文選》（中華書局 1933 年，孫怒潮、孫俍工編）時，他就選編了一套以孔
子、墨子、莊子、公孫龍等為主體的古典文化經典以迎合「尊孔讀經」及背
後的「新生活運動」。在他編輯的《復興高級中學國文課本》（商務印書館 1935
年，何炳松、孫俍工編）中，更是將古典文學作為核心，在這套書的「編輯
例言」中，孫俍工第一條就談道：「本書遵照民國二一年教育部頒行高級中學
國文課程標準編輯」。在翻譯完《中國文學通論》後，孫俍工還編輯了一部《抗
戰時期中學國文選》（上下冊、成都誠達印書館，1938 年），在極端的戰時情
境中，以國文選編的形式宣傳抗戰。新文學、新詩的教育工作者，由此徹底
轉向以教育工作救亡圖存為主要目的。作為曾在《論說文做法講義》中附上
了練習題呼籲青年思考「提倡孔教底我見」的教科書編撰者、作為文學研究
會的成員，《海的渴慕者》的作者，「絕對的自由」的追求者的孫俍工不同時
期在教材編選上選文的差異背後的複雜因素值得思考。教科書選文的變化，
則可以從文學立場、政治立場變化的角度來觀照。

　　我們可以通過茅盾在 1935 年編選《中國新文學大系》時評價孫俍工的語言
看看他人生選擇背後的某種性格層面的原因。茅盾認為，「雖然他缺乏透視的目
光和全般地對於人生的理解，他對於人生的態度是嚴肅的，他有倔強的專注一
面的個性。所以他不久就完全跳過了『敢問何故』這一階段，他就直接痛快地

〔註 44〕使君：《孫俍工的〈中國文藝的前途〉》，《紅葉》1933 年第 120 期，第 5 頁。
〔註 45〕徐有威：《從〈前途〉雜誌看德國法西斯主義在戰前中國之影響》，《近代中國》
　　　　第九輯，上海中山學社主辦，上海社會科學院出版社，1999 年。

選取了他認為合理的『我們應該怎樣做』」。茅盾分析他的《海的渴慕者》時認為，孫俍工塑造的主人公「大體上還沒有走到『虛無主義』而是一個『安那其』」，「這一種『安那其思想』的痕跡，在孫俍工後期的作品裏又漸漸淡了起來」，「他漸漸從『一切都要不得』變到『人道主義』了」，「他對於當前的社會變動也不深求其光明面與黑暗面的所以然，而『為人類的前途憂慮著戰慄著』了」〔註46〕。茅盾分析的孫俍工的小說創作，事實上也點出了孫俍工的人生選擇的原因。在《海的渴慕者》這部小說集的序言裏，夏丏尊稱孫俍工為「一個人道主義的作家」〔註47〕，這是基於私交的對孫俍工人格的基本描繪，他是個行動派，他大量的教科書編撰、講義編寫、譯介日本文學研究著作，無一不凸顯著他渴望積極參與改造社會的行動派本色。這種變化一方面為他積極從事專業性的學術工作奠定了基礎，如茅盾所說「我們應該怎樣做」始終縈繞他的心頭。另一方面，「不深求其光明面與黑暗面的所以然」的不去過多追問，甚至可以輕易轉變曾經嚮往和追求的理想，輕易顛覆價值觀，一門心思去「做」。

　　20世紀30年代中期以後，他的文學活動中即洋溢著反抗侵略、救亡圖存的思路，也凸顯了「國家主義」帶來的負面性後果。他個人的選擇也表達了這一點，抗戰爆發後受聘成都中央軍校，任政治主任教官，1940年於重慶被聘為監察院參事，這段時間，他主要研究的是「總裁的革命哲學」〔註48〕和從事《抗日史料叢書》（未出）的編撰，四處鼓吹「總裁哲學」，這使得他的四十年代文學活動較之二三十年代，看起來略顯蒼白。這一轉向也伴隨著他文學活動的變化。

　　比如《中國經學史》與《中國文學通論》這兩部著作的譯介就體現了某種「限度」。首先，這兩部著作的譯介是有相當大的貢獻的，尤其是《中國文學通論》，翻譯的是日本著名漢學家兒島獻吉郎的《支那文學考——散文考》《支那文學考——韻文考》《支那文學雜考》（選其八篇），兒島獻吉郎是影響中日學界的中國文學研究者，魯迅編寫《漢文學史綱要》時也參考了他的著

〔註46〕茅盾：《中國新文學大系·小說一集導言》，《茅盾全集》第20卷，北京：人民文學出版社，1990年，第451～493頁。

〔註47〕俍工：《海的渴慕者·夏丏尊序》，上海：民智書局，1924年，第2頁。

〔註48〕孫俍工：《總裁的革命哲學》，《軍事與政治》1942年3卷3期、4卷3期，另載《第十六期學生畢業紀念特刊》1943年1月；孫俍工：《總裁哲學思想的淵源》，《青年建設》1946年第5～6期；孫俍工：《專載：總裁哲學思想的淵源》，《工兵雜誌》1948年第1期等。

作，兒島獻吉郎可以看作中國文學史編撰體例的開創者。然而當我們詳細考察孫俍工翻譯這兩部書的背景時，可以發現孫俍工給出的翻譯理由很令人費解。在翻譯兒島獻吉郎的宏論時，孫俍工給出的理由是借翻譯此書「使中國文學」「得到一番大大的整理」〔註49〕，翻譯《中國經學史》時，提出「中國從來就是以所謂尊經尊孔的文教立國，但對於孔子卻從來就不完全認識」，「此書（指《中國經學史》——筆者）論斷，大體取科學的態度」，「故此書值得介紹」，在翻譯過程中看到商務印書館打出廣告，江俠庵譯本要出，「深悔不該重譯」，儘管他深信自己「所引中國經學家言論均參考原著」而更有價值，但這裡的「深悔不該重譯」無疑顯得有些太過輕率〔註50〕。這部1934年翻譯的著作，默契了同年國民黨政府掀起的尊孔運動，這也與1934年「新生活運動」背後滲透的文化專制主義相應和。同年7月，國民政府規定每年8月27日孔子誕辰日為國家紀念日，通令全國各機關、學校、遵照規定舉行紀念。當然，上文提到了《前途》雜誌的相關背景，或許也可以參照說明孫俍工此種文化傾向更複雜的原因，囿於材料，這裡不去揣測，至少我們可以得出這樣一個結論：孫俍工是有意識地、自主地嵌入了蔣介石政府的文化戰略之中，這或許體現了國家主義思想框架的某種機制性的侷限。這裡，同樣著述譯頗豐的魯迅，或能提供更豐富的反思性資源。

時至今日，著述譯頗豐、也極有特點的孫俍工，不太被人關注與研究，有的文章，著力於描述他與同鄉、同事毛澤東之間的「親密關係」，他們之間甚至被描述成師生關係（《毛澤東與他的老師孫俍工》，胡光曙著，載《湖南文史》2003年11期），藉此說明毛澤東的「尊師重教」，也有人曾描述過1945年孫俍工作《沁園春》與主席唱和的「和諧場景」。這些當然有很大臆想的成分。木山英雄分析過《沁園春·雪》的流傳過程〔註51〕，這裡不贅述。孫俍工作的「和詩」內容如下：

> 大好河山，昨方雨歇，今又風飄。痛鯨波洶湧，雷奔電掣，狼煙飛起，石爛山焦。血戰八年，屍填巨野，百代奇仇一旦銷。應記取，我炎黃神冑，原是天驕。

〔註49〕〔日〕兒島獻吉郎：《中國文學通論》（上卷），孫俍工譯，上海：商務印書館，1935年，第2頁。

〔註50〕〔日〕本田成之：《中國經學史》，孫俍工譯，第1～2頁。

〔註51〕木山英雄：《〈沁園春·雪〉的故事——詩之毛澤東現象》，趙京華譯，《中國現代文學研究叢刊》2003年第4期。

　　男兒報國方遒，且莫把孤忠雪樣消。看樓蘭不斬，無遠弗介。

胡炎又熾，正賴班超。滿目瘡痍，遍地荊棘，國本何能再動搖。君

且住，早回頭是岸，勿待明朝。〔註52〕

　　這首詞易懂，孫俍工的基本立場在下闋中，不再贅述。孫俍工於 1944 年被國民黨中央監察院解職，據《隆回縣志》記載，是因為其編《抗日史料叢書》的「著述中充滿愛國主義精神」〔註53〕「被解職」，由於沒有見到相關材料，具體原因不得而知。《隆回縣志》還提到孫俍工在 1950 年冬投入湖南土改，寫有散文《我的熱血在不斷地流》，在 1956 年被評為中國科學院語言研究所研究員，編《毛澤東語言辭典》。還寫有《嶽麓詩草》百餘首，五四運動敘事長詩《黎明前奏曲》，但未能出版。可見，他終生躬行的教育事業不斷變化，這也是 20 世紀知識分子在多重擠壓的歷史洪流面前的脆弱與無奈。

　　孫俍工從事新文學及新詩的教育工作，只是他文學生涯的一個組成部分，20 世紀前半段大多數從事新詩教育的中國知識分子也幾乎都有多重身份，在這多重身份的交織之中，在具體的社會生活的擠壓之下，他們所做出的文化判斷、文學決定和秉承的文學理念、文化觀念的抉擇，都由於具體的歷史情境而變化，孫俍工這一教材編撰者、文學創作者給予我們的啟示是：20 世紀上半葉的文學教育並不是精緻縝密、自成一體的固定形態，其中存在著諸多轉向，這與從教者個人經驗的不斷發展相關。通過考察孫俍工的文學生涯，或許可以對 20 世紀新詩從教者的生存境遇和思想情態，多幾分更豐富的想像和更真切的同情。

第二節　現實經驗中的自我教育：東北抗戰時期的學生詩歌

　　美國地理學家葛勒斯曾經這樣描述中國東北地區，「東北是一個使人目眩心醉的處所」〔註54〕。誠然，山河壯美、水土沃腴、礦藏豐富的東北的確令人著迷，可對於 20 世紀上半葉的中國而言，「東北」這一地域名詞，卻包含著屈辱和悲愴為基調的複雜民族情感。隨著民國以後的政治生態、局面和歷

〔註52〕孫俍工：《沁園春》,《新中國月刊》1945 年第 8 期，第 60 頁，又孫俍工：《沁園春·和毛澤東韻》，重慶《周播》1946 年第 9 期。

〔註53〕《隆回縣志》，北京：中國城市出版社，1994 年，第 630 頁。

〔註54〕參見吳希庸：《近代東北移民史略》,《東北集刊》1940 年第 10 期。

史問題的累積，20 世紀的東北發生了深刻的政治、經濟、文化的變化。正是因為她迷人的自然環境，侵略者的鐵蹄才屢屢踏上這片土地。儘管從古至今這片土地上都上演著民族間與國家間的融合與分化、對抗與博弈。儘管近代以來，北方的俄國和東邊的日本始終圍繞這片土地展開爭鬥，也都沒有「九一八」以後，被奴役與侵略的苦難來得深重。這些悲愴的歷史，深刻地影響了東北文學的發展。在這其中，學生群體因「九一八」，改變了生活和學習的軌跡，更新了文學創作的習慣，成了具體歷史條件下產生新的詩歌方式的實踐者。

20 世紀以來，新文學的發展如星火燎原，隨著知識精英的啟蒙意識的覺醒，青年學生的自覺參與和大眾傳媒的逐步發達，催生出了「新」的文化形態，東北文學發展也浸潤其中，然而地方性的歷史軌轍，又催生出文學表達內容、形式和思想傾向獨特的文化個性。尤其是「九一八」事變這個沉重的時間座標，不僅是地域性災禍的開始，也是整個民族國家劇烈動盪的開始。相比 1937 年盧溝橋事變這個全民族抗戰的歷史和文學的座標，東北的詩歌，因為「九一八」事變，催生出令人矚目的抗日詩歌書寫。

東北現代文學的形態因「九一八」事變而變革。打開任意一本冠以「東北現代文學史」的著作，我們都會看到這個事件之於東北新文學發展的巨大意義。甚至可以說，東北現代文學的座標中，「九一八」事變是特殊的歷史拐點。從總體上看，自五四新文化運動以後，文學形式與精神的革新，隨著大眾傳媒的勃興和現代教育的發展得以推廣，各地區自身的文化發展也自覺新變，新文化運動思潮隨著書刊與人員的流動而流動。在 20 世紀 20 年代，東北地區的報紙上已經開始刊登魯迅、郭沫若、胡適等人的作品。不僅新文化運動的思潮翻山越嶺來到東北地區，受五四新文化運動滋養、切身體驗「五四」的東北知識分子，也帶著新文學歸鄉，成立文學社團，辦文學刊物。

詩歌是精神生活最為凝練的寫照，是最簡潔也是最可供讀解分析的文藝形態，新文化運動以來東北的詩歌發展變遷，是觀察文藝思潮在不同階段、不同地域和不同歷史處境中變化的最細緻的窗口。從 1919 年開始，包括《盛京時報》在內的多份刊物開始刊載新詩，據統計，1919 年到 1931 年之間，「東北報刊上發表的新詩不下七千首」〔註 55〕，這些新詩既與五四新文化運動思潮相應和，又呈現出獨特的地方文化和地緣政治色彩。如創辦於 1906 年的《盛

〔註55〕黃萬華：《黑土地上最初的詩潮》，《求是學刊》1998 年第 5 期。

京時報》及其文藝副刊《神皋雜俎》，一度以刊載傳統詩詞為主，在 1920 年 1
月 1 日，也隨著新文化運動聲勢的不斷壯大，刊載了胡適的《歸家》和羅家
倫的《雪》，並歸於新詩一類，一年後的元旦，還刊載了葉楚傖新詩《偶像》。
1921 年 3 月 6 日，《盛京時報》開設「新詩」專欄，將郭沫若、劉大白、周作
人、聞一多、胡適、汪靜之、邵洵美等多位著名新詩人，介紹給該報讀者。
儘管在該報上，舊體詩詞曲創作仍舊是主流，但隨著新文化運動的推進，其
推介的詩歌藝術形態呈現出明顯的多元化。《盛京時報》及其副刊中，當然也
包含了新舊體形式與內容孰優孰劣的許多深入而細緻的討論，這一情形，是
20 年代初具有普遍性的詩歌生態。當然，東北各地，也因不同的新文化倡導
者和同人團體的活躍程度而呈現出各自獨立的特徵，穆木天為中心的在吉林
成立的白楊社圍繞的雜誌《白楊》和奉天的《啟明旬刊》就都為新文化的引
入做出各自的貢獻。從內容上看，既包含個性解放的覺醒呼號，還有表現勞
工苦難的沉鬱吶喊，更有滿含國恥家恨的慷慨悲歌。由於東北獨特的地緣政
治因素，連綿的戰火早已催生出詩人們的憤怒，東北的戰爭題材詩歌比重，
要遠高於同時期的其他地區。這是較為顯著的特點。這一特點，隨著「九一
八」的到來，表現得越發突出。

　　五四新文化運動催生了東北的新詩潮，「九一八」事變則徹底改變了東北
的文學書寫。拿東北作家穆木天為例，他活躍於文學社團和教育行業，從伊
春到北京，從天津到上海，從昆明到異域，他的詩歌呈現出五四時期的青春
的活潑和技巧的炫麗，「故鄉」在他的詩歌裏，始終是既滿含溫情的歌頌，又
怒其不爭的批判的「物象」，在這一階段，「故鄉」既是他滿懷深情的往昔記
憶，又是直面批判的文化傳統。然而「九一八」以後，他從「貴族的浪漫詩
人，世紀末的象徵詩人」〔註56〕形象中跳脫出來，「故鄉」直接怒吼而出，成
了被侵略與霸佔的那一方難以割捨的土地，以及那片土地上流離失所，或被
侮辱與損害的無告的鄉民。在《流亡者之歌》和《新的旅途》以及這一時期
其他的詩歌中，一大半提到了東北與故鄉，「東北！東北！偉大的名字！偉大
的名字！／滿目的農田啊！你永遠縈回在我的記憶。／那些崇高的山嶺！那
些龐大的森林！／那一片黝黑的煤田！……可是，現在呀，你成了一塊血染
的大地！」(《守堤者》)這就是具有代表性的情感表達。故土是血淋淋的現實，

〔註56〕 參看穆木天：《我與文學》，載《穆木天詩文集》，蔡清富、穆立立編，長春：
　　　　時代文藝出版社，1985 年，第 241～242 頁。

是淪陷中的哀鳴，是苦難中國的表徵。過去的朦朧微妙的詩歌藝術嘗試，被地方性格中粗獷、豪邁的那一面給替代，這既是藝術的轉軌，更是人生的調向，在這裡，東北人民切實的生存境遇深刻地影響了藝術的轉變。

穆木天「九一八」前後的詩歌寫作，是東北現代新詩乃至現代文學極具代表性的典型案例。「九一八」前的技巧琢磨、文辭經營，被「九一八」以後的創傷體驗、情感宣洩替代，使我們感受到了「戰爭」這個絞肉機的殘酷和無情。誠如蒲風的分析：「很顯明的，『九一八』以後，一切都趨於尖銳化，再不容你傷春悲秋或作童年的回憶了。要香豔，要格律，……顯然是自尋死路。現今唯一的道路是『寫實』，把大時代及他的動向活生生地反映出來。」〔註57〕1937年蒲風在《詩人印象記——穆木天》中高度肯定了穆木天抗日救亡詩歌的重要意義，穆木天的個人文學生涯可以視為東北抗日詩歌創作者的縮影。1931年穆木天來到上海，與任鈞、楊騷、蒲風等人發起「中國詩歌會」，出版了詩歌會刊《新詩歌》，同年家鄉淪陷。30年代中期，他在《新詩歌》《文學》《現代》等刊物上發表了大量反帝愛國詩歌，抗戰爆發後，赴武漢任中華全國文藝界抗敵協會理事，主編《時調》《五月》等刊物。1938年因武漢失守，穆木天又攜全家轉移至昆明，組織領導雲南的抗戰文藝工作。不僅在詩歌中反抗侵略，他的文藝生涯，始終沒有走出「九一八」這一時間座標帶給他的極大改變。他由文藝青年，成長為一個民族詩人，完全不是詩歌藝術的嘗試，而是生活現實的劇變。詩歌創作稍晚於穆木天的塞克，也歷經了這樣一個階段，「九一八」之前他的生活已然顛沛流離，但詩歌創作中，仍舊有一種青春的質感，他追求小詩創作，把現實生活的漂泊和悲苦凝結成了優美的語言，幻象人生如「待蛹蛾想變彩蝶時，繭殼自然會咬破的」（《零滴》第26首），然而「九一八」之後，他的創作風格轉換，符合了穆木天所謂的「真正的偉大的詩人，必須是全民族的代言人，必須是全民族的感情代達者。詩人，須是傳達全民族的感情的一個洪亮的喇叭」〔註58〕這一觀念，他的詩歌，不再如「零滴」一般靈動，閃耀著青春的光芒，而是感慨「流民三千萬」，控訴「誰敢奪我一寸土地」，歌頌「抗敵先鋒隊」，時而悲涼地低吟「滿洲囚徒進行曲」，時而豪邁地唱出「救國軍歌」。

〔註57〕蒲風：《五四到現在的中國詩壇鳥瞰》，《詩歌季刊》第1～2期，1934～1935年。
〔註58〕穆木天：《目前新詩運動的展開問題》，《穆木天詩文集》，蔡清富、穆立立編，第356～242頁。

談到中國新詩的「戰爭」體驗，我們往往把注意力集中在 1937 年以後的中國新詩發展歷程當中，八年抗戰中，一大批詩人用各種詩歌形態，記錄著苦難中的中國人。有學者提出「或許沒有任何一種事變能像一場裏挾了全民族長達八年之久的戰爭這樣給文學的歷史進程帶來如此深刻的影響。史無前例的戰爭歲月在徹底改變了民族生存命運的同時也不可避免地改變了詩人認知和表現世界的思維和藝術方式，並進而在詩歌發展的宏觀格局上呈現出戰爭條件下所獨具的某種『時段』特徵」〔註 59〕，但對於穆木天們而言，他們詩歌書寫中的「戰爭」體驗，早從 1931 年 9 月 18 日以後就開始了。

從晚清至民國，地域性的侵略和戰爭頻發，這也使我們在文學表達中還暫時感受不到田間抗戰時所謂的「在中國」的悲涼，地域性的局部戰爭還使文學表達暫時停留在局部利益爭端的角度，揭示與批判其中的現實醜惡與人性幽暗，尚沒有上升到民族存亡的高度，所以「九一八」到「七七事變」這個階段的東北詩人的詩歌創作相比整體性的中國詩壇，顯得有些寂寞，除了寥寥幾聲回應，普遍來看，絕大多數業已成名的非東北詩人，基本對東北的淪陷沒有傾注太多文學創作層面的關注。然而正是這些寂寞的詩歌，構成了中國現代新詩最早的反抗日本侵略的聲音。正如抗戰的全面爆發給了孤獨的東北抗日聯軍和東北義勇軍匯入全國抗戰部隊建制提供了契機和可能，抗日戰爭的全面爆發，也讓「東北抗日詩歌」匯入了第二次世界大戰中國戰區戰爭詩歌的大潮中，成為其中的強音。

總的來看，「九一八」以後的東北作家大致可以歸為兩類，一類是流亡作家，一類是淪陷區作家。同樣，「九一八」以後的東北抗日詩歌創作主體也可以大致歸為兩類，一類是流亡者的詩，一類是淪陷區的詩。東北抗日詩歌中「流亡者」的詩不僅有所特指，包含東北作家在內，還包括那些因為東北侵略以及之後的全面侵華戰爭，而回望東北、感同身受的詩人發出的聲音。淪陷區的詩或許並未直面戰爭，但他們因受奴役、受壓迫而發出的聲音，同樣是值得關注的。

東北流亡作家即是指中國現代文學史上的「東北作家群」，主要是由「九一八」事變後一批流亡到關內的東北文學青年和學生組成，他們逃離了被日寇侵佔的家園，憤怒地控訴暴行，回望家鄉。儘管都並不以詩歌創作為主，但他們往往借助詩歌的形式，抒發憤懣，表達不滿，包括蕭紅、端木蕻良、

〔註 59〕吳曉東：《抗戰時期中國詩歌的歷史流向》，《文學評論》1995 年第 5 期。

蕭軍、穆木天、舒群、馬加、羅烽在內的一大批東北流亡作家,都從事過抗日詩歌的書寫。

這些多文體寫作的作家創作詩歌,絕非文學創作的文體試驗,而是飽含創傷體驗的鬱結之歌。這些流亡在外的失卻了家鄉的作家,時而悲憤於家鄉的淪陷,時而自我激勵,鼓舞自己。如以小說聞名的蕭軍,流亡中寫下許多詩篇。他在《我家在滿洲》中追憶了家鄉的山川草木,怒斥家鄉如今「住滿了惡霸」,牆壁被鑿穿成為「放槍的孔口」,這是直接而濃烈的怒吼;他在《星星劇團團歌》中,歌頌了「身軀渺小」,「光芒微弱」但微笑迎接黎明的「星星」,這是沉穩卻執著的抒情。或流於情感的表露,或因具體的事件而創作,在不同的情境下,詩成了蕭軍的抒發渠道。東北淪陷之前的蕭軍,還曾執念於新舊體詩之爭中,宣稱舊體詩的種種優勢。在大歷史裏挾下,在個人生活顛沛中,表達「形式」的誘惑力逐漸和表達內容調和,選擇新詩,匯入時代歌唱的洪流,跳出自我賦性的寫作,進入現實人生的真切體驗,或許是蕭軍選擇新詩的原因。蕭軍一生,新舊體詩都有創作,這兩種形式,有其特殊功能,在此不贅述。

東北淪陷後的詩歌抗爭不僅召喚出了許多跨文體創作的詩人,還引發了詩壇的新風潮。一般意義上,我們將穆木天、楊騷、任鈞(盧森堡)、蒲風(黃浦芳)等發起的中國詩歌會(1932 年)的強調「無產階級觀念」和詩歌「大眾化」的傾向視作是對主流詩壇詩風的一次反撥,是中國詩歌會對當時詩壇上的現代主義詩歌「脫離現實、追求唯美、沉醉在風花雪月裏的傾向展開的鬥爭」,但如果重新審視中國詩歌會的詩人群落特點,我們不難發現,這些典型的東北流亡詩人,是想通過詩歌形式的抗爭,抒發他們對詩壇漠不關心東北淪陷的憤怒。更何況這些詩人在東北淪陷之前,所操持的詩歌形式就是他們後來反對的。他們所強調的,遠超出詩歌藝術本身。我們往往以 1937 年抗擊日本全面侵華的戰爭打響後主流詩壇的劇變來印證中國詩歌會的詩歌藝術追求上的先見,看來可能是不準確的,只有充分認識到流亡詩人身份的獨異性才能體會在 30 年代初期他們藝術主張的準確內涵。東北抗日詩歌的發展實績向我們昭示,地方性的獨異體驗往往以異質性的表達在文學創作中凸顯,這種表達或許是超越文學性和政治性的,它鎔鑄了獨特的個體生命體驗,當我們以敘述策略將其整合進一套看似有藝術規律可循的歷史敘述時,往往忽視了具體的歷史境遇。

　　流亡詩人群落也曾深刻影響過現代新詩的發展，東北詩人高蘭，通過他所提倡的朗誦詩，勸慰過「藝術至上」的詩人，他寫道：「我們要掙脫奴隸的索鏈，拿起另一支筆吧！／為真理正義而吶喊！／衝上民族解放的戰線！」（《放下你那支筆》）朗誦詩在抗戰時期的興盛，正是由有著更為獨特「戰爭體驗」的東北流亡詩人開始的。

　　值得一提的是詩人羅烽，有論者認為，羅烽的詩「揭露了帝國主義、封建主義的黑暗統治，傾吐詩人心中的憂憤同時又表現了人民的抗爭的覺醒，形象地展示了人類社會發展的客觀規律，具有扣動心弦的力量」〔註 60〕，這既是詩人的個性，也可以看作東北流亡詩人的共性。1929 年加入中國共產黨在淪陷區推行左翼文藝運動的傅乃琦（羅烽本名），在淪陷區中共地下黨創辦的《哈爾濱新報》副刊《新潮》上發表抗日救國的詩作，1935 年獲釋後才離開日軍侵佔中的東北，攜妻子白朗南下上海加入「左聯」，開始了流亡生涯，進關後用「羅烽」這一筆名，以詩歌的方式進行抗爭。儘管流亡時期的抗日詩歌書寫流傳得更多，我們也不應遺忘，在茫茫暗夜的淪陷區中，仍有一批詩人以自由和生命的代價反抗黑暗的現實和侵略者的強權。

　　還有一部分東北作家沒有流亡關內，他們扎根東北淪陷區，在無邊的暗夜中寫詩。他們中的多數，都嘗試「利用曲折隱晦的筆觸，暴露了東北淪陷區的社會黑暗，控訴了日本帝國主義的罪行，表達了對光明和新生的盼望」〔註 61〕。其中典型的詩人包括梁山丁、馬加、田賁等。梁山丁的詩「真實地描寫下層人民的苦難，深刻地揭露日偽的統治罪行」「把階級壓迫和民族矛盾結合起來，突出民族矛盾的內容」〔註 62〕，馬加的詩「思想凝重，自然樸實，傳遞著塞北關外的源遠流長的風情習俗和北方人民歷史生活的搏擊之聲，表達著中華民族的民族精神和氣節」〔註 63〕，田賁則以其多樣的創作和慷慨赴難的果決，為我們呈現了淪陷區詩人始終挺立的脊樑。

　　田賁 1931 年「九一八」事變後，回家鄉海城讀書，1934 年畢業任教員，他不僅從事文藝創作，還組織學生閱讀魯迅，創辦刊物，他們的「星火同人」，

〔註 60〕高擎洲：《為民族解放而吶喊——羅烽詩歌創作略論》，《社會科學輯刊》1982
　　　　年第 6 期。
〔註 61〕范慶超：《抗戰時期東北作家研究（1931～1945）》，北京：中國社會科學出版
　　　　社，2013 年，第 2 頁。
〔註 62〕馮為群：《梁山丁和他的抗日文學創作》，《社會科學戰線》1993 年第 6 期。
〔註 63〕參看白長青、林建法：《馬加研究綜述》，《當代作家評論》1997 年第 1 期。

是淪陷區顯要的愛國抵抗文藝團體。田賁於 1944 年被日本人逮捕，1945 年出獄後身體每況愈下，1946 年病逝。他的詩歌創作「集中地體現出他的卓越的才華和澎湃的感情，也充分表達了他作為一個革命者的人生觀」〔註 64〕。值得關注的是，在田賁那裡，新舊體詩的選用幾乎是沒有區別的。他既如此憂傷：「我們是豐厚／然而這豐厚已為日皇所有／我們佝僂著腰在田地裏工作／把大豆打成堆／把高粱壘成垛／……我們耕種、收穫又永遠飢寒交迫／攜抱著妻兒泅泳在困厄的海洋」（《我們是豐厚》），又如此書憤：「爭將熱血獻災黎／三十猶嫌入獄遲／」（舊體詩十五首）。既如此頌讚：「我走到人民的面前／看人民的顏色／赭赤的臉刻滿皺折／皺紋上又泛滿笑的波浪／是勤勞誠樸的笑的波浪」（《人民是正直的》），又如此抒懷「壁上劍夜鳴，男兒有駿馬，還我大自由，霹靂定天下。何日洗兵馬，共看好地球，有飯大家吃，有福大家求。」（舊體詩十五首）在田賁這裡，儘管體現了形式的多樣，但本質看來，形式是最為弱化的，他追求的，始終是內容。

另外，還有諸多既用詩歌創作，也用身體抵抗侵略的詩人，這裡不一一列舉，有關論著很多，比如關沫南的《搏擊暴風雨的海燕——傑出的革命文藝戰士金劍嘯》、高擎洲的《為民族解放而吶喊——羅烽詩歌創作略論》、馮為群的《梁山丁和他的抗日文學創作》等著作，都會帶來許多啟發。

除此以外，郭沫若、巴金、臧克家、胡風、邵冠華、王平陵等著名文人，也寫詩表現東北人民抗擊日寇的英勇與無畏，我們亦可視其為東北抗日詩歌的撰寫者。值得注意的是，還有一大批未名的詩人，他們創作了大量新詩、舊體詩和歌謠，構成了蔚為大觀的東北抗日詩歌書寫譜系。

面對家國破碎、國土淪喪的現實，「九一八」以後的東北抗日詩歌主要有兩大主題構成，分別是抗爭和思鄉。

有一類抗爭詩歌值得關注，這就是以「義勇軍」和「九一八」為表達對象的詩歌，這些詩歌無不頌讚了義勇軍抗爭的艱苦卓絕，體現了抗爭之艱難，表達了抗戰的決心。這一類創作，涵蓋了詩歌、歌曲和民間文藝。以「九一八」為抒寫對象的詩歌，也體現了抗爭的精神。這些詩人將「九一八」看作是民族苦難的座標，每一年的「九一八」，這一類詩歌便以紀念的形式出現，提醒人們勿忘國恥。「九一八」系列詩歌的創作者，並不都是東北作家，但他們都有感於

〔註 64〕白長青：《百創情不已　忘死向前去——評田賁的詩歌創作》，《滿族研究》2000
　　　　年第 2 期。

戰時之苦，民族之危，以詩的形式抒發自己的體驗。這些作家並非東北籍貫，會否造成他們情感的隔閡呢？答案當然是否定的，僅舉一例。有一首詩是梅痕作的《九一八六周紀念》在感喟「塞外的紅葉依然是六年前一般的豔麗」中，提醒我們「用鮮血洗淨民族的污痕」〔註65〕，這首詩作於 1937 年 9 月，似乎是在全面侵華戰爭背景下追憶與詩人不相干的「九一八」，難道這位非東北籍的梅痕女士只不過在侵華戰爭的大歷史中，猛然想到了「九一八」，於是生出了幾句感喟嗎？當然不，這位梅痕女士，儘管不是東北籍作家，但她的紀念詩歌，仍舊充滿了獨特的個人體驗，仍舊是東北抗日詩歌譜系中值得關注的對象。這位梅痕女士，正是作家、翻譯家、新文學教育家孫俍工先生的妻子，她曾因「九一八」放棄了旅日學習的機會，但也因此獲得了另一種精神素質。

　　抗爭的詩歌，因為對戰爭的想像——寄託於義勇軍和對於歷史轉軌的思考——寄託於「九一八」而呈現出較為集中的風貌。另一類值得我們關注的詩歌，是流落關內的東北學子創作的流浪者的悲歌。1931 年「九一八」之後，瀋陽淪陷，大批身無分文的東北學生流亡到北平。北平社會局撥款（每天兩角錢），並發被子和衣物解決衣食住。不久成立的「東北民眾抗日救國會」商請張學良在北京社會局於西單皮庫胡同設立的難民收容所，成立東北學院。1931 年 10 月 18 日，在張學良的鼎力支持下，東北學院正式成立。學院分為大學部和中學部，由張學良任董事長兼校長，王卓然為副董事長。後因大學部遷走，於 1932 年將東北學院更名為東北中學，全稱「私立東北中學校」，首任校長王化一。學校設教務處、訓育處、總務處，總務主任李孟興，訓育主任譚克實，教務主任魏日新。學生全部住校並免收一切費用。1934 年 5 月9 日，東北中學創辦了校刊——《東北中學校刊》。校刊由東北校刊社編輯，社長金日宣。該刊物為旬刊，從 1935 年 6 月第 25 期起改為半月刊，至 1935年 11 月停刊為止共出版了 27 期。在這份刊物上，思鄉的學生，以「哀東北」「思鄉淚」「思親」等為題，書寫了「漂泊者」的心聲，同時以「英勇的戰士」「光榮的死」「赴敵」等為題，抒發著自己渴望打回家鄉去的心聲。或許沒有一所中學，在抗戰期間培養的大部分畢業生都投入到了抗戰的滾滾洪流之中。在每月的 18 日，東北中學的全體師生舉行國恥紀念會，升旗、默哀，唱校歌並敲響警鐘，還經常邀請東北名士如高崇民、閻寶航、盧廣績、苗可秀等來校，講解東北抗日義勇軍英勇殺敵的事蹟，鼓舞士氣。抗戰全面爆發後，這

〔註65〕梅痕：《九一八六周紀念》，《統一評論》1937 年第 4 卷第 12 期，第 14～15 頁。

所學校又流落四川，這些漂泊學子的哀歌，令人動容。

　　東北抗日詩歌，是獨特歷史時空中產生的文學形態，它為我們理解 1931 年以來的詩歌風格、內容的變遷，提供了參照；東北抗日詩歌，是我們理解 20 世紀上半葉苦難中國的門徑之一，儘管它的技術並不高明，但為我們展示了詩歌的起點；東北抗日詩歌的書寫，是中國現代新詩史上一次自發參與程度很高的文學創作高潮，它沒有政治意識形態的外部命令，也沒有文化意味上的先鋒，它向我們展示的是一次民族精神的自覺。在這其中，學生的詩作超越出藝術辨析的範疇，成了青年的情緒流淌，他們或許並不因學院內外的文化氛圍與教育機制而產生詩歌創作的衝動，另一種民族危亡的本能召喚了他們的詩歌衝動。他們或以詩歌的方式思念家鄉：「夜深了！／輾轉反側不能安眠，／三年未見的家園又現在目前。／／什麼天倫之樂？什麼骨肉團圓？／唉！／都是流亡者的遺憾！／／家音斷絕了三年！情況無法推斷！／何日相見？何日團圓？／淚濕枕邊！」〔註66〕或以詩歌的方式展現僅能的抗爭：「在壓迫槍殺下的東北青年同志們！／黑暗充滿了我們的周圍，／那虎狼般的日本帝國主義，／無時不在——／侮辱，騙弄，陷害，欺凌／給我們以有力的攻擊。／／東北青年同志們啊！／我們的血在沸騰，／我們的氣在洶湧，／趁著那健壯而猛烈的勇氣；／努力地向前衝去！／殲滅倭奴。／／日本帝國主義的刀會鈍的，／我們東北民眾的頭顱是不盡的；／任他如何地屠殺，／任他如何地宰割，／我們抗爭到底／終能有勝利的一天嘍！」〔註67〕

　　相較於 30 年代詩壇已然發展起來的現代派詩歌，這些東北學生習作的詩歌創作水平誠然很低，大多是情緒宣洩，在抗日戰爭全面爆發後，學生作品的水平及其與詩壇的關聯更加緊密，甚至出現了令人矚目的校園詩歌文化。儘管東北學生抗日詩歌的水平有限，但我們仍舊可以從中感受到，「刺激」學生產生創作詩歌動機的，除了文化情態下詩作為藝術的動人性因素，還有普遍的社會氛圍和歷史條件。

第三節　超越時間的詩歌繼承：胡風詩歌中的「魯迅經驗」

　　在回望過去百年歷程的「過去的時代」時，我們感慨於 20 世紀成長起來

〔註66〕《思鄉淚》，學生習作，署名「斌」，《東北中學校刊》1934 年第 11～12 期。
〔註67〕《衝過去》，學生習作，署名「白光磊」，《東北中學校刊》1934 年第 4 期。

的中國知識分子由「古典」走向「現代」的步履沉重與蹣跚，歷史跌宕往復，政治上威權與民權的震盪，文化選擇中新與舊的交錯，文學主張層面個人性與社會性的掙扎，如泛濫著滾石與沙礫的河流，衝擊著現實的堤壩，不斷刷新我們的認知。某種宏大的不可逆轉的力量催逼著知識分子在精神生活的層面對不同的文化資源進行整合，做出各自的文化抉擇。本文探討胡風的舊體詩創作，以說明這一種「別樣」的文化抉擇中精神資源擇取的方向與其深刻的思想原因。

可以做一個統計以說明中華人民共和國建國伊始詩壇的大概情況：從1949 年 10 月起到 1950 年 10 月整整一年內，公開發表的詩歌或公開出版的詩集的名稱之中，含有「頌」字的有：1949 年 10 月郭沫若發表的詩歌《新華頌》）（《人民日報》）、1950 年 1 月 8 日馮至發表的詩歌《一九五零年頌》（《人民日報》）、1950 年 1 月胡風出版的長詩《歡樂頌——時間開始了！第一樂篇》和《光榮讚——時間開始了！第二樂篇》（海燕書店出版）、1950 年 3 月胡風出版長詩《安魂曲——時間開始了！第四樂篇》和《歡樂頌——時間開始了！第五樂篇》（天下圖書公司）、1950 年 5 月魯藜出版詩集《毛澤東頌》）（知識書店）、1950 年 10 月 1 日王亞平發表《第一隻頌歌》（《大眾詩歌》第 2 卷第 4 期），另外，以「頌歌」的含義為題的詩或詩集還有：何其芳的詩《我們最偉大的節日》（1949 年 10 月 25 日《人民文學》）、嚴辰的詩《迎新曲》（1949 年 12 月 25 日）、沙鷗的詩《斯大林唱傳》（1950 年 1 月 1 日《大眾詩歌》）、呂劍的詩《祖國，親愛的母親》（1950 年 2 月《大眾詩歌》）、沙鷗的詩《中蘇互助同盟萬歲》（1950 年 3 月 1 日《大眾詩歌》）、沙鷗的詩《祖國讚》（1950 年 10 月 1 日《大眾詩歌》）。「一個社會無論那內容怎樣變化複雜，卻可以決定出一個共同的簡單的詩歌形式」〔註 68〕，這說明詩歌形式在一定程度上具有其自主性，僅通過上文對 1949 年後一年新詩的發表和出版情況的介紹就可以看到，如整體性看待這一時期的詩歌創作，頌歌是最為廣泛採納的形式。胡風也真誠地加入了高聲頌讚的隊伍，歌頌了嶄新的「時間」的「開始」，但隨即，由於眾所周知的原因，在 1955 年，胡風政治受難，作為新詩詩人的胡風逐漸退隱，取而代之的是創作的大量舊體詩。

據胡風自己回憶，在 1955 年以後，他創作了《求真歌》（古風長短句 14

〔註 68〕林庚：《新詩格律與語言的詩化》，北京：經濟日報出版社，2000 年，第 78 頁。

章）、《懷春曲》（二百二十餘篇共三千首）、《紅樓夢‧人物悲劇情思大交響曲》
（三十餘首）、《采世巨靈狂想大交響曲》（12 曲）、《過冬草》（律詩、詞約三
百首）、《報春草》（律詩、詞約一百首）等〔註69〕。胡風、聶紺弩、彭燕郊、
啟功等寫作了一大批舊體詩詞與打油詩。作為在新詩的理論和創作方面都頗
有獨到見解的胡風，在政治受難期選擇這種特殊的文體來進行抒懷，本身就
是一個值得思考的問題。如同樣「罹憂」的牛漢、綠原、曾卓、羅洛等詩人，
在並不公開的寫作環境下，依舊進行的是新詩寫作。

　　從提倡「情緒」詩學那種相對自由的新詩創做到政治受難時風格的突變，
詩學觀念的「遽變」中又包含著怎樣的思想變革呢？

　　胡風受時代精神的感召，寫作了《時間開始了》系列，其中不僅熱情洋
溢地歌頌了嶄新的時代和偉大的領袖，還有一些「別樣的」抒情，在他的詩
中，他寫到了他的「戰友」與「兄弟」，他們「在臭濕的牢房垂死過」「在荒
野的鄉村凍餓過」「和窮苦的農民一道餵過蝨子」「和勇敢的戰友一道喝過血
水」，他們的「希望」和「意志」「活到了今天」。在這之中，彭燕郊看到，《時
間開始了》「不是對革命簡單的歡呼，而是一個與革命同命運的人在與革命推
心置腹地互訴衷腸」〔註70〕。這使得他的歌頌獲得了歷史的長度和現實的痛
感。如他自己所言，「經過風雨晦暗鮮血流淌的日子，新中國成立了，到了新
的時間……要往前進，也要回顧，不要疏忽了現在的燦爛的時間，也不要遺
漏了過去的苦難的時間」〔註71〕，正是這種面向，使得胡風在政治罹憂的日
子裏，才選擇了在大量的「思想彙報」和「交代材料」之外，組織一種文體，
確證自己的思想。

　　值得注意的是，在政治受難之際，魯迅資源的介入，才使得某種特殊的
文體成為胡風精神世界賴以維繫的力量所在。這是我們熟悉的舊體詩，從中
我們可以看到，胡風如何通過形式的模擬，達到精神的溝通，從而對眼前遇
到的困難進行超克。

　　胡風曾以魯迅先生的《慣於長夜過春時》為原韻作了 24 首七律，收錄於

〔註69〕胡風：《我的小傳》，《胡風全集》第 7 卷，武漢：湖北人民出版社，1999 年，
　　　　第 212～213 頁。
〔註70〕彭燕郊：《他心靈深處有一顆神聖的燧石——記胡風老師》，《我與胡風》（下），
　　　　銀川：寧夏人民出版社，1993 年，第 387 頁。
〔註71〕胡風語，轉自路翎：《一個共患難的友人與導師——我與胡風》，《我與胡風》
　　　　（下），第 733～734 頁。

《懷春室雜詩》，他的《獄中詩草》收納了自 1955 年起 25 年裏創作的舊體詩。
《一九五五年舊曆除夕》〔註72〕：

> 竟在囚房度歲時，奇冤如夢命如絲。
>
> 空中悉索聽歸鳥，眼裏朦朧望聖旗。
>
> 昨友今仇何取證？傾家負黨忍吟詩！
>
> 廿年點滴成灰燼，俯首無言見黑衣。

這首師法魯迅的近體七言律詩，押平水韻上平聲四支韻，首句入韻。頷
聯、頸聯對仗工整。以這首詩為代表的這一系列組詩，表達了「囚房度歲」
的胡風複雜的感情，「奇冤如夢」，「聖旗」「朦朧」，詩人有種無法紓解的憤懣
和無處皈依的情感，「昨友今仇」使得他感到「傾家負黨」，背棄與忠貞在這
裡混合交融，這種絕望感不僅否定了自己的過去，還否定著自己的將來。這
是「貫穿胡風牢獄生涯始終的最為基本的政治文化心態」〔註73〕。

詩歌易讀，但為何使用這種體例，寫作這一系列的詩歌呢？我以為要追
溯到胡風極為重要的精神資源，那就是魯迅。在這組詩歌中，胡風借鑒的資
源，不僅是形式上的魯迅，更是精神上的魯迅。從一般性的意義上講，這說
明胡風對魯迅資源的非常熟悉，這一首《慣於長夜過春時》成了牢獄中胡風
常常吟詠的詩句。魯迅的詩作於 1931 年，見《南腔北調集·為了忘卻的記念》，
為悼念「左聯」五烈士而作。魯迅自況：「在一個深夜裏，我站在客棧的院子
中，周圍是堆著的破爛的什物；人們都睡覺了，連我的女人和孩子。我沉重
的感到我失掉了很好的朋友，中國失掉了很好的青年，我在悲憤中沉靜下去
了，然而積習卻從沉靜中抬起頭來，湊成了這樣的幾句」。魯迅在《為了忘卻
的記念》中痛感「這三十年中，卻使我目睹許多青年的血，層層淤積起來」
的往事與胡風內心對時局的判斷構成了某種對應，在這些詩歌中，生命痛感
體驗的真誠性令人稱道。在《一九五六年某日冬》中，胡風還直接化用了魯
迅的《題〈彷徨〉》：「寂寞新文苑，平安舊戰場。兩間餘一卒，荷戟獨彷徨。」
寫到「不堪一錯各分時，友誼傷殘似斷絲；獄室幾間關闖將，文壇一片樹降
旗；東逢死葉西逢茨，拔掉鮮花葬掉詩，極目兩間休荷戟，鐵窗重鎖失戎衣」。
在 1955 年七月派幾乎遭到毀滅性打擊之際，這首詩歌充滿悲憤，描述了這一

〔註72〕 胡風：《胡風詩全編》，牛漢、綠原編，杭州：浙江文藝出版社，1992 年，第
323 頁。

〔註73〕 何言宏：《胡風的牢獄寫作及晚年心態》，《文藝爭鳴》1999 年 06 期。

情景，魯迅尚能「荷戟彷徨」，胡風卻丟盔卸甲。當然，胡風並未因此喪失鬥志。

在這組詩歌中始終秉承著的「戰鬥精神」也彌漫著「魯迅傳統」，這是「人生的真相與藝術的赤誠形成的新的結合」〔註74〕，他「恥舉木槍充武士，愧抓泥印扮文官」（《記往事》之二），「荒淫大作防文儈，戰鬥深知賴黨官」（《記往事》之十三）。在「浮雲遮日」的意象背後，胡風以「射擊」作為回應，儘管微弱，卻也震懾心魄。

在胡風案中，「魯迅」是一個缺席的被批判者〔註75〕，許多人為了保留魯迅的思想意義而區隔魯迅與胡風，在這一情況下，胡風不斷地走向魯迅，更有了複雜而深刻的原因，一方面，魯迅資源確切影響了胡風，另一方面，胡風也在用魯迅來確證自我。在批判中，魯迅卻又成了胡風的「合謀」，胡風依舊選擇魯迅資源，是需要莫大勇氣的，儘管「無情」的歷史還是選擇讓魯迅飄蕩在旗幟上，把胡風掃入歷史的垃圾堆。

作為特例的胡風、聶紺弩、邵燕祥等詩人在政治罹憂時堅持了舊體詩的創作，這作為一個顯著的特例值得關注。邵燕祥稱他的舊體詩創作為打油詩，他的創作中古體詩（傳統詩歌分近體、古二體，二者以是否嚴格遵守平仄、粘對為標準，近體詩歌指律詩、絕句，成熟於唐初；古體詩歌指唐以前的詩歌，押韻，但平仄要求較寬，無粘對之說。黏，指下聯的出句第二字與上聯的對句第二字是同一韻式即聲調相同，如「千里江陵一日還」與「兩岸猿聲啼不住」中的「裏」和「岸」字都是上聲，黏是為了詩句寫長並能連環相扣。對，即出句與對句相對偶）和近體詩都佔有一定的數量。如《送妻下放》〔註76〕：

> 新縫粗布裳，換卻學生裝。
> 歲臘天方冷，辛勤手不僵。
> 鑼鼓鳴阡陌，他鄉認故鄉。
> 小村名豆甸，草盡豆苗長。
> 犖礉知甘苦，炊煙問暖涼。
> 雞鳴會始散，尋路看星光。

〔註74〕李怡：《胡風與中國現代文學的「魯迅傳統」》，《南京師範大學文學院學報》2010年04期。

〔註75〕李新宇：《1955：胡風案中的魯迅》，《文史哲》2009年01期。

〔註76〕邵燕祥：《邵燕祥詩抄·打油詩》，桂林：廣西師範大學出版社，2005年，第1頁。

　　出門無反顧，鍛鍊熱衷腸。

　　他日重執手，胼胝話短長。

　　該詩有陶淵明《飲酒》《歸園田居》的味道。押平水韻下平聲七陽韻，平仄依次是：平平平仄平，仄仄仄平平。仄仄平平仄，平平仄仄平。平仄平平仄，平平仄仄平。仄平平仄仄，仄仄仄平平。仄仄平平仄，平平仄仄平。平平仄仄仄，平仄仄平平。平平平仄仄，仄仄仄平平。平仄平平仄，平平仄仄平。判斷這首詩為古體詩理由有兩點：一是無意為黏，「鼓」與「勤」不黏，「門」與「路」不黏；二是無意求對，通篇只有「壟畝知甘苦」與「炊煙問暖涼」工對。

　　之所以強調其中格律的因素，是為了說明其中不僅包含了形式上的古典，還包含了特殊歷史情境下精神上師法古典的需求。這裡借「魏晉風度」表達自己的態度，也表達了對時局的看法。站在這個角度，邵燕祥的詩歌不僅不是「打油詩」，更是在古典傳統中找到了恰當的表達方式。

　　胡風亦是如此，雖然他一方面渴望和解。「傾家負黨忍吟詩」以及《記往事》《記憶事》《記蠢事》中表現出自我的譴責，但另一方面，由於內心的驚懼，「歸田園」的複雜心態也在他的詩中常常出現。已有學人論述「除卻建基於現代自由人格的啟蒙反抗精神和建基於傳統儒家文化人格的政治認同意識之外，獄中的胡風也存有一定的退隱思想，它建基於傳統道家文化之上，在胡風的舊體詩詞創作中也有多方面的流露」〔註77〕。在1957年《擬出獄誌感》中，胡風寫到「遠離禁苑休回首，學種番茄當寫詩」，其中包含著隱逸的思想。儘管如此，這也是特殊時期具有策略性的自我精神安慰。1979年，胡風走出監獄，寫給樓適夷的第一封信，便是關於文化建設問題的。樓適夷感慨道：「這不依然是上書三十萬言的胡風嗎？二十五年的烈火焚燒，嚴冰凍結，好像孫行者關進老君爐一點也沒有損傷了他精神上的毫毛。他一句話也不提自己，滿腔滿腦想的還是文藝建設的大事業。」〔註78〕

　　胡風自己說過：「1955年以後，二十多年離群獨居，和社會完全隔絕，又無紙無筆，只好默默吟韻語以打發生活。因為只有韻語才能記住。」〔註79〕

〔註77〕李遇春：《胡風舊體詩詞創作的文化心理與風格傳承》，《文學評論》2009年03期。

〔註78〕樓適夷：《記胡風》，《我與胡風》（上），銀川：寧夏人民出版社，1993年，第3～4頁。

〔註79〕胡風：《懷春室詩文》，武漢：武漢出版社，2006年，第26頁。

這是他選擇這類文體的重要原因，但更重要的是，這些精神資源，為胡風提供了巨大的精神動力。舊體詩與自由體詩一道，構成了更為多樣的胡風創作的史詩。

在重獲自由之後，胡風延續了他的舊體詩創作，發表了一系列詩歌，其中包括他偏重於描繪「國家」每個重要歷史時刻的「進程」的《進行曲集》〔註80〕，和一系列的「讚歌」，這一時期詩歌標注多為吟於 50 年代，寫成於 70 年代末。其中不僅包含了「不平則鳴」的激昂，同時也有「坦腹談文哲，科頭讀馬恩」的「謙遜」。

總的看來，胡風的舊體詩包含的精神資源的選擇，既包含了胡風詩學追求的獨特面向，也體現了在特殊情境下的文化抉擇，正是在殘酷氛圍中，胡風完成了詩學理論跨向真摯個人體驗的路徑，儘管這一路徑顯得有些悲涼和殘忍。從「時間開始了」這一聲吶喊，到反覆琢磨魯迅的詩句「慣於長夜過春時」，胡風的藝術思路伴隨著人生狀態不斷調整，其古體詩歌中包含的多元的精神面向，也提醒我們，詩歌的豐富性正和人生體驗的豐富性一道，激活了「傳統」的能量，這裡的傳統同樣也是多元的，它既有源遠流長的古典傳統，也有現代文學精神的自覺流傳，也只有不斷地繼承傳統、塑造新的傳統，才能貢獻這一文體獨有的價值。由此我們可以生發出一個嶄新的視角，在中國現代詩人創作的舊體詩中，多種精神面向值得我們追問，尤其是現代文學精神與舊體詩創作之間的關係，這將會打開一片嶄新的研究空間。

從這個意義上來看，20 世紀的詩歌教育，並不囿於「民國」或「共和國」的歷史分期，也不限於年代的久遠，同樣，也不耽於形式的新舊、土洋，甚至，未必糾葛於課堂內外。我們通過孫俍工的職業生涯可以看到「志業」與「生存」對於從教者的影響，能體會詩歌教育作為人生的功能性存在的意義和價值，感受到其彌足珍貴；我們通過東北抗日學生詩歌可以體會到那些詩藝未必專精的寫作者在家國淪喪境遇中近乎本能的吶喊，令人驚心動魄；我們通過胡風的創作可以看到，精神性的繼承超越時空，作為精神資源的「導師」，為自己的學生，貢獻的是從形式到精神的複合型詩歌文化資源。在這個角度來看，「新舊」與否，詩藝的高低，文化價值幾何，都是其次，我們感受的是 20 世紀詩歌文化通過教育的種種形態，介入生命體驗之中，呈現出的複雜諧振。

〔註80〕最初發表於 1982 年《飛天》第 8、11 期，

結　語

　　以歷史的視野和方法進行文學研究是求「真」的基本需求，從歷史語境中把握作家、作品和文化事件的發生與發展，追尋文學問題的產生、文學思潮的更迭和文學現象的紛繁，是將文學從概念的框架中解放出來，開拓更深廣的言說空間，建構更行之有效的闡釋邏輯框架的基本條件。從現階段的研究來看，以把握生動的歷史情態作為基本方法，突破既定研究框架為目標的中國現代文學研究已然碩果累累。新時期以來的新詩研究，相較中華人民共和國成立後的很長一段時間，最明顯的差異就是對歷史信息的選擇尺度的變化和觀察視角的調整相比而言有了較大幅度的調整，簡單說，就是從「一體化」的歷史與文學的闡釋邏輯框架中掙脫而出，賡續了現代新詩發展以來的學術探索。

　　對待新詩發展歷史的基本態度和價值尺度使 20 世紀 80 年代以來的中國現代新詩研究相較中華人民共和國成立後 30 年的相關著述而言，更具有學術的信度和效度。1949 年以後直至 20 世紀 70 年代末期，新詩研究與現代文學的其他研究一樣，「比較單一和狹窄的理論框架和模式的束縛，特別是由於『左』的政治思想和文學思想的籠罩，許多詩人和思潮流派，長期被劃入研究的禁區」，「在有些觀念的開放性和論述的理論深度方面，比起 1949 年以前的一些思考來，甚至還表現了很大的倒退」〔註 1〕。這一時期關於新詩的基本認知是有明顯的偏向性的，較有代表性的觀點有臧克家的《「五四」以來新詩發展的一個輪廓》、邵荃麟的《門外談詩》等。臧克家這樣描述：「新詩，在每一個

〔註 1〕孫玉石：《十五年來新詩研究的回顧與瞻望》，《中國現代文學研究叢刊》1995
　　　　年第 1 期。

歷史時期，留下了自己或強或弱的聲音，對於人民的革命事業做出了一定的貢獻。從誕生的那一天開始，它就肩負著反帝反封建的歷史任務，在阻礙重重的道路上艱苦地努力地向前走著。它的生命史也就是它的鬥爭史。在前進的途中，它戰勝了各種各樣的頹廢主義、形式主義，克服著小資產階級的個人主義情調，一步比一步緊密地結合了歷史現實和人民的革命鬥爭，擴大了自己的領域和影響」〔註2〕。這種描述方式傳遞出的歷史觀念格式化且重構了新詩的歷史，不僅體現了「社會現實與意識形態對詩歌的決定性取捨」〔註3〕，而且以簡化規約和刻意曲解的方式遮蔽了新詩發展的歷史事實。邵荃麟強調了「兩條道路的鬥爭」：「『五四』以來的每個時期中，都有兩種不同的詩風在互相鬥爭著，一種是屬於人民大眾的進步詩風，是主流；一種是屬於資產階級的反動詩風，是逆流」。這種區別和分辨的目的很明確，即為指導現實，確認文學方向、政治方向的正誤，最終以強調「詩人深入群眾，改造自己，以達到紅與專的統一」〔註4〕為其根本目的。

以粗疏的「主流」「逆流」的描述方式將新詩發展的歷史簡化規約和刻意曲解，可以看作是20世紀50年代以來文學政治一體化的總體要求下的產物。新時期以來，以還原新詩歷史基本風貌的研究為代表，對新中國成立以來的在既定框架內闡釋新詩歷史的傾向進行矯正的研究著述較多，重新對新詩進行歷史評價成為主流，一批或參與或見證現代新詩發展歷程的詩人和作家以回憶的方式進行歷史重構修正新中國成立以來的某些見解與主張。陳竹隱的《憶佩弦》〔註5〕、汪靜之的《回憶湖畔詩社》〔註6〕、卞之琳的《徐志摩詩重讀誌感》〔註7〕、蹇先艾的《〈晨報詩刊〉的始終》〔註8〕等，均從不同側面，為新詩發展的歷史邏輯提供了更多的材料與視點。歷史的邏輯中必定包含對起點的認知，重新認識新詩的起點意味著重新評價胡適，諸多學人圍繞這一問題不約而同地進行聚焦，《中國新詩的開步——重評胡適的〈嘗試集〉

〔註2〕參看臧克家：《「五四」以來新詩發展的一個輪廓》（代序），《中國新詩選（1919～1949）》，北京：中國青年出版社，1956年。

〔註3〕王光明：《新詩研究的歷史化——當代中國新詩史研究》，《文藝爭鳴》2015年第2期。

〔註4〕荃麟：《門外談詩》，《詩刊》1958年第4期。

〔註5〕陳竹隱：《憶佩弦》，《新文學史料》1978年第1期。

〔註6〕汪靜之：《回憶湖畔詩社》，《詩刊》1979年第7期。

〔註7〕卞之琳：《徐志摩詩重讀誌感》，《詩刊》1979年第9期。

〔註8〕蹇先艾：《〈晨報詩刊〉的始終》，《新文學史料》1979年第3期。

和他的詩論》〔註9〕、《評胡適的〈嘗試集〉》〔註10〕、《胡適〈嘗試集〉重議》
〔註11〕、《重評胡適〈嘗試集〉》〔註12〕等，均不斷以重新評價的方式重新構
築新詩的起點問題。隨著歷史評價的變革，對新詩價值的重新估量也成為一
種研究的視點，《年輕的覺醒者的歌唱——〈中國新詩發展史〉之一節》〔註13〕
等文章，凸顯了這一視角。又譬如臧克家對《中國新詩選（1919～1949）》1979
年3月的第三版代序《「五四」以來新詩發展的一個輪廓》的修改，著重體現
了對胡適、冰心、聞一多、卞之琳等詩人歷史評價的變化〔註14〕，則顯著體
現了外部學術環境、政治氛圍使新詩史表述呈現出的差異化價值取向。從新
時期以來新詩研究的變革中可以看到，研究者伴隨不同語境做出對歷史信息
的選擇性編織導致的差異性。

　　20世紀八九十年代，隨著對新詩歷史的研究趨於內化，對詩人、詩潮、
詩體、流派的深入細緻考察以及對新詩的文學傳統、詩歌語言、中西影響等
方面的研究也逐漸成為新詩研究的主要方向。中國現代新詩的歷史描述方式
得以伸展，一方面，通過對歷史事實、細節及其關聯性的不斷挖掘，詩歌藝
術與歷史敘述之間不僅互涉，而且相互闡釋，新詩研究的空間不斷擴張，另
一方面，文學研究方法的交互影響，尤其是20世紀90年代以後中西詩歌研
究方法的不斷交融深化，新詩的內部研究視角也得以拓展，從審美闡釋到語
言、文化、影響研究等多角度的形式探索漸成新詩研究的主潮，在這其中，
對於歷史的描述逐步隱遁，成為潛在的既定事實，取而代之的是對新詩本體
的研究。新世紀以來，隨著研究的進一步發展，中國現代新詩研究邁進了又
一個嶄新的階段，那就是以歷史的視角進行對新詩的再考察。從歷史視角繼
而聚焦到教育的角度研究新詩，是本文提出的一個具體問題。

〔註9〕藍棣之：《中國新詩的開步——重評胡適的〈嘗試集〉和他的詩論》，《四川師
　　　院學報（社會科學版）》1979年第2期。
〔註10〕龔濟民：《評胡適的〈嘗試集〉》，《遼寧大學學報（哲學與社會科學版）》1979
　　　年第3期。
〔註11〕文振庭：《胡適〈嘗試集〉重議》，《江漢論壇》1979年第3期。
〔註12〕秦家琪：《重評胡適〈嘗試集〉》，《南京師院學報（哲學社會科學版）》1979
　　　年第3期。
〔註13〕謝冕、孫紹振、劉登翰、孫玉石、殷晉培、洪子誠：《年輕的覺醒者的歌唱——
　　　——〈中國新詩發展史〉之一節》，《山西大學學報（哲學社會科學版）》1980
　　　年第1期。
〔註14〕可參考袁洪權：《〈中國新詩選（1919～1949）〉的版本、編選與代序修訂》，《現
　　　代中文學刊》2014年第5期。

　　從新詩本體出發這一研究思路是破譯新詩美學特徵、思想特點、文化價值的重要研究方式。在 20 世紀 90 年代以來，這一研究思路一方面矯正了對學術秩序影響甚深的某些外在因素，尤其是意識形態領域對文學研究的強烈干擾，另一方面為新詩的藝術發展方式提供了更切實有效的解讀範式，從而從文學本身的角度提供了闡釋新詩歷史的一套由內而外的邏輯。新詩研究的「本體」視角，是新詩研究顯著而有效的角度，這種研究方式，構成了 20 世紀 90 年代以來新詩研究最為顯著的特點，同時也為新詩研究的進一步深化奠定了基礎。孫玉石的《郭沫若浪漫主義新詩本體觀探論》〔註15〕、李怡的《中國現代新詩與古典詩歌傳統》〔註16〕，以及龍泉明、於可訓、許霆、陳仲義、曹萬生、羅振亞、陳本益、王光明等的不斷探索，以形式研究為基本理論，通過對詩本體的不斷探索，構建了詩歌藝術形態的發展歷程及其文化特性。在這一研究的成果基礎上，對新詩重新進行社會歷史文化層面的研究，其結果就不是空洞抽象的。新詩的形式研究（或者說內部研究、本體研究）為我們重新進入新詩發展的外部社會文化空間打開了嶄新的入口。「外在的社會文化概念只有經過了詩這一特定藝術形式的接納、融解和重新編製以後才是有意義的，也才有研究的必要」〔註17〕。從某些角度來看，當詩歌成為純粹的語言與形式問題，「現實也被疏離，語言就成了陶醉於審美光芒的純粹審美感覺中」〔註18〕，這種理解的裝置，將必然削弱詩歌這種文學樣態豐富的蘊含，這也是本文之所以提出借助「教育」這一歷史化視角重新審視新詩發展的基本動機。

　　以詩歌文本為基礎、在古今中外詩歌文化碰撞的背景之中，強調對新詩的思潮和流派的發展階段和整合過程的揭示，以系統的方式解釋新詩發展的形式與觀念歷程，說明風格、立場、追求和個人體驗與時代精神之關係，是詩歌本體研究的歷史敘述方式，在這種敘述過程中，詩潮與流派本身蘊含的詩歌藝術發展的邏輯構成了一種歷史敘述的動態邏輯鎖鏈，詩潮與流派間相互關聯並遞進發展，在詩歌藝術上不斷地「矯正」，開拓新詩發展的歷史路徑，

〔註15〕孫玉石：《郭沫若浪漫主義新詩本體觀探論》，《北京大學學報（哲學社會科學版）》1993 年第 4 期。

〔註16〕李怡：《中國現代新詩與古典詩歌傳統》，重慶：西南師範大學出版社，1994 年。

〔註17〕李怡：《中國現代新詩與古典詩歌傳統》（增訂三版），北京：中國人民大學出版社，2014 年，第 6 頁。

〔註18〕參看馬大康：《詩性語言研究》，北京：中國社會科學出版社，2005 年，第 20 頁。

觀念和技巧在取捨、補充、融合、變化之中，產生一種並存與嬗變。這種描
述框架為新詩研究撥開了既定觀念造就的迷霧，還之於明晰的詩歌「本身」
的邏輯，可以說是研究視野的一種自覺。

　　倘若這種研究的主潮可以看作是以內部邏輯構成的從新詩本體出發構建
的歷史描述的話，那麼在本文的研究中，倡導的是一種借助社會歷史的具體
情態的展開，對現階段研究進行持續發掘的探索，以重新激活新詩本體研究
以來相關「結論」，在具體歷史情態中複雜嬗變的現實邏輯。在這一基礎上，
對新詩進行「再歷史化」的研究，有其空間和可能。伴隨新詩本體研究的不
斷演進，諸多理論問題得以明晰，新詩發展的內部邏輯不斷被揭示，由此不
斷激起我們興趣的，是對中國現代新詩研究歷史視野的重新召喚。這一視角
的召喚的重點並不體現在為現有的新詩研究及歷史描述延展枝蔓、旁徵博引，
添加歷史的細節或材料，正如有論者提出，新詩研究的再歷史化，「目的不只
在於為既定的文學史敘述增添更多的細節，或抽象地喚起什麼『歷史的同情』，
而在於「在具體的歷史狀況中，重新審視以往的結論，整合出一種清新的視
野，形成有效的歷史穿透力」〔註 19〕。換言之，正是有了本體研究對新詩藝
術探索的持續深化，才有可能探索新詩史敘述的社會歷史視野，這一視野也
有可能將「本體」研究中的諸多認識加以深化與更新。本文選取了教育的視
角對新詩發展歷史進行重新審視。

　　1904 年《奏定學堂章程》規劃了現代語文教育的基本體系；1906 年語文
學科被冠之以「國文科」的名目，語文課程在革新中仍保留傳統「經史之學」
的根基，在清末「詩界革命」「小說界革命」的影響下加入了平易通俗的實用
性內容，世俗化、日常化的教育是其顯著的特徵。這一教育制度的變革是以
開啟民智為基本訴求的，一定程度上剝離了文學教育與傳統的政治制度需求
之間的關聯。康有為、梁啟超等「言文一致」的倡導和新小說、戲劇、詩歌
為代表的新文體的出現，與傳統詩文出現的差異化閱讀感受更加開闢了文學
教育的新空間。《奏定初等小學堂章程》規定，「使識日用常見之字，解日用
淺近之文理，……並當使之以俗語敘事，及日用簡短書信，以開他日自己作
文之先路」〔註 20〕，為個人表達創設了空間。劉師培、林傳甲、黃人等進行

〔註 19〕姜濤：《開放「本體」與研究視野的重構——以「〈星期評論〉之群」為討論
　　　　個案》，《北京大學學報（哲學社會科學版）》2008 年第 4 期。
〔註 20〕《奏訂初等小學章程》，璩鑫圭、唐良炎：《中國近代教育史資料彙編：學制
　　　　演變》，上海：上海教育出版社，1991 年，第 205 頁。

教科書和文學史的撰寫，也在實際操作層面為清末教育提供了諸多新的思考方向。這些章程，都規定了詩教的任務和目標，其目的仍舊是古典意義的，在於「有合於古人詩言志、律和聲之旨」〔註21〕。新文化運動和國語統一運動的河流所標誌的知識分子「言文一致」的訴求，在教育領域居然落到了「詩」的身上，自此，詩和教再次和合，卻摩擦出了新的火花。

在分析「教育」理想與新詩的契機時，本文著重說明「詩」和「教」再度合一為新詩和新教育各自開闢的空間。綱領性詩歌文獻《談新詩——八年來一件大事》與教育的合作，使得「新詩」及新詩教育為新文化運動的啟蒙思想從形態的變革到觀念的落實做出了貢獻。聚焦於新詩與新文學教育的相互拓展，目的在說明新詩擴大了白話文教材乃至整個新文化運動在教育領域的影響力。從形式模仿到精神繼承，新詩對不同的學習者提供的不僅是白話文語言樣本，更是詩歌精神的樣本。以小詩為例，探討校園情境、詩壇、學術研究構成的互動情境何以影響新詩的發展，通過同一作品的不同講授，探討課堂講述與新詩探索的深化。教育情境中詩歌藝術與理論的發展可以通過聚焦校園詩人群體的創作與批評得以管窺。本文選擇的浙江一師的詩人群體說明詩歌教育中代際的溝通的重要性，教育為現代解詩學在學術層面的展開，提供了動力。新詩史中蘊含的不同歷史邏輯則體現了新詩從創立到發展階段展開的開放空間。本文試圖探索詩歌教育意義上的「新」與「舊」，新舊話語作為五四以來不斷呈現的文化問題持續影響著中國文化的格局和語言方式，在詩歌教育中體現為三種傾向，一種是因時而變的靈活自由格局，一種是緊張對峙的對抗性格局，一種是對立溝通的圓融式格局，這三種格局的展開，皆對詩歌文化的不斷塑形和持續探索起了積極推動作用。

20 世紀是一個中外文化相互交融、衝擊並探索中國現代文明建構可能的時代，前輩文人不斷在文學創作的形式與內容、政治立場的個人與社會、文化資源的民間與經典之中選擇與揚棄。在這個過程中，不斷地發掘新資源以確證文化的合法性、探索文化的主體性，成為前輩知識分子孜孜以求的事業。從詩歌角度來看，20 世紀二三十年代的詩人們受西方技藝鼓舞，持續開拓中國現代新詩的形式表達技巧，同時，在這政治風雲變幻、充斥著戰亂、面臨深刻的文化、經濟和政治危機的歷史情形中，在大時代波濤的翻滾中投射自

〔註21〕 轉引自《20 世紀中國中小學課程標準．教學大綱彙編．語文卷》，課程教材研究所編，北京：人民教育出版社，2001 年，第 7 頁。

己的個人情感。一個教育的視角不足以改觀整體性的詩壇發展，這也催促我們需要不斷地開闢新的歷史視野和觀察角度，去幫助我們探索這個民族近百年來文化發展的隱秘細節和邏輯。

　　值得注意的是，詩歌教育在 20 世紀二三十年代的中國始終是以一種「未定型」的形態出現的。從初期白話詩的倡導者們一點一滴地試圖掙脫所謂的「舊鐐銬」的艱難性，到無數詩人、詩論家嘔心瀝血地從一個停頓、一個音韻地爬梳探索為其尋找賦形的可能性，再到諸多教員、教育家持續摸索以確證這一文體的價值和意義，並試圖利用這點發現去啟發每一個學生。在這個基礎上，我們能感受到新詩這一文體始終召喚我們不斷去解釋說明，探索其中的奧妙，背後隱含著的都是我們對 20 世紀中國知識分子精神世界關懷的衝動。百年中國新詩發展和傳播的歷程，也是一部詩歌教育的嶄新歷史。從初期的試驗性文化資源被引入教育機制從而拓寬文學教育的口徑，到時至今日已逐步固化為「經典」與「知識」，在這其中如何總結歸納其積極性的文化因子，為當下的語文課程與文科發展乃至人文教育提供歷史性的資源和現實性的依據，仍值得深入探究。新詩百年已然形成自身的小傳統，這一小傳統，是中華詩歌大傳統的一支，如何明辨其價值，傳播其文化，弘揚其精神，還亟待突破。在本書的寫作中，筆者也越發清晰了下一步的學術路徑。繼續通過詩歌教育文獻的收集與整理、新詩相關文本的讀解與重估、校園詩歌文化的探索與挖掘、詩歌教育過程的分析與論證，以及當代詩歌教育工作者訪談，進行現象的梳理、學理的探究和問題的討論，形成更具有學術價值的成果。使用大量教育史、文學史、詩歌史材料來探討理論問題，避免過度闡釋。探索梳理新詩教育的具體文獻，從日記、教材、回憶錄、刊物、著作等材料中尋找新詩教育與中國 20 世紀詩歌文化形成的關聯性，避免以論代史，突破文本中心的闡釋框架，開拓新詩研究的新視野。對比詩人學生時代的創作及新詩知識的汲取，與代表性的經典創作之間的關聯，從而考察詩歌文本中蘊含的複合性潛在文本譜系；考察新詩教育文獻在學術研究維度、教育傳播維度和社會影響維度的側重與嬗變，從而將同一文獻在不同領域的功能譜系呈現出來，比較不同詩人作品在教育層面、詩歌史撰寫層面、詩歌解析層面的不同闡解，構建本文的闡釋譜系。在文獻資料引入過程中，突破一些既有的僵化的詩知識，為詩歌的歷史性理解注入生機。考察 20 世紀以來具有代表性的中學、大學通識性與專業性詩歌教育課本，在文化差異顯著的地區採集活態

資料，訪問具有代表性的中學與大學新詩從教者，進行實錄，對中學、大學課堂的新詩講授進行必要的訪問考察調研，在活態文獻的佔有基礎上，描述新詩教育的歷史與現狀，再返回歷史現場，在比照、總結、分析、判斷中，提出建設性意見。這樣的暢想，都起步於上述簡陋研究的基礎。

參考文獻

（按照作品發表及圖書出版時間先後排序）

一、專著

1. 胡懷琛，嘗試集批評與討論〔M〕，上海：泰東圖書局，1921。

2. 朱麟公，國語問題討論集〔M〕，上海：中華書局，1921。

3. 胡懷琛，新詩概說〔M〕，上海：商務印書館，1923。

4. 草川未雨，中國新詩壇的昨日今日和明日〔M〕，北京：海音書局，1929。

5. 新晨報叢書室，北平各大學的狀況〔M〕，北平：新晨報營業部，1929。

6. 蔣夢麟，過渡時代之思想與教育〔M〕，上海：商務印書館，1933。

7. 曹葆華，現代詩論〔M〕，上海：商務印書館，1937。

8. 李嶽南，語體詩歌史話〔M〕，成都：拔提書店，1945。

9. 索緒爾，普通語言學教程〔M〕，北京：商務印書館，1980。

10. 葉聖陶，葉聖陶語文教育論集〔M〕，北京：教育科學出版社，1980。

11. 徐州師範學院《中國現代作家傳略》編輯組，中國現代作家傳略〔M〕，成都：四川人民出版社，1981。

12. 孔另境，現代作家書簡〔M〕，廣州：花城出版社，1982。

13. 李廣田，李廣田文集〔M〕，濟南：山東文藝出版社，1983。

14. 程靖宇，新文學家回想錄〔M〕，臺北：文海出版有限公司，1983。

15. 蘇雪林，中國二三十年代作家〔M〕，臺北：純文學出版社有限公司，1983。

16. 朱自清，朱自清序跋書評集〔M〕，北京：生活・讀書・新知三聯書店，1983。

17. 柳無忌，柳無忌散文選──古稀話舊〔M〕，北京：中國友誼出版公司，1984。

18. 韋勒克、沃倫，文學理論〔M〕，劉象愚譯，北京：生活・讀書・新知三聯書店，1984。

19. 沃爾夫岡・凱塞爾，語言的藝術作品〔M〕，陳銓譯，上海：上海譯文出版社，1984。

20. 鄭振鐸，鄭振鐸古典文學論文集〔M〕，上海：上海古籍出版社，1984。

21. 朱自清，新詩雜話〔M〕，北京：生活・讀書・新知三聯書店，1984。

22. 柳無忌，西洋文學研究〔M〕，北京：中國文聯出版公司，1985。

23. 楊匡漢、劉福春，中國現代詩論〔M〕，廣州：花城出版社，1985。

24. 易明善，何其芳研究專集〔M〕，成都：四川文藝出版社，1986。

25. 楊振聲，楊振聲選集〔M〕，北京：人民文學出版社，1987。

26. 吉首大學沈從文研究室編，長河不盡流——懷念沈從文先生〔M〕，長沙：湖南文藝出版社，1989。

27. 茅盾，茅盾全集：第18卷〔M〕，北京：人民文學出版社，1989。

28. 陳能志，戰前十年中國的大學教育（1927～1937）〔M〕，臺北：臺灣商務印書館，1990。

29. 方敬，方敬選集〔M〕，成都：四川文藝出版社，1991。

30. 璩鑫圭、唐良炎，中國近代教育史資料彙編：學制演變〔M〕，上海：上海教育出版社，1991。

31. 瑞恰慈，文學批評原理〔M〕，楊自伍譯，南昌：百花洲文藝出版社，1992。

32. 吳福輝，沙汀傳〔M〕，北京：北京十月文藝出版社，1992。

33. 葉崇德，回憶葉公超〔M〕，上海：學林出版社，1993。

34. 李怡，中國現代新詩與古典詩歌傳統〔M〕，重慶：西南師範大學出版社，1994。

35. 商金林，朱光潛與中國現代文學〔M〕，合肥：安徽教育出版社，1995。

36. 沈從文，沈從文自傳〔M〕，南京：江蘇文藝出版社，1995。

37. 蘇雪林，蘇雪林文集〔M〕，合肥：安徽文藝出版社，1996。

38. 王哲甫，中國新文學運動史〔M〕，上海：上海書店出版社，1996。

39. 威廉・燕卜蓀，朦朧的七種類型〔M〕，周邦憲、王作虹、鄧鵬譯，杭州：中國美術學院出版社，1996。

40. 杜運燮，西南聯大現代詩抄〔M〕，北京：中國文學出版社，1997。

41. 費錦昌，中國語文現代化百年記事〔M〕，北京：語文出版社，1997。

42. 陳丙瑩，卞之琳評傳〔M〕，重慶：重慶出版社，1998。

43. 陳平原，中國現代學術之建立〔M〕，北京：北京大學出版社，1998。

44. 廢名，論新詩及其他〔M〕，瀋陽：遼寧教育出版社，1998。

45. 胡適，胡適文集〔M〕，北京：北京大學出版社，1998。

46. 卡勒，論解構〔M〕，陸揚譯，北京：中國社會科學出版社，1998。

47. 李健吾，李健吾批評文集〔M〕，珠海：珠海出版社，1998。

48. 劉納，嬗變——辛亥革命時期至五四時期的中國文學〔M〕，北京：中國社會科學出版社，1998。

49. 沈從文，文學閒話〔M〕，成都：四川文藝出版社，1998。

50. 吳宓，吳宓日記〔M〕，北京：生活·讀書·新知三聯書店，1998。

51. 葉公超，葉公超批評文集〔M〕，珠海：珠海出版社，1998。

52. 馮至，馮至全集〔M〕，石家莊：河北教育出版社，1999。

53. 伽達默爾，真理與方法〔M〕，洪漢鼎譯，上海：上海譯文出版社，1999。

54. 錢穆，八十憶雙親·師友雜憶〔M〕，北京：生活·讀書·新知三聯書店，1999。

55. 鄭國民，從文言文教學到白話文教學〔M〕，北京：北京師範大學出版社，2000。

56. 廢名，廢名文集〔M〕，北京：東方出版社，2000。

57. 何其芳，何其芳全集〔M〕，石家莊：河北人民出版社，2000。

58. 金以林，近代中國大學研究〔M〕，北京：中央文獻出版社，2000。

59. 林庚，新詩格律與語言的詩化〔M〕，北京：經濟日報出版社，2000。

60. 姚丹，西南聯大歷史情境中的文學活動〔M〕桂林：廣西師範大學出版社，2000。

61. 胡適，胡適日記全編〔M〕，合肥：安徽教育出版社，2001。

62. 梁實秋，梁實秋文集〔M〕，廈門：鷺江出版社，2002。

63. 沈從文，沈從文晚年口述〔M〕，西安：陝西師範大學出版社，2003。

64. 陳方競，多重對話：中國新文學的發生〔M〕，北京：人民文學出版社，2003。

65. 郭良夫，完美人格——朱自清的治學和為人〔M〕，北京：清華大學出版社，2003。

66. 王學珍、張萬倉，北京高等教育文獻資料選編（1861～1948）〔M〕，北京：首都師範大學出版社，2004。

67. 虞坤林，志摩的信〔M〕，上海：學林出版社，2004。

68. 余英時，方以智晚節考〔M〕，增訂版，北京：生活·讀書·新知三聯書店，2004。

69. 姜濤，「新詩集」與中國新詩的發生〔M〕，北京：北京大學出版社，2005。

70. 韓石山，徐志摩全集〔M〕，天津：天津人民出版社，2005。

71. 劉洪濤、楊瑞仁，沈從文研究資料（上下冊）〔M〕，天津：天津人民出版社，2006。

72. 張桃洲，現代漢語的詩性空間——新詩話語研究〔M〕，北京：北京大學

出版社，2006。

73. 張曉唯，舊時的大學和學人〔M〕，北京：中國工人出版社，2006。

74. 孫玉石，中國現代解詩學的理論與實踐〔M〕，北京：北京大學出版社，2007。

75. 洪宗禮等，母語教材研究〔M〕，南京：江蘇教育出版社，2007。

76. 李方，穆旦詩文集〔M〕，北京：人民文學出版社，2007。

77. 楊四平，中國新詩理論批評史論〔M〕，合肥：安徽教育出版社，2008。

78. 廢名、朱英誕，新詩講稿〔M〕，北京：北京大學出版社，2008。

79. 顧彬，20 世紀中國文學史〔M〕，范勁等譯，上海：華東師範大學出版社，2008。

80. 老舍，老舍全集〔M〕，上海：文匯出版社，2008。

81. 錢谷融，閒齋憶舊〔M〕，上海：上海人民出版社，2008。

82. 李怡，日本體驗與中國現代文學的發生〔M〕，北京：北京大學出版社，2009。

83. 趙景深等，現代文人剪影〔M〕，武漢：湖北人民出版社，2009。

84. 張傳敏，民國時期的大學新文學課程研究〔M〕，北京：人民出版社，2010。

85. 顧隨講、葉嘉瑩，顧隨詩詞講記〔M〕，北京：中國人民大學出版社，2010。

86. 曹聚仁，我與我的世界・浮過了生命海〔M〕，北京：生活・讀書・新知三聯書店，2011。

87. 顧隨講、葉嘉瑩等，中國古典詩詞感發〔M〕，北京：北京大學出版社，2012。

88. 劉福春，中國新詩編年史〔M〕，北京：人民文學出版社，2013。

89. 姜濤，公寓裏的塔：1920 年代中國的文學與青年〔M〕，北京：北京大學出版社，2015。

二、期刊論文

1. 邵荃麟，門外談詩〔J〕，詩刊，1958（4）。

2. 陳竹隱、憶佩弦〔J〕，新文學史料，1978（1）。

3. 藍棣之，中國新詩的開步——重評胡適的《嘗試集》和他的詩論〔J〕，四川師院學報（社會科學版），1979（2）。

4. 龔濟民，評胡適的《嘗試集》〔J〕，遼寧大學學報（哲學與社會科學版），1979（3）。

5. 秦家琪，重評胡適《嘗試集》〔J〕，南京師院學報（哲學社會科學版），1979（3）。

6. 汪靜之，回憶湖畔詩社〔J〕，詩刊，1979（7）。

7. 文振庭，胡適《嘗試集》重議〔J〕，江漢論壇，1979（3）。

8. 謝冕等，年輕的覺醒者的歌唱——《中國新詩發展史》之一節〔J〕，山西大學學報（哲學社會科學版），1980（1）。

9. 張鴻來，國文科教學之經過〔J〕，中國近代學制史料（第三輯上冊），上海：華東師範大學出版社，1990。

10. 孫玉石，郭沫若浪漫主義新詩本體觀探論〔J〕，北京大學學報（哲學社會科學），1993（4）。

11. 李怡，論中國現代新詩藝術自覺的傳統淵源〔J〕，文藝研究，1994（5）。

12. 孫玉石，十五年來新詩研究的回顧與瞻望〔J〕，中國現代文學研究叢刊，1995（1）。

13. 陳旭光，論初期白話詩的寓言形態及其文化象徵意義〔J〕，中國文化研究，1997（2）。

14. 李怡，論「學衡派」與五四新文學運動〔J〕，中國社會科學，1998（6）。

15. 劉納，社團、勢力及其他——從一個角度介入五四文學史〔J〕，中國現代文學研究叢刊，1999（3）。

16. 王風，文學革命與國語運動的關係〔J〕，中國現代文學研究叢刊，2001（3）。

17. 陳平原，「文學」如何「教育」〔N〕，文匯報，2002-2-23。

18. 張林傑，三十年代都市文化市場中的新詩境遇〔J〕，天津師範大學學報（社會科學版），2003（2）。

19. 溫儒敏，作為文學史寫作資源的「作家論」——「現當代文學學科史研究隨筆之一」〔J〕，北京大學學報（哲學社會科學版），2005（2）。

20. 姜濤，20世紀30年代的大學課堂與新詩的歷史講述〔J〕，學術月刊，2007（1）。

21. 姜濤，開放「本體」與研究視野的重構——以「《星期評論》之群」為討論個案〔J〕，北京大學學報（哲學社會科學版），2008（4）。

22. 伍明春，論早期新詩在中學的傳播〔J〕，山西師大學報（哲學社會科學版），2009（5）。

23. 沈衛威，「國語統一」、「文學革命」合流與中文系課程建制的確立〔J〕，中山大學學報（社會科學版），2011（3）。

24. 施祖輝，卞之琳的童年〔J〕，中國現代文學研究叢刊，2011（3）。

25. 龍揚志，新詩史的書寫與差異〔J〕，海南大學學報（人文社科版），2012（1）。

26. 沈衛威，新發現《國立東南大學南京高師日刊》·詩學研究號一〔J〕，中國現代文學研究叢刊，2013（3）。

27. 陳衛、陳茜，第一代學院新詩批評者：沈從文與蘇雪林比較〔J〕，武漢大學學報（人文科學版），2014（1）。

28. 袁洪權，《中國新詩選（1919～1949）》的版本、編選與代序修訂〔J〕，現代中文學刊，2014（5）。

29. 李怡、李俊傑，體驗的詩學與學術的道路——李怡教授訪談〔J〕，學術月刊，2015（2）。

30. 王光明，新詩研究的歷史化——當代中國新詩史研究〔J〕，文藝爭鳴，2015（2）。

三、學位論文

1. 季劍清，大學視野中的新文學——1930 年代北平的大學教育與文學生產〔D〕，北京大學，2007。

2. 林喜傑，群體性解讀與想像——新詩教育研究〔D〕，首都師範大學，2007。

3. 吳小鷗，清末民初教科書的啟蒙訴求〔D〕，湖南師範大學，2009。

4. 劉緒才，1920～1937：中學國文教育中的新文學〔D〕，南開大學，2013。

四、教材、講義等普通圖書

1. 單級修身教科書（初等小學·甲編）〔M〕，上海：商務印書館，1913。

2. 朱毓魁，國語文類選〔M〕，上海：中華書局，1920。

3. 洪北平等，中等學校用白話文範〔M〕，上海：商務印書館，1920。

4. 何仲英，中等學校用白話文範參考書〔M〕，上海：商務印書館，1920。

5. 范祥善等，新法國文教科書〔M〕，上海：商務印書館，1921。

6. 孫俍工、沈仲九，初級中學國語文讀本一編〔M〕，上海：民智書局，1922。

7. 孫俍工，初級中學國語文讀本二編〔M〕上海：民智書局，1922。

8. 凌獨見，新著國語文學史〔M〕，上海：商務印書館，1923。

9. 顧頡剛、葉紹鈞等，新學制初中國語教科書〔M〕，上海：商務印書館，1923。

10. 吳研因、范祥善、周予同，新學制國語教科書〔M〕，上海：商務印書館，1923。

11. 沈星一、黎錦熙，初級國語讀本〔M〕，上海：中華書局，1924。

12. 莊適，現代初中教科書國文〔M〕，上海：商務印書館，1924。

13. 新學制高級國文課本〔M〕，上海：世界書局，1925。

14. 新時代國語教科書〔M〕，上海：商務印書館，1927。

15. 北京孔德學校，初中國文選讀〔M〕，1926。

16. 穆濟波，高級國語讀本〔M〕，上海：中華書局，1926。

17. 江恒源，新學制高級中學教科書國文讀本〔M〕，上海：商務印書館，1927。

18. 朱劍芒，初中國文〔M〕，上海：世界書局，1928。

19. 朱劍芒，高中國文〔M〕上海：世界書局，1928。

20. 教育部審定，基本教科書國語〔M〕，上海：商務印書館，1931。

21. 傅東華、陳望道，基本教科書國文初中用書〔M〕，上海：商務印書館，1931。

22. 孫俍工，高級中學用國文教科書〔M〕，上海：神州國光社，1932。

23. 孫俍工，初級中學用國文教科書〔M〕，上海：神州國光社，1932。

24. 孫俍工，中學國文特種讀本〔M〕，南京國立編譯館，1933。

25. 傅東華，復興初級中學教科書國文〔M〕，上海：商務印書館，1933。

26. 葉楚傖，初中教科書國文〔M〕，南京：正中書局，1934。

27. 葉楚傖，初級中學國文〔M〕，南京：正中書局，1934。

28. 黎錦熙、王恩華，中等學校國文選本書目提要〔M〕，北京：北平國立師範大學文學院，1937。

29. 教育總署編審會，初中國文〔M〕，北平：新民印書館，1941。

30. 葉聖陶，開明國文講義〔M〕，上海：開明書店，1944。

31. 方阜雲等，初中國文甲編〔M〕，南京：國立編譯館，1945 年。

32. 葉聖陶等，開明新編國文讀本甲種〔M〕，上海：開明書店，1946。

33. 朱自清、呂叔湘、葉聖陶，開明新編高級國文讀本〔M〕，上海：開明書店，1948。

34. 胡適，五十年來中國之文學〔M〕，上海：申報館，1924。

35. 孫俍工，新詩做法講義〔M〕，上海：商務印書館，1925。

36. 劉大白，舊詩新話〔M〕，上海：開明書店，1928。

37. 陳子展，中國近代文學之變遷（上海群治大學講義）〔M〕，上海：南國藝術學院，1928。

38. 江恒源，中國詩學大綱〔M〕，上海：大東書局，1928 年。

39. 草川未雨（張秀中），中國新詩壇的昨日今日和明日〔M〕，北平：海音書局，1929。

40. 胡懷琛，詩歌學 ABC〔M〕，上海：世界書局，1929。

41. 傅東華，詩歌原理 ABC〔M〕，上海：世界書局，1929。

42. 盧冀野講、柳升祺等記，近代中國文學講話（光華大學講課記錄）〔M〕，上海：會文堂新記書局，1930。

43. 周作人講校，沈恭三記錄，中國新文學源流〔M〕，北平：人文書店，1934。

44. 錢基博，現代中國文學史，上海：世界書局，1933。

45. 荻原朔太郎，詩底原理〔M〕，孫俍工譯，上海：中華書局，1933。

46. 陸侃如、馮沅君，中國詩史〔M〕，上海：大江書鋪／商務印書館，1931～1939。

47. 胡懷琛，詩學討論集〔M〕，上海：新文化書社，1934。

48. 光華編輯部，文藝創作講座〔M〕，上海：大光書局，1935。

49. 范煙橋，作詩門徑〔M〕，上海：中央書店，1935。

50. 胡雲翼，我們的文藝，南京：正中書局，1936。

51. 霍衣仙，最近二十年中國文學史綱〔M〕，廣州：北新書局，1936。

52. 徐芳，中國新詩史〔M〕，臺北：秀威信息科技股份有限公司，2006。

後　記

　　2016 年北京的春天格外美麗，天氣晴朗，少有霧霾，師大校園裏的鮮花和綠樹，更是生機勃發。儘管論文工作已經告一段落，我還是流連校園中，享受這最後的學生生活。

　　在讀大學期間，大概是 2005 年前後，我突然對詩歌閱讀產生了興趣，和同學分享讀詩的感受成了件最快樂的事情。本科畢業論文中，我討論了海子包含文化人物形象的詩歌創作，在論文中我寫了一句「理論只能改變理論，生命才能改變生命」，我當時堅信的是文學能改變人的一生。選擇繼續考學後，2008 年我調劑到四川師範大學讀研究生，做畢業論文時，又選擇做《中國當代地下詩歌形式研究》這個題目，當時的目的很簡單也很明確，去觸摸那些難能可貴的詩的「自由」，以及更難能可貴的精神的自由。在 2013 年，我很榮幸地進入北京師範大學，跟隨李怡老師讀博，在選擇畢業論文時，很自然地又選擇做了一個和新詩的歷史發展有關的題目，就是本文，引發我的興趣的不僅是關於新詩的歷史追問，同時也是向自己提問：詩歌教育怎麼塑造了今天的我。這些粗糙簡陋的思考，就是真實的我。今天看來，自己讀讀詩歌，便度過了十多年的時光，是多麼幸運啊。

　　這十年裏，我從南京遷往成都又來到北京，從學生時代到步入教師行列到再次回歸學生生活，也從一個「文藝青年」，到成家立業。多虧了家人的支持，師友的幫助，能以這樣的方式走過自己的青春。

　　在博士求學階段，導師李怡先生的言傳身教，不僅從學術上滋養了我，更是從人生態度上影響著我。同門間的深厚情誼，也構成了我學習和生活中不可或缺的一部分。正是師友們的真摯和熱忱，才使我的博士學習階段充滿了收穫。

　　感謝李怡老師和康老師，那些無微不至的關懷，我將銘記。感謝我的同學劉嘉，我們從本科時便一起出入南京的書店，讀碩士時在成都獅山相會，又分別進入北京師範大學和南京大學讀博士，在共同前行中我收穫了很大的鼓舞。感謝師兄李哲在學術和生活上的真誠交流和無私幫助，使我感到溫暖。感謝謝君蘭、羅維斯兩位師姐時常發來各種信息，給我提點。感謝孫偉兄真摯的友誼和幫助，感謝妥佳寧的真知灼見啟發我的思考，感謝趙靜、肖志成、朱元軍等同門在各個方面給予我幫助，感謝西川論壇的各位師友的關愛。

　　感謝我的碩士生導師曹萬生先生，曹老師時刻記掛我的學業和生活，惠我良多。感謝萬光治、齊宏偉、段從學、歐震等老師課堂內外的交流。

　　同時，還要感謝北京師範大學文學院的劉勇、鄒紅、沈慶利、錢振綱等老師課堂上精彩的講授給予我的學術滋養，並為論文提出了寶貴的意見。

　　謝謝我的父親李兆順、母親王粉英、妻子黃代柯、兒子李牧達，是你們讓我意識到了自己存在的意義。我愛你們。

　　這篇論文仍待完善，讀詩、思考和分享自己的感受，或許是一生的事。

2016 年春於北京師範大學

補　記

　　這本《詩歌教育與中國現代新詩的發展》在我的博士論文基礎上不斷增加內容、拓展思路而成。在這期間，我完成了從一個學生，向一個教師的過渡。我曾在課堂上聽到過很多老師講述新詩，現在也努力地把自己學到的看到的想到的關於新詩的點點滴滴，教給我的學生，在這個過程中，越發感受到自己這本小書的淺陋和單薄。不過，這又何妨，中國現代新詩的起點何其簡陋，卻孕育出百年輝煌。

　　2017 年，恩師曹萬生先生不幸離世，我與他最後的交流在微信上，談的是他最後一篇發表於報刊上的談張棗的《鏡中》的文字。他叮囑我，珍惜自己感受的獨特性，當時我們都不知道曹老師身患疾病。一個多月後，得知曹老師離世的消息，我們都非常驚愕和悲慟。在以後的日子裏，繼續詩歌教學和研究，應該是對曹老師最真摯的緬懷。我和曹老師最初的交往，因為讀了他的《現代派詩學與中西詩學》。與他交流，最後的交談，還是交換彼此讀詩的感受，感恩曹老師給予我的滋養。

　　自從來到西川學人社群，就受到李怡老師和諸多同門的幫助。他們鞭策我，鼓勵我，同時也幫助我，並且，沒有李怡老師的關心，疏懶的我不會有出書的可能。我並不是一個善於寫出自己所思所想的人，相較於學術表達，我更喜歡沉浸在閱讀和緬想之中，更傾向於與身邊的師友和學生分享一點一滴小小的發現，偏執於自己所謂的那種「散淡」的消極心態。希望能以本書為契機，喚醒我對科研的熱忱，不至於辜負師友們對我的厚愛。

　　在讀博期間，李怡老師邀請了日本的岩佐昌暲教授和歐洲的馮鐵教授等多位國際知名學者到北京師範大學做講座，本書中有一些內容和他們的授課

直接有關聯。岩佐教授將他畢生的藏書捐獻給了四川大學中國詩歌研究院，令人感動不已，我想，這也是一種別樣的「教育」吧。

2020 年來得這麼出人意料。伴隨著種種令人傷痛欲絕的消息，我們整天關注著攀升的感染新冠肺炎的人數和種種真假難辨的消息。學生和老師在網絡上展開著新鮮的教學樣態，這又將會對我們的詩歌、教育、心靈乃至整個民族國家產生什麼影響呢？尚不得知，唯有祈禱。

2020 年 2 月於海南三亞